Le baiser de la femme-araignée

Une prison de Buenos Aires. Dans une cellule, deux jeunes hommes très dissemblables : Valentin, un guérillero urbain ; Molina, un étalagiste arrêté pour détournement de mineurs. Le soir, pour tuer le temps, Molina raconte des films à son compagnon de cellule ; et comme il est cinéphile, tout le répertoire international y passe, depuis les chefs-d'œuvre de l'horreur jusqu'aux « bijoux » de la production mexicaine des années cinquante. Et cette fiction du soir, cette *cinémathèque parlée*, jour après jour, unit les deux condamnés.

Or, on ne se met pas à rêver sans s'en retrouver changé. Molina et Valentin, au terme de tant de récits partagés, ne seront, chacun, plus le même. Et le paradoxe est que, dans le peu qu'il leur reste à vivre, chacun va se trouver être à la fois plus proche de sa vérité et transformé en héros de cinéma.

De ce livre a été tiré le célèbre film d'Hector Babenco, pour lequel William Hurt a obtenu le Premier Prix d'interprétation masculine au festival de Cannes 1985. L'adaptation théâtrale a eu un succès international.

Manuel Puig est né en 1932 en Argentine. Il fait des études dans son pays, mais il est dominé par une passion pour le cinéma qui le conduira à Rome, aux côtés de Zavattini. Paradoxalement, c'est dans des romans que cette passion va donner sa mesure : dans des romans tournés vers l'image et le récit à épisodes. D'où un succès exceptionnel, où la réception par les intellectuels s'accompagne d'une énorme diffusion populaire ; à tel point qu'il est un des auteurs les plus significatifs d'Amérique latine.

Il est l'auteur de plusieurs romans : la Trahison de Rita Hayworth *(1969)*, le Plus Beau Tango du monde *(1972)*, les Mystères de Buenos Aires *(1975)*, Pubis angélical *(1981) et* Malédiction éternelle à qui lira ces pages *(1984)*.

Du même auteur

AUX MÊMES ÉDITIONS

Les mystères de Buenos Aires
1975

CHEZ D'AUTRES ÉDITEURS

La trahison de Rita Hayworth
Gallimard, 1969

Le plus beau tango du monde
Denoël, 1972

Pubis angélical
Gallimard, 1981

Malédiction éternelle à qui lira ces pages
Gallimard, 1984

Manuel Puig

Le baiser de la femme-araignée

roman

TRADUIT DE L'ESPAGNOL
PAR ALBERT BENSOUSSAN

Éditions du Seuil

TEXTE INTÉGRAL

EN COUVERTURE : affiche du film d'Hector Babenco,
le Baiser de la femme-araignée,
réalisée par Bettina Rheims et Benjamin Baltimore.
Production HB filmes LTDA, São Paulo.
(Ce film a également obtenu le Grand Prix spécial du jury au festival de Tokyo.)

Titre original : *El beso de la mujer araña.*
ISBN original 84-322-1361-6.

ISBN 2-02-009268-9
(ISBN 1re publication : 2-02-005355-1)

Première partie

1

— On voit tout de suite qu'elle a quelque chose de bizarre, que ce n'est pas une femme comme les autres. Très jeune, vingt-cinq ans au plus, mais avec un peu une frimousse de chatte, un nez petit et retroussé. La forme du visage est... plutôt ronde qu'ovale, le front large, des joues bien rebondies mais qui retombent en pointe. Comme chez les chats.

— Et les yeux ?

— Clairs, presque sûrement verts. Elle les cligne, là, pour mieux dessiner. Elle observe son modèle ; la panthère noire du zoo. La panthère, au début, se tenait tranquille, bien couchée dans sa cage : mais la fille, avec sa planche et sa chaise, a fait du bruit, et la panthère l'a vue, et elle s'est mise à tourner dans sa cage et à gronder en direction de la fille, qui n'avait pas encore pu hachurer son dessin.

— L'animal ne l'avait pas flairée avant ?

— Non, parce que dans sa cage il y a un énorme quartier de viande : il le sent et ne sent que ça. Le gardien dépose la viande près du grillage, aucune autre odeur ne peut venir du dehors : c'est ce qu'il faut pour éviter que la panthère s'énerve. La fille, quand elle remarque l'agitation du fauve, se met à donner des coups de crayon rapides. Elle dessine un visage, qui est bien celui d'un animal, mais d'un diable en même temps. La panthère la regarde, c'est un mâle, et l'on ne sait si c'est qu'elle voudrait la déchirer et puis la manger, ou si c'est sous la pression d'un autre instinct encore plus noir.

— Il n'y a personne au zoo, ce jour-là ?

— Presque personne. Il fait froid, c'est l'hiver. Les arbres du parc sont nus. Il souffle un petit air froid. La fille pratiquement est seule, assise là, sur la petite chaise pliante qu'elle a apportée, avec une planche pour appuyer sa feuille à dessin. Un peu plus loin, près de la cage aux girafes, on voit des écoliers avec leur maîtresse, mais ils repartent aussitôt. Ils ne supportent pas le froid.

— Et elle, elle n'a pas froid ?

— Elle ne pense pas au froid, elle est comme dans un autre monde, tout absorbée par son dessin.

— Si elle est absorbée, elle n'est pas dans un autre monde : tu te contredis.

— Oui, enfin elle est absorbée : plongée dans un monde qui se trouve au fond d'elle-même, et qu'elle commence à peine à découvrir. Elle se tient les jambes croisées, ses souliers à hauts talons épais sont noirs, ouverts à la pointe, on voit dépasser les ongles, vernis foncé. Des bas soyeux, du type nylon cristal : on ne sait d'où vient le rose, si c'est de la peau ou des bas.

— Attention, rappelle-toi ce que je t'ai dit : pas de descriptions érotiques. Tu sais qu'il ne faut pas.

— Bon, comme tu voudras. Je continue. Ses mains sont gantées, mais pour dessiner elle retire le gant droit. Les ongles sont longs, leur vernis presque noir, et les doigts blancs, au début du moins car le froid commence à les violacer. Elle s'interrompt alors un moment, glisse sa main sous son manteau pour la réchauffer. Un manteau épais, en velours noir, aux épaulettes fortes ; un velours très fourni, comme le poil d'un chat persan, non, beaucoup plus fourni. Mais qui donc est là derrière elle ? Quelqu'un essaie d'allumer une cigarette, la flamme est éteinte par le vent.

— Qui c'est ?

— Attends. Elle entend le frottement de l'allumette, sursaute, se retourne. Et voit un type assez bien fait, pas beau gosse, mais gueule sympathique ; chapeau aux bords rabattus, pardessus renflé, pantalon large. Il porte la main à son chapeau comme pour saluer, et s'excuse ; il trouve le dessin formidable. Elle voit, à son visage, que c'est un brave type, un garçon très compréhensif, et bien tranquille. De la main, elle refait un peu sa coiffure, à moitié dépeignée par le vent. Une frange en rouleau ; et puis des cheveux jusqu'aux épaules, comme c'était alors la mode, et des petites bouclettes aux pointes, comme une permanente à peu près.

— Je la vois plutôt brune, pas très grande, rondelette, se déplaçant comme une chatte. Ce qu'on fait de plus chouette.

— Je croyais que tu ne voulais pas t'exciter ?

— Continue.

— Elle répond : elle n'a pas eu peur. Mais, en arrangeant ses cheveux, elle lâche sa feuille que le vent emporte. Le garçon court et la rattrape, il la rend à la fille et lui présente à nouveau des excuses. Elle, dit que ce n'est rien et il s'aperçoit, à son accent, qu'elle est étrangère. Alors, la fille raconte : elle est réfugiée, elle a étudié les beaux-arts à Budapest, au déclenchement de la guerre elle a pris le bateau pour New York. Il interroge : regrette-t-elle sa ville natale ? Comme un nuage passe devant ses yeux, son visage s'assombrit : elle n'est pas née en ville, elle vient des montagnes, du côté de la Transylvanie.

— Du pays de Dracula.

— Oui, des montagnes aux forêts sombres, celles où vivent des bêtes que la faim rend folles en hiver et pousse à descendre jusqu'aux villages, pour tuer. Les paysans, mourant de peur, déposent des brebis ou d'autres animaux morts devant leur porte et font des vœux, pour échapper. Là-dessus, le gars, lui, veut la revoir : elle reviendra dessiner le lendemain, comme elle a fait tous les après-midi ensoleillés de cette saison-là. Alors voilà, lui, qui est architecte, se trouve le lendemain après-midi dans son bureau avec des confrères architectes et une fille, également sa collègue ; et lorsque trois heures sonnent et qu'il ne reste plus pour longtemps de lumière, il envoie promener règles et compas pour se rendre au zoo : c'est presque en face, juste, à Central Park. Sa collègue lui demande où il va, et pourquoi il est si joyeux. Il la traite en amie ; mais elle, bien qu'elle le dissimule, on sent qu'au fond, elle est amoureuse de lui.

— C'est une mocheté ?

— Mais non. Elle a des cheveux châtains, un visage sympathique ; rien d'extraordinaire, mais elle est agréable. Il sort sans lui faire le plaisir de lui dire où il va. Elle reste là, triste, s'arrange pour que personne ne s'en aperçoive, se plonge dans son travail pour ne pas se déprimer. Au zoo, pendant ce temps, la nuit n'est pas encore tombée, il y a eu toute la journée une lumière d'hiver bizarre ; tout semble se détacher avec trop de netteté, les grilles sont noires, les murs de mosaïque blancs, le gravier également blanc, et gris les arbres effeuillés. Et rouge sang les yeux des fauves. La fille, qui s'appelle Irena, n'est pas venue. Les jours passent, le garçon n'arrive pas à l'oublier. Jusqu'à ce qu'un matin où il marche dans une luxueuse avenue, quelque chose attire son attention à la vitrine d'une galerie d'art. On expose là les œuvres de quelqu'un qui dessine toujours la même chose : des panthères. Le garçon entre, Irena est là, diverses personnes la félicitent. Je ne sais plus bien comment ça continue.

— Fais un effort.

— Attends un peu... Je ne sais plus si c'est là qu'elle rencontre une autre femme, qui lui fait peur... Non, le garçon vient la féliciter et la sent différente, presque heureuse, elle n'a pas l'ombre de la première fois dans le regard. Alors il l'invite au restaurant, et elle plante là tous les critiques. Ils partent, elle a l'air de marcher pour la première fois dans une rue, comme si elle avait connu la prison et pouvait enfin, libre, se rendre où bon lui semble.

— Mais il l'emmène au restaurant, tu l'as dit : pas n'importe où ?

— Hé là ! ne demande pas trop de précision. Bon. Lorsqu'il s'arrête devant un restaurant hongrois ou roumain, enfin dans ce genre-là, elle recommence à se sentir bizarre. Il croyait lui faire plaisir en l'amenant là, chez des compatriotes, et voilà que ça se retourne contre lui. Il se rend compte qu'elle a quelque chose, il lui demande ce qu'elle a. Elle ment, dit que ça lui rappelle la guerre, qui bat encore son plein en ce moment. Alors, lui, propose d'aller déjeuner ailleurs. Mais elle se rend compte que le pauvre, il n'a pas beaucoup de temps, juste une heure pour déjeuner avant de retourner au bureau. Alors, elle prend sur elle, entre au restaurant, où tout se passe pour le mieux : ambiance paisible, ils mangent bien, et elle est à nouveau enchantée de la vie.

— Et lui ?

— Lui, est content, parce qu'il voit qu'elle a surmonté un complexe pour lui faire plaisir, et qu'il avait envisagé dès le départ de l'amener à ce restaurant-là, pour lui faire plaisir. Comme il se passe d'habitude quand deux personnes font connaissance et que les choses prennent bonne tournure. Et il est si emballé qu'il décide de ne pas travailler cet après-midi-là. Il raconte : il est passé par hasard devant la galerie, il cherchait une autre boutique en réalité, pour un cadeau.

— Pour sa collègue architecte.

— Comment tu sais ?

— J'ai deviné, c'est tout.

— Toi, tu avais vu le film.

— Mais non, je t'assure. Continue.

— La fille, Irena, dit qu'ils peuvent y aller, à la boutique. Ce qu'il se demande aussitôt, c'est s'il aura assez d'argent pour acheter deux cadeaux pareils, l'un pour l'anniversaire de la collègue et l'autre pour Irena : histoire de faire définitivement sa conquête. Dans la rue, Irena remarque que cet après-midi, il se passe une chose étrange : elle n'est pas triste de voir tomber la nuit dès trois heures. Pourquoi cela la rend triste, qu'il fasse nuit ? elle a peur de l'obscurité ? Elle réfléchit et répond que oui. Ils s'arrêtent devant une boutique. Elle, regarde la vitrine avec méfiance : c'est un commerce d'oiseaux, très joli ; dans les cages, on voit du dehors toutes sortes d'oiseaux, volant d'un trapèze à l'autre, se balançant, picorant de petites feuilles de laitue, ou du mouron, ou buvant à petites gorgées l'eau fraîche qu'on vient de changer.

— A propos, tu m'excuses... il y a de l'eau dans la carafe ?

— Je l'ai remplie quand je suis allé aux toilettes.

— Ça va.

— Tu en veux un peu ? C'est de la bonne eau, fraîche et tout.

— Non. On n'aura pas de problème pour préparer le maté demain. Continue.

— N'exagère pas, il y en a suffisamment pour la journée.

— Et toi, ne me donne pas de mauvaises habitudes. J'ai oublié d'en prendre quand on nous a conduits à la douche ; si tu n'y avais pas pensé, toi, on restait sans.

— Y en a bien assez, je t'assure... Bon, je reprends : lorsqu'ils entrent tous les deux dans la boutique aux oiseaux, c'est comme si y était entré on ne sait qui, le diable. Les oiseaux s'affolent, se jettent aveuglés contre les grilles des cages, se froissent les ailes. Le patron ne sait que faire. Les petites bêtes piaillent de terreur, on dirait des cris de vautour, pas des chants d'oiseaux. Elle prend la main du garçon et l'entraîne au-dehors. Aussitôt les oiseaux se calment. Elle lui demande de la laisser partir. Ils se séparent donc jusqu'à la nuit suivante. Il pénètre à nouveau dans le magasin, où les oiseaux tranquillement gazouillent, il achète un petit oiseau pour celle dont c'est l'anniversaire. Ensuite... eh bien ! je ne me rappelle plus comment ça continue. J'ai sommeil.

— Essaie encore un peu.

— Le sommeil me fait oublier l'histoire ; qu'est-ce que tu dirais si on continuait demain ?

— Si tu ne te rappelles pas, il vaut mieux attendre demain.

— En prenant le maté, je te la continue.

— J'aime mieux la nuit. Le jour, je ne veux pas penser à des salades. Il y a des choses plus importantes à quoi penser.

— ...

— Si tu vois que je ne lis pas et que je me tais quand même, c'est ce que je pense. Ne le prends pas mal.

— Pas de problème. Je ne vais pas te distraire, n'aie pas peur.

— Tu comprends, merci. A demain.

— A demain. Rêve d'Irena.

— J'aime mieux la collègue architecte.

— Je m'en doutais. Tchao.

— A demain.

— On était restés au moment où il entre dans la boutique aux oiseaux et voilà que les oiseaux n'ont pas peur de lui. Donc, c'est d'elle qu'ils avaient peur ?

— Je n'ai pas dit ça, c'est ton idée.

— Qu'est-ce qui se passe après ?

— Bon, ils continuent à se voir et tombent amoureux. Lui, elle l'attire terriblement : peut-être parce qu'elle est bizarre ; d'un côté, elle lui fait des mamours, le regarde, le caresse, se pelotonne dans ses bras ; mais quand il veut l'étreindre et l'embrasser, elle échappe, c'est à peine si elle laisse leurs lèvres se frôler. Il ne faut pas qu'il l'embrasse ; elle l'embrassera, lui : des baisers très tendres, mais comme ceux d'une enfant, aux lèvres pulpeuses, douces, mais fermées.

— Dans le temps, il n'y avait jamais de sexe dans les films.

— Attends, tu vas voir. Voilà qu'une nuit, il l'emmène à nouveau à ce restaurant-là, pas luxueux, mais pittoresque, avec des nappes à carreaux et tout en bois, où plutôt non, en pierre, enfin, oui, c'est ça, l'intérieur est comme une cabane avec des lampes à gaz, et sur les tables des bougies. Il lève son verre de vin, un verre style rustique, et porte un toast, parce que cette nuit un homme très amoureux va promettre mariage, si l'élue de son cœur accepte. Elle, ses yeux s'emplissent de larmes. Des larmes de bonheur. Ils trinquent et boivent sans rien dire, ils se prennent la main. Et puis soudain, elle recule : quelqu'un s'est approché de la table. Une femme, belle à première vue, mais avec quelque chose d'étrange dans le visage, et qui fait peur, sans qu'on sache ce que c'est. Un visage de femme ; mais aussi un visage de chat. Les yeux tournés vers le haut, très bizarres, comment te dire, le blanc de l'œil il n'y en a pas, l'œil est vert avec une pupille noire au milieu, rien de plus. Et un teint très pâle : comme si elle s'était mis des tonnes de poudre.

— Mais tu ne la disais pas jolie ?

– Eh bien, belle, elle l'est. A ses vêtements, on voit qu'elle est européenne, avec une coiffure en banane autour de la tête.

– Une coiffure en banane ?

– Comment te dire ? Un rouleau comme ça, comme un tuyau autour de la tête, qui rehausse le front et continue par-derrière.

– Ça va. Continue.

– Peut-être bien que je me trompe. Il me semble qu'elle a comme une tresse autour de la tête. Et une robe longue jusqu'aux pieds, un manteau court en renard sur les épaules. Elle s'approche de la table et regarde Irena, on dirait, avec haine, ou plutôt comme pour l'hypnotiser. Un regard, en tout cas, mal intentionné. Et elle lui parle dans une langue bizarre, bizarre, debout, près de la table. Lui, en homme bien élevé, s'est levé à son approche ; mais cette espèce de féline ne le regarde même pas. Elle adresse une seconde phrase à Irena, qui répond dans la même langue, tout effrayée. Il ne pige pas un mot de ce qu'elles se disent. La femme alors, pour qu'il comprenne aussi, lance à Irena : « Je t'ai reconnue tout de suite, tu sais bien pourquoi. A bientôt... » Et elle s'en va, sans un regard pour le jeune homme. Irena reste là comme pétrifiée, les yeux pleins de larmes, mais troubles, on dirait des larmes d'eau sale, comme des flaques d'eau. Elle se lève sans rien dire et s'enveloppe la tête d'un long voile, blanc. Lui, pose un billet sur la table et sort en lui prenant le bras. Ils ne disent rien. Il la voit regarder avec appréhension du côté de Central Park. Il neige. La neige amortit les bruits, les autos dans la rue glissent en silence, un lampadaire éclaire les flocons tout blancs, et là-bas au loin on dirait qu'on entend rugir des fauves. Ce n'est pas impossible : le zoo ne se trouve pas loin, dans le parc même. Elle s'arrête, elle lui demande de l'enlacer. Il la serre dans ses bras. Elle tremble, de froid ou de peur ; les rugissements semblent s'être apaisés. Elle murmure, dans un soupir, qu'elle a peur de rentrer chez elle et de rester toute seule la nuit. Un taxi passe, il lui fait signe, ils montent sans un mot. Ils se rendent chez lui. Silence durant tout le trajet. C'est un immeuble à l'ancienne, très chic, avec moquette, poutres apparentes, haut plafond, escalier en bois sombre sculpté, et à l'entrée, au pied de l'escalier, un grand palmier acclimaté dans un pot sensass. Avec des dessins chinois, quoi ! La plante se reflète dans un haut miroir à cadre ouvragé, du style des boiseries de l'escalier. Elle se regarde dans le miroir, étudie son propre visage, on dirait qu'elle cherche quelque chose dans ses traits. Il n'y a pas d'ascenseur, mais il vit au premier étage. Les pas ne résonnent presque pas sur la moquette, pas plus que dans la neige tout à l'heure. L'appartement est vaste, avec tout plein de choses fin de siècle, mais sobre ; c'est l'appartement que la mère du jeune homme habitait.

— Lui, arrivé là, qu'est-ce qu'il fait ?

— Rien. Il sait qu'il y a quelque chose au fond d'elle-même qui la tourmente. Il lui propose des boissons, du café, ce qu'elle voudra. Elle ne prend rien, elle lui demande de s'asseoir, elle a quelque chose à lui dire. Il allume sa pipe et la regarde dans les yeux, elle pose la tête sur ses genoux. Et commence à lui raconter une terrible légende de son village de montagne, une légende qui l'a toujours terrifiée, depuis toute petite. Je me rappelle pas bien, c'est un truc du Moyen Age. Les hameaux s'étaient trouvés isolés pendant des mois par la neige, on y mourait de faim, tous les hommes étaient partis à la guerre, quelque chose comme ça, et les bêtes féroces de la forêt approchaient, affamées, des maisons, je me rappelle pas bien, bref, un jour, le diable était apparu et avait demandé qu'on fasse sortir une femme, c'était la condition pour qu'il leur arrive de quoi manger, et une femme était sortie, la plus courageuse, et aux côtés du diable se tenait une panthère furieuse, affamée, et la femme avait fait un pacte avec le diable, pour ne pas mourir, je sais pas ce qui s'était passé, mais la femme avait donné le jour à une fille à visage de chat. Puis, quand les croisés étaient revenus de guerre sainte, le soldat qui était marié à cette femme-là était rentré chez lui ; mais quand il avait voulu l'embrasser, elle l'avait déchiré tout vivant : comme aurait fait une panthère.

— Je comprends pas trop. C'est très confus, de la façon dont tu le racontes.

— C'est que là, la mémoire me lâche. Mais ça ne fait rien. Ce que dit Irena, ça, je m'en souviens bien : c'est que des femmes-panthères ont continué à naître dans la montagne. De toute façon, le soldat était déjà mort ; mais un autre croisé s'était rendu compte que c'était sa femme qui l'avait tué, et il l'avait suivie, mais elle lui échappait, dans la neige, laissant d'abord des traces de pas de femme, puis, à l'approche de la forêt, des traces de pas de panthère, et le croisé qui la suivait avait pénétré dans la forêt alors qu'il faisait nuit, et il avait vu briller dans l'obscurité les yeux verts de quelqu'un qui l'attendait, tapi, alors il avait fait, avec son épée et son poignard, une croix, et la panthère s'était tenue tranquille, elle était redevenue une femme, étendue là, à moitié endormie, comme en hypnose, et le croisé était revenu sur ses pas, parce que d'autres rugissements approchaient, ceux des fauves qui avaient flairé la femme : et qui la mangèrent. Le croisé était revenu au village, exténué, pour raconter tout. Et la légende, c'est que la race des femmes-panthères n'est pas éteinte ; qu'elles sont cachées quelque part dans le monde, et ressemblent à des femmes normales ; sauf que quand un homme les embrasse, c'est la bête sauvage qui peut revenir.

— Et elle, c'est une femme-panthère ?

— Elle, tout ce qu'elle sait, c'est que ces contes lui ont fait très peur quand elle était petite ; et elle a toujours vécu avec ce cauchemar : la terreur de descendre de ces femmes-là.

— Et la femme du restaurant, qu'est-ce qu'elle lui avait dit ?

— C'est ça que demande le jeune homme. Et Irena se jette dans ses bras en pleurant... La femme lui a simplement dit bonjour. Non, elle se reprend et s'arme de courage... La femme lui a dit, dans le dialecte de son village, de se rappeler qui elle était, et aussi qu'il lui suffisait de voir son visage pour savoir qu'elles étaient sœurs. Et puis de prendre garde aux hommes. Lui, il se met à rire. « Tu parles, elle a vu que tu étais de la région parce que tous les compatriotes se reconnaissent ; si je vois un Américain en Chine, moi, je m'approche et je lui dis bonjour. Comme c'était une femme, avec en plus des idées un peu anciennes, elle t'a tout bonnement dit de prendre garde à toi, ce n'est pas ça ? » Il dit ; et elle se calme. Elle se sent si calme qu'elle s'endort dans ses bras ; il l'étend sur le divan, place un oreiller sous sa tête, apporte une couverture. Elle dort. Alors, lui va dans sa chambre et la scène se termine là, on le voit en pyjama et robe de chambre, de la bonne qualité mais pas du luxe : un tissu uni. Depuis la porte, il la regarde dormir, il allume sa pipe et reste pensif. Le feu brûle dans la cheminée, oh non, je me rappelle, la lumière vient d'un chandelier sur sa table de nuit à lui. Comme le feu est en train de s'éteindre, Irena se réveille, il reste à peine une braise. Le jour se lève.

— Le froid la réveille, comme nous.

— Non, c'est autre chose ; je savais que tu allais me dire ça. Un canari chante dans sa cage, voilà ce qui la réveille. Irena a d'abord peur d'approcher, mais elle sent le petit oiseau content, alors elle ose. Elle le regarde et soupire profondément, soulagée, contente que l'oiseau n'ait pas eu peur. Elle va à la cuisine, prépare des toasts, et même du bacon, comme ils font, et des céréales et...

— Ne me parle pas de nourriture.

— Et des pan-cakes...

— Je te le demande sérieusement. Pas de repas, ni de femmes nues.

— Bon, elle le réveille ; lui, il est heureux de voir qu'elle se plaît dans sa maison, et il lui demande si elle veut rester et vivre là.

— Il est encore couché ?

— Oui. Elle lui a apporté son petit déjeuner au lit.

— Moi, je n'ai jamais aimé prendre mon petit déjeuner au lit, ce que j'aime d'abord et surtout c'est de me laver les dents. Mais vas-y, continue.

— Bon, il veut l'embrasser. Elle ne le laisse pas faire.

— Il doit avoir mauvaise haleine, s'il ne s'est pas lavé les dents.

— Si tu commences à te moquer, il n'y a plus de plaisir.

— Allons, je t'en prie, j'écoute.

— Il lui redemande si elle veut se marier avec lui. Elle répond qu'elle l'aime de tout son cœur, elle ne veut plus quitter sa maison, elle s'y sent si bien, elle regarde les rideaux qui sont en velours sombre, pour arrêter la lumière, et pour faire entrer la lumière elle les tire, et derrière il y a encore des rideaux de dentelle. On voit toute la décoration fin de siècle. Elle demande qui a choisi ces choses si jolies et je crois qu'il raconte que sa mère est présente dans toute cette décoration, sa mère qui était très bonne et aurait aimé Irena comme sa fille. Irena s'approche et lui donne un baiser, presque d'adoration, comme on embrasse un saint, n'est-ce pas ? sur le front. Et elle lui demande de ne jamais l'abandonner, elle veut rester avec lui toujours, la seule chose qu'elle désire c'est de pouvoir se réveiller chaque jour pour le contempler à nouveau, à côté d'elle toujours... Mais pour ce qui est de devenir vraiment sa femme, elle lui demande de lui laisser un peu de temps, jusqu'à ce qu'elle n'ait plus toutes ces peurs...

— Tu as compris ce qu'il en est, non ?

— Elle a peur de devenir panthère.

— Ouais, moi je crois qu'elle est frigide, qu'elle a peur des hommes ou qu'elle a une idée du sexe très violente ; moyennant quoi, elle invente toutes ces choses-là.

— Attends un peu. Il accepte, et les voilà mariés. La nuit de noces, elle dort dans le lit ; et lui, sur le divan.

— Contemplant le décor laissé par sa mère.

— Si tu te mets à rire, j'arrête ; moi je raconte le film sérieusement, comme je l'aime. Et puis il y a autre chose que je ne peux pas te dire, qui fait que j'aime beaucoup ce film, vraiment.

— Dis quand même.

— J'allais y arriver, mais maintenant je vois que tu ris, et moi ça me fait enrager : vérité vraie.

— Ce n'est pas ça, j'aime le scénario, mais comme tu t'amuses à raconter, il faut bien que moi aussi j'intervienne un peu, tu comprends ? Je ne suis pas quelqu'un qui sait toujours écouter, tu saisis ? Et voilà que, soudain, je dois t'écouter pendant des heures en silence.

— Moi, je croyais que ça te servait pour te distraire et trouver le sommeil.

— Oui, c'est sûr, bien vrai, les deux à la fois, je me distrais et je trouve le sommeil.

— Alors ?

— Eh bien ! si tu veux, j'aimerais que nous commentions de temps à autre la chose, à mesure que tu avances, pour me soulager un peu. Juste, non ?

— Si c'est pour te moquer d'un film que j'ai aimé, alors non.

— Écoute, ça pourrait être de simples commentaires. Par exemple : j'aimerais te demander comment tu imagines la mère du type.

— A condition que tu ne te mettes plus à rire.

— Je promets.

— Voyons voir... je ne sais pas, une femme très bonne. Une merveille de personne, qui a rendu très heureux son mari et ses enfants. Toujours bien mise.

— Tu l'imagines faisant le ménage ?

— Non, je la vois impeccable, avec une robe à haut col ; le feston cache les rides de son cou. Elle a cette chose qui est si belle chez les femmes d'un certain âge : une pincée de coquetterie au milieu de tout leur sérieux, à cause de l'âge ; quelque chose qu'on remarque chez celles qui continuent à être femmes et qui veulent plaire.

— Vu. Elle est toujours impeccable. Parfait. Elle a des domestiques, elle exploite des gens qui n'ont d'autre ressource que de la servir, pour une bouchée de pain. Et, bien sûr, elle a été très heureuse avec son mari, qui l'a exploitée à son tour, a fait d'elle tout ce qu'il a voulu, l'a tenue enfermée à la maison comme une esclave, à l'attendre...

— Écoute...

— ... à l'attendre tous les soirs, au retour de son cabinet d'avocat, ou de son cabinet de médecin. Et elle était parfaitement d'accord avec ce système, elle ne se révoltait pas, et elle a inculqué à son fils toute cette ordure, et le fils maintenant tombe sur la femme-panthère. Bien fait pour lui.

— Tu n'aimerais pas, dis la vérité, avoir une mère comme ça, tendre, toujours bien mise de sa personne ?... Allons, ne me raconte pas d'histoires...

— Non, et je vais t'expliquer pourquoi, si tu n'as pas compris.

— Écoute, j'ai sommeil ; et je suis furieux que tu remettes ça sur le tapis ; parce que, jusqu'ici, je me sentais en pleine forme, j'avais oublié la crasse de cette cellule, j'avais tout oublié, en te racontant le film.

— Moi aussi, j'avais oublié.

— Et alors ? pourquoi gâcher mes illusions, et les tiennes avec ? Qu'est-ce que c'est que ce travail ?

— Je vois que je dois te donner une explication plus claire, puisque par signes tu ne comprends pas.

— Ici, dans l'obscurité, tu me fais des signes ? Je trouve ça parfait.

— Je vais t'expliquer.

— Oui, mais demain ; parce que maintenant je suis en rogne, tu continues demain... Pourquoi ne suis-je pas tombé sur un compagnon de cellule comme le fiancé de la femme-panthère, au lieu de toi ?

— Ça, c'est une autre histoire, et elle ne m'intéresse pas.

— Tu as peur de parler de ces choses ?

— Peur, non. Ça ne m'intéresse pas, c'est tout. Je sais tout de toi, va, sans que tu m'aies rien raconté.

— Bon, je suis ici pour détournement de mineurs, avec ça si je n'ai pas tout dit, ne va pas jouer maintenant les fins psychologues.

— Avoue qu'il te plaît parce qu'il fume la pipe.

— Non. Parce que c'est quelqu'un de pacifique et de compréhensif.

— Sa mère l'a châtré, voilà tout.

— Il me plaît, ça suffit. Et toi qui aimes la collègue architecte, qu'est-ce qu'elle a donc, cette guérillera ?

— Elle me plaît, au moins, plus que la panthère.

— Tchao, demain tu m'expliques pourquoi. Laisse-moi dormir.

— Tchao.

— On en était au moment où elle va se marier avec le gars à la pipe. J'écoute.

— Pourquoi ce petit ton moqueur ?

— Rien, raconte, vas-y, Molina.

— Non, c'est toi qui vas me parler du gars à la pipe, toi, puisque tu le connais mieux que moi qui ai vu le film.

— Il ne te convient pas, le gars à la pipe.

— Pourquoi ?

— Tes intentions à son égard ne sont pas tout à fait chastes, hein ? avoue.

— Bien sûr.

— Bon. Lui, Irena lui plaît parce qu'elle est frigide et qu'il n'a pas à l'attaquer ; moyennant quoi, il la protège et la conduit dans cet appartement où sa mère est présente ; bien qu'elle soit morte, elle est présente, dans tous les meubles, et les rideaux, et toutes ces saloperies, est-ce que tu ne l'as pas dit toi-même ?

— Continue.

— S'il y a tout laissé intact, dans sa maison, c'est parce qu'il veut rester le petit garçon à sa maman; et ce n'est pas une femme qu'il a amenée chez lui, mais une poupée pour jouer avec.

— Tout ça, c'est de ton cru. Moi, qu'est-ce que j'en sais, si la maison était à sa mère ? je t'ai dit ça parce que l'appartement m'a beaucoup plu, et comme il était décoré à l'ancienne, j'ai dit qu'il pouvait être à sa mère, mais rien de plus. Si ça se trouve, il l'a loué meublé.

— Alors, tu m'inventes la moitié du film.

— J'invente pas, je te jure, mais il y a des choses que, pour les préciser, et que tu les voies comme je les vois, eh bien ! il faut que, d'une façon ou d'une autre, je te les explique. La maison, par exemple.

— Avoue que c'est la maison où tu aimerais vivre, toi.

— Mais bien sûr. Et maintenant je vais devoir subir ce que tout le monde me dit.

— Voyons ça... Qu'est-ce que je vais te dire ?

— Tous pareils. On me sort la même chose, toujours !

— Quoi donc ?

— Qu'enfant on m'a trop dorloté, que c'est pour ça que je suis comme ça, que je suis resté collé aux jupes de maman et alors je suis comme ça, mais que ça peut toujours se corriger ; et que ce qu'il me faut, c'est une femme ; parce que la femme, c'est ce qu'il y a de mieux.

— C'est ce qu'on te dit ?

— Oui, et moi je réponds... parfait ! extra ! puisque les femmes sont ce qu'il y a de mieux, moi, justement, je veux être une femme. Alors épargne-moi tes conseils, je sais ce qui se passe en moi et dans ma tête tout est parfaitement clair.

— Je ne trouve pas ça si clair ; du moins de la façon dont tu l'expliques.

— En tout cas, je n'ai pas besoin que tu m'éclaircisses quoi que ce soit ; si tu veux, je te continue le film ; et si tu ne veux pas, patience, je me le raconte à voix basse, et saluti tanti, arrivederci, Sparafucile.

— Qui c'est, Sparafucile ?

— Tu ne connais rien en opéra ; c'est le traître de *Rigoletto.*

— Allez, raconte-le, ton film, et bonsoir ; moi, maintenant, je veux savoir comment ça continue.

— Où en étions-nous ?

— A la nuit de noces. Quand il ne la touche pas.

— En effet, il dort sur le canapé du salon, ah ! ce que je ne t'ai pas dit, c'est qu'ils ont décidé, d'un commun accord, qu'elle irait voir un psychanalyste. Elle y va donc et elle tombe sur un très beau garçon, le genre gars bien foutu.

— Qu'est-ce que c'est, pour toi, un très beau garçon ? j'aimerais savoir.

— Eh bien ! c'est un grand brun, moustachu, distingué, au front large, mais avec une petite moustache un peu racoleuse, je sais pas si je me fais comprendre, une moustache m'as-tu-vu, qui le trahit. Bon, mais puisqu'on y est, celui qui joue le psychanalyste, ce n'est pas mon genre, justement.

– Quel acteur c'est?

– Je me rappelle pas les rôles secondaires. C'est un beau garçon, mais trop maigre à mon goût, si tu veux savoir, un de ces types qui font bien avec un veston croisé: avec un complet droit ils doivent porter un gilet. Un type qui plaît aux femmes. Un individu dont on sent bien, je ne sais pas, qu'il est très sûr de plaire aux femmes, puisque dès qu'il apparaît... il impressionne en effet, et là il impressionne Irena, la voilà sur le divan qui se met à raconter ses problèmes: seulement, elle ne se sent pas à l'aise, elle sent qu'elle n'est pas à côté d'un médecin, mais à côté d'un gars, et elle a peur.

– Remarquable, ton film.

– Remarquable comment? de ridicule?

– Non, de cohérence: c'est extra. Continue. Ne sois pas si méfiant.

– Elle parle de sa peur de n'être pas une bonne épouse et ils conviennent que, la fois suivante, elle lui racontera ses rêves, ou ses cauchemars, parce que dans un rêve elle s'est transformée en panthère. Alors, tout va bien, ils se disent au revoir. Mais, la fois suivante, elle n'y va pas, elle ment au mari, et au lieu de se rendre chez le médecin, où elle va? Au zoo, regarder la panthère. Et elle reste là, comme fascinée, elle porte son manteau de velours noir, qui a des reflets comme moirés, la peau de la panthère aussi est noire et moirée. La panthère tourne dans sa cage immense, sans quitter la fille des yeux. Là-dessus arrive le gardien, il ouvre la porte de la cage, qui est sur le côté. Il l'ouvre à peine une seconde, il jette la viande et referme, mais distrait par le crochet auquel était suspendue la viande, il a oublié la clé dans la serrure. Irena voit tout, elle se tait, le gardien attrape un balai, il se met à pousser les papiers et les mégots éparpillés autour des cages. Irena, doucement, discrètement, s'approche. Elle retire la clé, la regarde: une grande clé, rouillée, elle reste pensive; passent quelques secondes.

— Qu'est-ce qu'elle va faire ?

— Eh bien ! elle se dirige vers le gardien et la lui donne. Le vieux, un gars tranquille, de bonne humeur, la remercie. Irena rentre chez elle, attend le retour de son mari : c'est l'heure où il doit rentrer du bureau. Avec tout ça, j'ai oublié de te dire que le matin, avec beaucoup de tendresse, elle donne du mouron au canari, elle lui change son eau, et le canari chante. Enfin, le mari arrive et elle l'enlace, elle l'embrasse presque, elle a un grand désir de l'embrasser, sur la bouche, et lui, ému, pense que peut-être c'est le traitement psychanalytique qui fait du bien, que le moment est proche où ils seront réellement mari et femme. Mais il commet l'erreur de lui demander comment s'est passée la séance de l'après-midi. Elle, qui n'y est pas allée, se sent mauvaise conscience ; alors elle s'échappe de ses bras, elle lui ment, oui elle y est allée et tout a bien été. Mais elle lui échappe, il n'y a rien à faire : il doit rester sur sa faim. Le lendemain, il est au travail avec les autres architectes, et sa collègue qui est toujours là à l'observer, parce qu'elle continue à l'aimer, le sent préoccupé ; elle lui propose d'aller ensemble prendre un verre à la sortie, pour le remonter, mais lui dit non, il a beaucoup à faire, il va rester, travailler après l'heure ; alors, elle qui l'a toujours aimé propose de rester, elle aussi, pour l'aider.

— Sympathique, la petite. C'est bizarre, non ? tu ne m'as rien dit d'elle, et elle m'est devenue sympathique. Chemins étranges de l'imagination.

— Elle reste avec lui, mais ce n'est pas une Marie-couche-toi-là ; depuis qu'il s'est marié, elle s'est résignée, et simplement elle veut l'aider, comme une amie. Les voilà donc qui travaillent après l'heure. La pièce est vaste, avec plusieurs tables de dessin, chaque architecte en a une, mais maintenant les autres sont partis et tout est plongé dans l'obscurité, sauf la table du jeune homme, qui est vitrée, et c'est de sous la vitre que vient la lumière, ce qui fait que les visages sont éclairés d'en bas, les corps font une ombre assez sinistre sur les murs, des ombres de géants, et la règle à dessin ressemble à une épée quand l'un d'eux la saisit pour tracer une ligne.

Ils travaillent en silence. Elle, de temps en temps, le reluque, et bien qu'elle brûle de savoir ce qui le préoccupe, elle ne pose aucune question.

— Ça, c'est bien. Elle respecte son silence, elle est discrète ; ce doit être ça qui me plaît.

— Pendant ce temps, Irena attend, attend et, finalement, elle se décide à téléphoner au bureau. L'autre décroche, lui passe le gars. Irena est jalouse, elle tâche de le cacher ; il explique qu'il l'a appelée plus tôt pour l'avertir, mais qu'elle n'était pas là. Évidemment : elle était de nouveau au zoo. Alors, comme il l'a prise en défaut, il faut bien qu'elle se taise, elle ne peut protester. Et il se met à rentrer tard, parce que quelque chose lui fait retarder son retour à la maison.

— Tout cela est d'une logique : épatant !

— Qu'est-ce que tu en dis ? Tu vois bien qu'il est normal, qu'il veut coucher avec elle.

— Là, écoute, non. Auparavant il rentrait chez lui avec plaisir parce qu'il savait qu'elle n'allait pas coucher ; mais, maintenant, avec le traitement, ça devient possible, et c'est justement ce qui l'inquiète. Alors que si elle était demeurée une petite fille, comme au début, ils n'auraient fait que jouer, ils auraient commencé à faire quelque chose sexuellement.

— En jouant comme des enfants ? Eh bien ! ça manque de piquant.

— Moi, cela ne me semble pas mal, tu sais, de la part de ton architecte. Excuse-moi de me contredire.

— Qu'est-ce qui ne te semble pas mal ?

— Qu'ils commencent comme en jouant, sans tambour ni trompette.

— Bon, je reviens au film. Au fait, dis-moi une chose, pourquoi il reste si volontiers avec la collègue ?

— Pourquoi ? Parce qu'on suppose qu'étant marié, il ne peut plus rien se passer : la collègue ne représente plus une possibilité sexuelle, puisque apparemment, avec son épouse, il est déjà investi.

– Quelle imagination!

– Si toi tu mets ton petit grain, pourquoi pas moi?

– Je continue. Un soir, Irena a préparé le dîner, mais lui n'arrive pas. La table est mise, pour un dîner aux chandelles. Elle ne sait pas que lui, parce que c'est l'anniversaire du jour où ils se sont mariés, il est allé la chercher tôt l'après-midi, à la sortie de son psychanalyste; et, naturellement, il ne l'a pas trouvée puisqu'elle n'y va jamais. Là, il a appris qu'elle ne venait plus depuis longtemps, et il a téléphoné à Irena, qui ne se trouvait pas à la maison, bien sûr: comme tous les après-midi, elle était sortie, irrésistiblement attirée par le zoo. Alors il est retourné, désespéré, au bureau, il avait besoin de tout raconter à sa compagne de travail. Et ils s'en sont allés à un bar, tout près, boire un verre; mais ce qu'ils veulent, ce n'est pas boire, c'est parler en privé et hors du bureau. Irena, voyant qu'il se fait tard, commence à tourner dans la pièce comme un fauve en cage; elle appelle le bureau. Pas de réponse. Elle essaie de faire quelque chose pour passer le temps, elle est nerveuse, nerveuse, elle s'approche de la cage du canari et se rend compte que le canari à son approche bat des ailes désespérément, il vole comme un aveugle d'un côté et de l'autre de sa petite cage, en se froissant les ailes. Elle ne résiste pas à l'impulsion, ouvre la cage, y passe la main. L'oiseau tombe mort, comme foudroyé. Irena se désespère, toutes ses hallucinations reviennent, elle sort en courant à la recherche de son mari; lui seul peut lui venir en aide, lui seul peut la comprendre. En se dirigeant vers le bureau, elle passe inévitablement devant le bar, où elle les voit. Elle s'immobilise, incapable de faire un pas de plus: la rage la fait trembler, la jalousie. Le couple se lève pour sortir, Irena se cache derrière un arbre. Les voit se dire au revoir et se séparer.

– Comment se disent-ils au revoir?

– Il l'embrasse sur la joue. Elle porte un chapeau aux bords rabattus. Irena ne porte pas de chapeau, ses cheveux bouclés brillent sous les lampadaires de la rue déserte, tandis qu'elle la suit, l'autre. L'autre qui prend le chemin direct pour rentrer chez elle, c'est-à-dire à travers le parc, Central Park, qui se trouve là, en face des bureaux, et la route parfois est comme un tunnel, parce que le parc a comme des coteaux, et le chemin est en ligne droite, il est parfois creusé dans les coteaux, c'est comme une rue, avec de la circulation, mais pas beaucoup, comme un raccourci, où un bus passe. La collègue, parfois, prend le bus pour ne pas marcher ; et d'autres fois, elle s'en va à pied, parce que le bus ne passe qu'à de longs intervalles. Et la collègue décide d'aller à pied, cette fois, pour s'aérer un peu les idées, car sa tête va exploser, d'avoir parlé avec le garçon ; il lui a tout raconté, Irena qui ne couche pas avec lui, et les cauchemars qu'elle fait avec les femmes-panthères. Et cette fille, amoureuse comme elle l'est du garçon, se sent vraiment complètement troublée, parce qu'elle s'était déjà résignée à le perdre, mais plus maintenant, elle est à nouveau pleine d'espoir. D'un côté elle est contente, puisque tout n'est pas perdu ; et d'un autre côté, elle a peur, peur de se faire à nouveau des illusions et de souffrir ensuite, de rester les mains vides un nouveau coup. Et elle pense à tout ça, en marchant d'un pas vif : il fait froid. Il n'y a personne par là, de part et d'autre du chemin il y a le parc sombre, il n'y a pas de vent, pas une feuille qui bouge, la seule chose qu'on entend ce sont des pas derrière la collègue, des talons de femme. La collègue se retourne et voit une silhouette, mais à distance, et avec le peu de lumière, elle ne distingue pas qui c'est. Or, voilà que le bruit des talons devient de plus en plus rapide. La collègue commence à s'alarmer, parce que tu sais ce qui se passe, quand tu es resté à parler de choses effrayantes, de fantômes ou de crimes, tu es plus impressionnable, un rien suffit à t'effrayer ; et cette femme-là se souvient des femmes-panthères et tout et tout, elle commence à avoir peur et presse le pas, seulement elle est juste à la moitié du chemin. Alors elle se met à courir presque, ce qui est pire.

— Je peux t'interrompre, Molina ?

— Oui, mais j'ai presque fini, pour cette nuit je veux dire.

— Une seule question, qui m'intrigue un peu.

— Quoi ?

— Tu ne vas pas te fâcher ?

— Ça dépend.

— C'est intéressant à savoir. Et après, toi, si tu veux, tu m'en demandes autant.

— Vas-y.

— Avec qui tu t'identifies ? avec Irena ou la femme architecte ?

— Avec Irena. Qu'est-ce que tu crois ? C'est la vedette : non mais, quelle cruche ! Moi : toujours avec l'héroïne.

— Continue.

— Et toi, Valentin, avec qui ? Tu es coincé, parce que le gars te semble un con.

— Tu vas rire. Avec le psychanalyste. Mais ne te moque pas, j'ai respecté sans commentaire ton choix. Continue.

— Ensuite on en discute, si tu veux, ou demain.

— Oui, mais continue encore un peu.

— Un tout petit peu, pas plus : j'aime te reprendre la friandise au meilleur moment, comme ça le film te plaît davantage. C'est ce qu'il faut faire avec le public, sinon il n'est pas content. A la radio, avant, ils faisaient toujours ça. Maintenant, ce sont les feuilletons de la télé.

— Vas-y.

— Bon. On en était au moment où la petite ne sait plus s'il faut courir ou pas, et voilà qu'on n'entend presque plus les pas, le bruit des talons de l'autre je veux dire, parce que ce sont des pas différents, presque imperceptibles, quelque chose comme des pas de chat, ou pire. Elle se retourne et ne voit plus la femme : comment a-t-elle pu disparaître d'un coup ? mais elle croit voir une autre ombre, qui glisse et disparaît aussitôt. Et ce que l'on entend maintenant, c'est un bruit de foulées dans les taillis du parc, des foulées d'animal, qui se rapprochent.

— Et alors ?

— On continue demain. Tchao. Fais de beaux rêves;

— Tu me le payeras.

— A demain.

2

— Dis donc, tu t'y connais en cuisine.

— Merci, Valentin.

— Mais tu vas me donner de mauvaises habitudes. Après, ça peut me faire du tort.

— Tu es fou : jouis de l'instant qui passe ! Profite ! Tu ne vas pas te gâcher le repas en pensant à ce qui peut arriver demain ?

— Je ne crois pas à ces histoires, jouir de l'instant qui passe, Molina ; personne ne jouit de l'instant. Ça, c'est bon pour le paradis terrestre.

— Tu y crois, toi, au ciel et à l'enfer ?

— Attends, si nous nous mettons à discuter, que ce soit avec un peu de rigueur ; si nous partons dans tous les sens, ça va donner une discussion de collégiens.

— Je ne pars pas dans tous les sens.

— Parfait ; alors laisse-moi d'abord fixer mon idée, que je te propose un point de vue.

— J'écoute.

— Je ne peux pas, moi, jouir de l'instant, parce que je vis en fonction de la lutte politique, bon, d'une activité politique disons, tu comprends ? Tout ce que je supporte ici, c'est déjà pas mal, mais ce n'est rien, si tu penses à la torture... tu *ne sais pas* ce que c'est.

— Je peux l'imaginer.

— Non, tu ne peux pas l'imaginer... Bon, tout, je supporte tout... parce que j'ai mis les choses en perspective. Il y a ce qui est important : la révolution sociale ; et ce qui est secondaire, c'est les plaisirs, les sens. Tant que durera la lutte, qui durera peut-être toute ma vie, je ne dois pas cultiver les plaisirs des sens, tu piges ? Parce qu'ils sont, vraiment, secondaires pour moi. Le grand plaisir, c'est autre chose : c'est de savoir que je suis au service de ce qu'il y a de plus élevé et qui est... bon... toutes mes idées.

— Comment, tes idées ?

— Mes idéaux... le marxisme, si tu veux que je te définisse le tout d'un mot. Et ce plaisir-là, je peux le ressentir n'importe où, ici, dans cette cellule, et même sous la torture. C'est ça ma force.

— Et ta petite amie ?

— Ça aussi, ça doit être secondaire. D'ailleurs, pour elle, je suis secondaire. Parce qu'elle aussi, elle sait ce qui est le plus important.

— C'est toi qui le lui as appris ?

— Non, je crois que nous l'avons découvert peu à peu, ensemble. Est-ce que tu as compris ce que je voulais dire ?

— Oui...

— Tu ne sembles pas très convaincu.

— Non, mais ne fais pas attention. Moi, maintenant, je vais dormir.

— Tu es fou ! Et la panthère ? Tu m'as laissé en suspens depuis hier soir.

— Demain.

— Mais qu'est-ce qui t'arrive ?

— Rien... Je suis bête, c'est tout.

— Allons, explique, je t'en prie.

— Tu sais, je suis comme ça, un rien me blesse. Je t'ai préparé un repas avec quoi ? Avec mes provisions, et le pire, c'est que moi qui adore ça, je t'ai donné la moitié de l'avocat, que j'aurais pu me garder pour demain. Et tout ça pourquoi ?... pour que tu me reproches de te donner de mauvaises habitudes.

— Mais ne sois pas comme ça ! Tu es trop sensible...

— Qu'est-ce que tu veux ? Je suis comme ça, sentimental.

— Trop. On dirait une...

— Qu'est-ce qui t'arrête ?

— Rien.

— Dis-le, je sais bien ce que tu allais dire.

— Ne sois pas bête.

— Allez : on dirait une fille, c'est ça que tu allais dire.

— Oui.

— Et en quoi c'est mal d'être doux comme une femme ? Pourquoi un homme, ou n'importe quoi, un chien ou une tapette, ne pourrait-il pas être sensible, s'il en a envie ?

— Je ne sais pas ; mais chez un homme, c'est un excès qui peut le gêner.

— Pourquoi ? Pour torturer ?

— Non, pour en finir avec les tortionnaires.

— Si tous les hommes étaient comme des femmes, il n'y aurait pas de tortionnaires.

— Et toi, qu'est-ce que tu ferais sans hommes ?

— Tu as raison. Ce sont des brutes, mais qui me plaisent bien.

— Molina... tu dis : s'ils étaient tous comme des femmes, il n'y aurait pas de tortionnaires. Voilà au moins un point de vue : irréel, mais enfin un point de vue.

— Quelle façon de dire les choses !

— Comment, quelle façon ?

— Avec quel mépris tu dis ça : « au moins un point de vue ».

— Bon, excuse-moi si je t'ai fâché.

— Il n'y a rien à excuser.

— Alors fais-moi une meilleure mine et cesse de me punir.

— Punir de quoi ? Tu es fou !

— Mettons que je n'aie rien dit.

— Tu veux que je te continue le film ?

— Mais bien sûr, mec.

— Quel mec ? Où est le mec ? Dis-moi où, je ne le laisse pas échapper !

— Allons, fini de plaisanter, raconte.

— Où en étions-nous ?

— Au moment où la femme architecte, ma fiancée, n'entend plus des pas humains.

— Bon. Là elle commence à trembler de terreur, elle est prise de panique, elle n'ose pas se retourner, de peur de voir la panthère ; elle s'arrête un moment pour savoir si elle entend à nouveau des pas humains, mais rien, le silence total, à peine un bruissement de taillis remués par le vent... ou par autre chose. Alors elle pousse un cri de désespoir, quelque chose comme un mélange de sanglot et d'appel au secours, et voilà son cri couvert par le bruit de la porte automatique du bus, qui vient de stopper devant elle. Les portes hydrauliques font comme un bruit de ventouse. Elle est sauvée. Le chauffeur l'a vue arrêtée, là, et lui a ouvert la porte ; il lui demande ce qu'elle a, elle dit rien, elle ne se sent pas bien, rien de plus. Et elle monte... Bon. Et lorsque à son tour Irena rentre chez elle, elle est comme ébouriffée, avec des souliers tout crottés. Lui, il est complètement désorienté ; il ne sait que dire, que faire, avec ce drôle de numéro qu'il a épousé. Elle entre, elle sent qu'il est bizarre, elle va à la salle de bains pour déposer ses souliers, et voilà qu'il a, d'à côté, le courage de lui parler parce qu'elle ne le regarde pas : il est allé la chercher chez le médecin et a appris qu'elle n'y retournait plus. Alors, elle pleure, elle déclare que tout est perdu, qu'elle est ce qu'elle a toujours eu peur d'être, folle, avec des hallucinations, ou pire encore... femme-panthère. Lui, là, se radoucit à nouveau, il la prend dans ses bras, et c'est toi qui avais raison, pour lui elle est comme une enfant ; car lorsqu'il la voit si désarmée, si perdue, il sent de nouveau qu'il l'aime de tout son cœur, et il met la tête d'Irena sur son épaule, son épaule à lui, et il lui caresse les cheveux et il lui dit d'avoir confiance, que tout va s'arranger.

— Il est bien, ton film.

— Mais ça continue, il n'est pas fini.

— Tu penses, j'imagine bien que ça ne va pas s'arrêter là. Mais tu sais ce que j'aime ? c'est qu'il y a comme une allégorie, très claire en plus, de la peur de la femme de se donner à l'homme, parce qu'en se donnant au sexe, elle devient un peu un animal, tu piges ?

— Comment ça ?

— Il y a un type de femme, très sensible, trop spirituelle, qui a été élevée dans l'idée que le sexe est sale, que c'est un péché ; et ce type-là de nana est foutue, complètement foutue, elle se révélera probablement frigide lorsqu'elle se mariera, parce qu'elle a à l'intérieur une barrière, on lui a fait dresser là comme une barrière, ou une muraille, qui ne laisse rien passer, pas même les balles.

— Et encore moins autre chose.

— Maintenant que je parle sérieusement, c'est toi qui plaisantes. Tu vois comme tu es, toi aussi ?

— Vas-y, voix de la sagesse.

— C'est tout, rien de plus. Continue la panthère.

— Bon, il essaie de la convaincre de retrouver confiance et d'aller voir le médecin.

— C'est-à-dire : moi.

— Oui. Mais elle dit qu'il y a quelque chose chez le médecin qu'elle n'aime pas.

— C'est sûr, parce que, s'il la guérit, il la rendra au sexe et à la vie conjugale.

— N'empêche que le mari la persuade d'y retourner. Et elle y va ; mais elle a peur.

— Tu sais ce qui lui fait peur, par-dessus tout ?

— Quoi ?

— Le médecin est un type fortement sexualisé, tu l'as dit.

— Oui.

— Et c'est tout le problème : il l'excite, voilà pourquoi elle refuse de se soumettre au traitement.

— Bon, elle retourne à la consultation. Et elle parle en toute sincérité : sa plus grande peur, c'est qu'un homme l'embrasse et qu'elle, du coup, se transforme en panthère. Et là, le médecin se trompe : il veut lui ôter sa peur en lui démontrant que lui, en tout cas, n'a pas peur d'elle, il est sûr qu'elle est une femme charmante, désirable, et rien de plus ; c'est-à-dire que le type choisit un traitement assez vilain, parce que, en fait, poussé par l'envie qu'il a d'elle, il cherche à l'embrasser, c'est ça qu'il cherche. Mais elle refuse, elle sent bien que c'est vrai, que le médecin a raison, qu'elle est normale, et du coup elle quitte sur-le-champ le cabinet médical, et toute contente elle s'en va droit au bureau des architectes, résolue, sa décision est maintenant prise, à se donner le soir même à son mari. Elle est heureuse, elle court et elle arrive presque à bout de souffle. Mais, en atteignant la porte, elle reste comme paralysée. Il est tard, et tout le monde est parti, sauf le mari et sa collègue qui sont en train de parler, en se tenant la main, on ne sait pas si c'est un geste d'amitié ou quoi. C'est lui qui parle, les yeux baissés, tandis que la collègue l'écoute, compréhensive. Ils ne se rendent pas compte que quelqu'un vient d'entrer. Zut, là, j'ai un trou de mémoire.

— Attends un peu, ça va te revenir.

— Je me rappelle qu'il y a une scène avec une piscine, et une autre au même endroit, dans le bureau des architectes, et encore une, la dernière, avec le psychanalyste.

— Ne me dis pas qu'à la fin, la panthère reste avec moi.

— Non. T'en fais pas. Bon, toute cette partie finale, si tu veux, je te la raconte sans ordre : juste ce que je me rappelle.

— D'accord.

— Alors, ils sont là dans le bureau, l'autre fille et lui, qui parlent, et qui s'arrêtent de parler en entendant une porte grincer. Ils regardent et il n'y a personne, le bureau est dans l'obscurité, avec seulement leur table qui reçoit cette lumière assez sinistre, de bas en haut. Et l'on entend des foulées d'animal qui font crisser un papier au passage, et maintenant oui, je me rappelle, il y a une corbeille à papiers dans un coin sombre, la corbeille se renverse et les foulées font crisser les papiers. L'autre fille pousse un cri et se réfugie derrière l'homme. Lui, il crie : « qui est là ? qui ? », et alors, pour la première fois, on entend la respiration de l'animal, comme un grondement qui passe entre les dents, tu vois ? Il ne sait avec quoi se défendre, et il saisit une de ses grandes règles. On sent qu'inconsciemment ou comme on voudra, il se souvient de ce qu'Irena lui a raconté : que la croix fait peur au diable et à la femme-panthère, et la lumière de la table projette des ombres géantes sur le mur, de lui avec sa collègue qui s'accroche à lui, et à quelques mètres il y a l'ombre d'un animal à longue queue, et l'on dirait même que le mari tient une croix à la main : ce n'est rien d'autre que deux règles à dessin qu'il a croisées, mais là-dessus on entend un grondement terrible, et dans l'obscurité s'enfuient les pas de l'animal épouvanté. Bon, maintenant, ce qui vient après, je ne me rappelle pas si c'est la même nuit, je crois que oui, l'autre fille rentre chez elle, c'est comme dans un hôtel de femmes très grand, un club de femmes, où elles vivent, avec une grande piscine en sous-sol. L'architecte est très nerveuse, à cause de ce qui s'est passé ; et cette nuit-là, en arrivant à son hôtel où les hommes n'ont pas le droit d'entrer, elle pense que, pour calmer ses nerfs soumis à rude épreuve, le mieux serait de descendre nager un moment. Seulement la nuit est avancée, et il n'y a personne dans la piscine. En bas, il y a des vestiaires, une cabine où elle pend sa robe, passe son maillot et sa sortie de bain. Pendant ce temps, la porte de l'hôtel s'ouvre, et l'on voit entrer qui ? Irena. A la conciergerie, elle demande après l'autre : la concierge, sans se douter de rien, répond qu'elle vient de descendre à la piscine. Irena, puisque c'est une femme, n'a aucune difficulté pour entrer, on la laisse passer, voilà tout. En bas, toute la piscine est dans l'obscurité, l'autre sort du vestiaire, allume les lumières, celles de la piscine, qui sont sous l'eau. Elle ramasse ses cheveux pour enfiler son bonnet de bain, et là elle entend des pas. Elle interroge, un peu inquiète. C'est la concierge ? Aucune réponse. Alors, terrifiée, elle jette sa sortie de bain et plonge. Elle regarde du milieu de l'eau le bord de la piscine, qui est resté dans l'obscurité ; on entend les grondements d'un fauve noir qui marche là furieux, mais on ne le voit presque pas, à peine une espèce d'ombre qui glisse sur les bords. Les grondements, on les entend à peine, ce sont toujours comme des grondements entre les dents, et les yeux verts brillent en regardant l'autre, qui se met à crier comme une folle dans la piscine. Là-dessus, la concierge descend, allume toutes les lumières, demande ce qui lui arrive, il n'y a personne, pourquoi tous ces cris ? L'architecte est honteuse, elle ne sait comment expliquer la peur qu'elle a, imagine comment elle pourrait expliquer à la concierge qu'une femme-panthère est entrée là. Alors, elle dit qu'il lui a semblé qu'il y avait quelqu'un en bas, un animal caché. Et la concierge la regarde, avec l'air de dire : qu'est-ce qu'elle raconte cette conne, une amie est venue la voir, et ça l'effraie d'entendre des pas ? Et elles en sont là lorsqu'elles voient par terre la sortie de bain mise en lambeaux, et des traces de pas d'animal, d'un animal qui a marché sur le sol mouillé... Tu m'écoutes ?

— Oui, mais je ne sais pas pourquoi, ce soir, je n'arrête pas de penser à autre chose.

— A quoi ?

— A rien, je ne peux pas me concentrer...

— Alors, confie-toi un peu.

— Je pense à mon amie.

— Comment s'appelle-t-elle ?

— Ça n'a pas d'importance. Tu sais, je ne t'en parle jamais, mais j'y pense toujours.

— Elle, pourquoi elle ne t'écrit pas ?

— Qu'est-ce que tu en sais, si elle ne m'écrit pas ? Je peux te dire que je reçois des lettres de quelqu'un d'autre, et puis ce sont les siennes ! Ou bien est-ce que tu fouilles dans mes affaires, à l'heure de la toilette ?

— Tu es fou. Mais c'est que tu ne m'as jamais montré une lettre d'elle.

— Eh bien ! c'est que je ne veux jamais parler de ça. Mais, maintenant, j'avais envie de te dire une chose... quand tu t'es mis à raconter que la panthère poursuivait la jeune architecte, j'ai senti que j'avais peur.

— Qu'est-ce qui t'a fait peur ?

— Pas peur pour moi, mais pour mon amie.

— Ah !...

— Je suis fou, de déballer mes histoires.

— Pourquoi ? Parle, si tu en as besoin.

— Quand tu t'es mis à raconter que la jeune fille, la panthère la suivait, j'ai vu mon amie aussi en danger. Et je me sens si impuissant ici, comment lui dire de faire attention ? De ne pas prendre trop de risques ?

– Je comprends.

– Bon, tu peux imaginer que, si elle est mon amie, c'est parce qu'elle est dans la lutte aussi. Bien que je ne devrais pas te le dire.

– Ne t'inquiète pas.

– Je ne veux pas t'encombrer d'informations qu'il vaut mieux que tu n'aies pas en ta possession. C'est une charge, et tu en as déjà assez pour ton compte.

– Moi aussi, tu sais, j'ai l'impression, ici, de ne rien pouvoir faire ; mais dans mon cas, ce n'est pas pour une femme, je veux dire une fille : c'est pour maman.

– Ta mère n'est pas seule, non ? Ou bien oui ?

– Eh bien ! elle est avec une tante à moi, la sœur de mon père. Le tout, c'est qu'elle est malade. Elle a de la tension, le cœur un peu fragile.

– Elle peut rester longtemps comme ça, vivre des années, tu sais.

– Oui, mais il faut lui éviter les contrariétés, Valentin.

– Que peux-tu y faire... ?

– Ça, plus de mal que je ne lui en ai fait, je ne peux pas.

– Qu'est-ce qui te fait dire ça ?

– Tu t'imagines, la honte d'avoir son fils en prison. Et la raison.

– N'y pense pas. Le pire est passé, non ? Maintenant, elle doit se résigner, rien de plus.

– C'est que je dois lui manquer beaucoup. Nous étions très unis.

– N'y pense plus. Ou alors... soit rassuré en pensant qu'elle n'est pas en danger, comme l'est la personne que j'aime le plus.

– Le danger, l'ennemi, elle le porte en elle ; c'est le cœur qu'elle a délicat.

– Elle t'attend, elle sait que tu vas sortir, huit années ça passe, avec en plus l'espoir de bonne conduite et tout. Cela lui donne la force de t'attendre, pense à ça.

— Tu as raison.

— Sinon, tu vas devenir fou.

— Mais toi, parle-moi davantage de ta fiancée. Si tu veux...

— Qu'est-ce que je peux te dire ? Elle n'a rien à voir avec la jeune architecte, je ne sais pas pourquoi je les ai associées.

— Elle est belle ?

— Bien sûr.

— Elle aurait pu être laide. Qu'est-ce qui te fait rire, Valentin ?

— Rien, je ne sais pas pourquoi je ris.

— Mais qu'est-ce que tu trouves si amusant ? Tu ris bien de quelque chose.

— De toi, et de moi.

— Pourquoi ?

— Je ne sais pas, laisse-moi y penser, parce que je ne saurais pas encore l'expliquer.

— D'accord, mais cesse de rigoler.

— Il vaut mieux que je te le dise quand je saurai bien pourquoi je ris comme ça.

— Je finis d'abord le film ?

— S'il te plaît.

— Où en étions-nous ?

— Au moment où la jeune fille se sauve dans la piscine.

— Bon, comment était-ce alors ? Maintenant vient la rencontre entre la panthère et le psychanalyste.

— Excuse-moi... Tu ne vas pas te fâcher ?

— Qu'est-ce qui se passe ?

— Il vaut mieux que nous poursuivions demain, Molina.

— Il n'en manque pas beaucoup pour finir.

— Je n'arrive pas à me concentrer sur ce que tu me racontes. Excuse-moi.

— Tu t'es barbé ?

— Ce n'est pas ça. J'ai la tête embrouillée. Je veux rester silencieux, et voir si mon hystérie passe. Parce que mon fou rire était hystérique, rien d'autre.

— Comme tu voudras.

— Je veux penser à mon amie, il y a quelque chose que je ne comprends pas, et je veux y penser. Je ne sais pas si ça t'est arrivé, tu sens que tu es sur le point de venir à bout d'une chose, que tu as en main le bout de la pelote, et que si tu ne te mets pas à tirer... mais c'est le moment où elle t'échappe.

— Bon, alors à demain.

— A demain.

— Demain la fin du film.

— Tu ne sais pas à quel point ça me fait de la peine.

— A toi aussi ?

— Oui, j'aurais voulu qu'il continue encore un peu plus. Et le pire, c'est que ça va mal se terminer, Molina.

— Vrai, ça t'a plu ?

— Le temps a passé plus vite, non ?

— Mais te plaire pour te plaire, il ne t'a pas plu ?

— Si, et ça me fait peine qu'il se termine.

— Idiot ! Je peux t'en raconter un autre.

— Vrai ?

— Bien sûr, je m'en rappelle clairement, très clairement, plusieurs.

— Alors, parfait, tu n'as qu'à penser à un film qui t'ait beaucoup plu ; pendant ce temps, moi, je pense à ce que je dois penser, d'accord ?

— Tire sur la pelote de fil. Mais si votre écheveau s'embrouille, ma petite Valentina, je vous mets un zéro de couture.

— Ne t'en fais pas pour moi.

— C'est bon, je n'interviens plus.

— Et ne m'appelle pas Valentina, je ne suis pas une femme.

— Ça, je n'en sais rien.

— Je regrette, Molina, mais n'attends pas de moi une démonstration.

— Ne t'en fais pas, je ne vais pas t'en demander.

— A demain, repose-toi bien.

— Toi de même. A demain.

— Je t'écoute.

— Bon, comme je te l'ai déjà dit hier, je ne me rappelle pas bien la dernière partie. Le mari, la même nuit, téléphone au psychanalyste, pour qu'il vienne à leur maison, et ils attendent tous les deux Irena, qui n'est pas là.

— Quelle maison ?

— La leur, à Irena et lui. Là-dessus, la collègue téléphone au jeune homme pour lui demander de venir à l'hôtel des femmes, et de là jusqu'à la police, parce que la scène de la piscine vient juste de se produire ; ce qui fait que le jeune homme laisse le psychanalyste tout seul, pour un moment seulement et, tiens-toi bien !, quand Irena rentre à la maison, elle se trouve nez à nez avec qui ? le psychanalyste. C'est la nuit, bien sûr, la chambre est éclairée par une seule lampe. Le psychanalyste, qui était en train de lire, retire ses lunettes, la regarde. Irena sent un mélange d'envie et de répulsion, parce que c'est un type sexualisé, je te l'ai déjà dit, un type attirant. Et là il se passe quelque chose d'étrange : elle se jette dans ses bras, parce qu'elle est désemparée, elle sent que personne ne l'aime, que son mari l'a abandonnée. Le psychanalyste, lui, comprend qu'elle le désire, et par-dessus le marché il pense que s'il l'embrasse, s'il arrive même à se la faire, alors il lui ôtera de la tête cette idée bizarre qu'elle est une femme-panthère. Alors, il l'embrasse, ils se serrent, ils s'étreignent, ils s'embrassent. Jusqu'au moment où elle... comme si elle glissait d'entre ses bras, le regarde les yeux mi-clos, ses yeux verts brillant de désir et de haine. Et elle se dégage, et elle s'en va à l'autre bout du salon aux beaux meubles fin de siècle, avec ses fauteuils de velours, ses tables couvertes de dentelles. Elle se dirige de ce côté-là parce que la lumière de la lampe n'y arrive pas. Et elle se jette à terre, et le psychanalyste veut se défendre, mais c'est trop tard, car là, dans ce coin sombre, tout s'est brouillé un instant, oui, elle est déjà redevenue une panthère, il se saisit d'un tisonnier dans la cheminée pour se défendre, mais la panthère déjà lui a sauté dessus, et il veut lui donner des coups de tisonnier, mais déjà d'un coup de griffe elle lui a ouvert le cou, et l'homme tombe par terre, perdant son sang à gros bouillons, et la panthère rugit et montre des crocs blancs, parfaits, et elle enfonce à nouveau ses griffes, dans le visage maintenant, pour le déchirer, sur la joue et la bouche qu'un moment auparavant elle avait baisée. Pendant ce temps-là, la jeune architecte est avec le mari d'Irena qui est venu à sa rencontre, et depuis la réception de l'hôtel, ils téléphonent au psychanalyste pour l'avertir qu'il n'y a plus de doute, il est en danger, ce n'était pas seulement une imagination d'Irena, elle est bien réellement une femme-panthère.

— Ou une psychopathe criminelle.

— Bon, mais le téléphone sonne, sonne, et personne ne répond, le psychanalyste est étendu mort, exsangue. Alors, le mari, la collègue et la police qu'ils avaient déjà appelée, se rendent à la maison, montent lentement l'escalier, trouvent la porte ouverte et le type mort à l'intérieur. Elle, Irena, n'est plus là.

— Et alors ?

— Le mari sait où la retrouver, c'est le seul endroit où elle aille, et bien qu'il soit déjà minuit, ils vont au parc, plus précisément au zoo. Ah ! mais j'ai oublié de te dire une chose !

— Quoi !

— Cet après-midi-là, Irena s'était rendue au zoo, comme les autres après-midi, pour voir cette fameuse panthère qui l'avait comme hypnotisée. Et elle se trouvait là quand est arrivé le gardien, avec ses clés, pour donner leur repas aux fauves. Le gardien, c'est ce vieil étourdi dont je t'ai parlé. Irena est restée à distance, mais elle a tout vu. Le gardien s'est approché avec ses clés, il a ouvert la serrure de la cage, il a fait glisser la barre transversale, il a ouvert la porte, jeté à l'intérieur les énormes quartiers de viande, puis il a remis la barre dans la porte, mais en oubliant la clé sur la serrure. Quand il ne la voyait plus, Irena s'est approchée de la cage et s'est emparée de la clé. Bon, tout cela c'était l'après-midi, et maintenant c'est la nuit, et le psychanalyste est mort, quand le mari avec l'autre fille et la police se rendent au zoo, qui se trouve à quelques rues de là. Irena, elle, n'est déjà plus très loin de la cage de la panthère. Elle marche comme une somnambule. Les clés à la main. La panthère s'est accroupie, mais l'odeur d'Irena la réveille, Irena la regarde à travers les barreaux, et elle s'approche lentement de la porte, introduit la clé dans la serrure, ouvre. Pendant ce temps, les autres arrivent, on entend des autos approcher avec des sirènes pour se frayer chemin à travers la circulation, bien qu'à cette heure l'endroit soit déjà presque désert. Irena fait glisser la barre, ouvre la porte, laisse la voie libre pour la panthère. Irena est comme transportée dans un autre monde, elle a une expression bizarre, à la fois tragique et de plaisir, des yeux humides. La panthère s'échappe de la cage, un saut, l'espace d'un tout petit moment elle semble suspendue en l'air ; devant elle, rien d'autre qu'Irena que de son seul élan, elle renverse. Les autos approchent. La panthère court dans le parc, traverse la route, juste comme une des voitures de la police passe à toute vitesse. L'auto l'écrase. Ils descendent et trouvent la panthère morte. Le jeune homme va vers les cages : Irena est étendue sur le gravillon : là même où il l'avait rencontrée. Irena est morte, le visage défiguré par un coup de griffe. Sa jeune collègue arrive près de l'architecte, et ils s'en vont tous les deux, enlacés, tâchant d'oublier le spectacle terrible qu'ils viennent de voir. Et là, c'est fini.

— ...

— Ça t'a plu ?

— Oui...

— Beaucoup ? Un peu ?

— Ça me fait de la peine que ce soit fini.

— On a passé un bon moment, pas vrai ?

— Oui, sûr.

— Je suis content.

— Moi, je suis fou.

— Qu'est-ce qui t'arrive ?

— Ça me fait de la peine que ce soit fini.

— Après, je t'en raconte un autre.

— Non, ce n'est pas ça. Tu vas rire de ce que je veux dire.

— Vas-y.

— Ça me fait peine parce que je me suis attaché aux personnages. Et maintenant que c'est fini, c'est comme s'ils étaient morts.

— Finalement, Valentin, toi aussi t'as ton petit cœur.

— Il faut bien que ça sorte par un côté ou par un autre... la faiblesse, je veux dire.

— Ce n'est pas de la faiblesse, tiens.

— C'est curieux, comme on ne peut rester sans s'attacher à quelque chose... C'est... comme si l'esprit sécrétait du sentiment, sans arrêt. Juste comme l'estomac sécrète du suc gastrique, pour digérer, ou comme un robinet mal fermé. Les gouttes tombent sur n'importe quoi : on ne peut pas les arrêter.

— Pourquoi ?

— Qu'est-ce que j'en sais ? Parce qu'elles débordent du verre qu'elles ont rempli.

— Et toi, tu ne veux pas penser à ta copine.

— Mais c'est comme si je ne pouvais m'en empêcher... parce que je m'attache à tout ce qui me la rappelle.

— Raconte un peu comment elle est.

— Je donnerais... n'importe quoi pour pouvoir l'embrasser, même rien qu'un instant.

— Ce jour-là arrivera bien.

— Parfois je pense qu'il n'arrivera pas.

— Tu n'es pas condamné à perpétuité.

— A elle, il peut arriver quelque chose.

— Écris-lui, dis-lui de ne pas prendre de risque, que tu as besoin d'elle.

— Ça, jamais. Si tu te mets à penser comme ça, jamais tu ne réussiras à changer le monde.

— Et toi, tu crois que tu vas changer le monde ?

— Oui, et ça ne me fait rien que tu ries... Ça fait rigoler de le dire, mais ce que je dois faire avant tout... c'est ça : changer le monde.

— Tu ne peux quand même pas le changer d'un seul coup, et à toi seul.

— Je ne suis pas seul, tout est là !... Tu comprends ?... Voilà la vérité, l'important ! En ce moment je ne suis pas seul, je suis avec elle, avec tous ceux qui pensent comme elle et moi, tout est là !... Et je ne dois pas l'oublier. C'est ça, le bout de la pelote qui m'échappe quelquefois. Mais heureusement, je le tiens. Et je ne vais pas le lâcher. Je ne suis pas loin de mes camarades, je suis avec eux : maintenant, en ce moment même. Et ça ne fait rien si je ne les vois pas.

— Si tu peux te contenter avec ça, chapeau.

— Ne fais pas l'idiot !

— Tout de suite les mots...

— Ne viens pas m'agacer, alors... Ne me parle pas comme si j'étais un rêveur qui gobe n'importe quoi ; tu sais que ce n'est pas du tout ça ! Je ne suis pas un bavard qui parle politique dans les bars, non ? La preuve, c'est que je suis ici, pas dans un bar.

— Excuse-moi... Tu allais me parler de ta copine et tu ne m'as rien raconté du tout.

— Il vaut mieux oublier cela.

— Comme tu voudras.

— Quoique je ne voie pas pourquoi je ne t'en parlerais pas. Ça ne devrait pas me faire du mal, de parler d'elle.

— Si ça te fait du mal, alors, non...

— Ça ne devrait pas me faire du mal... La seule chose, c'est qu'il vaut mieux que je ne te dise pas son nom.

— Tiens, à présent je me souviens du nom de l'actrice qui jouait la collègue architecte.

— Qui c'était ?

— Jane Randolph.

— Je n'en ai jamais entendu parler.

— C'est que ça date un peu : des années quarante, par là. Ta copine, nous pouvons l'appeler comme ça : Jane Randolph.

— Jane Randolph.

— Jane Randolph dans *le Mystère de la cellule sept.*

— Une des initiales est même juste...

— Laquelle ?

— Que veux-tu que je te dise d'elle ?

— Ce que tu veux. Le genre de fille que c'est.

— Elle a vingt-quatre ans, Molina. Deux de moins que moi.

— Treize de moins que moi.

— Elle a toujours été révolutionnaire. D'abord, elle a été pour... bon, avec toi je ne vais pas me gêner... elle a été pour la révolution sexuelle.

— Raconte, s'il te plaît.

— Elle est d'une famille bourgeoise ; des gens pas très riches, mais tu sais, à l'aise : une maison de deux étages dans le quartier cossu de Caballito. Toute son enfance et sa jeunesse, elle a souffert de voir ses parents se détruire mutuellement. Avec son père qui trompait sa mère, tu vois ce que je veux dire...

— Non. Tu veux dire quoi ?

— Il n'arrivait pas à lui dire qu'il avait simplement besoin d'autres liaisons. Et la mère passait son temps à le critiquer devant sa fille, elle passait son temps à se poser en victime. Moi je ne crois pas au mariage, à la monogamie plus précisément.

— Mais c'est beau, quand un couple s'aime toute la vie.

— Tu aimerais ça, toi ?

— C'est tout mon rêve.

— Alors, pourquoi tu aimes les hommes ?

— Qu'est-ce que ça a à voir... J'aimerais me marier avec un homme pour toute la vie.

— Tu es un bourgeois, au fond, c'est ça ?

— Une bourgeoise.

— Mais tu ne te rends pas compte que tout ça est archi-faux ? Si tu étais une femme, tu ne voudrais pas de ça.

— Je suis amoureux d'un homme merveilleux, et tout ce que je voudrais, c'est vivre à ses côtés toute la vie.

— Et comme c'est impossible, parce que si c'est un homme, il aimera une femme, bon, tu ne pourras jamais te détromper.

– Continue l'histoire de ta copine, je n'ai pas envie de parler de moi.

– D'accord. Comme je te disais, euh... comment s'appelait-elle ?

– Jane. Jane Randolph.

– Jane Randolph a été élevée pour faire une femme d'intérieur. Leçons de piano, de français, de dessin ; et à la fin du lycée, université catholique.

– Architecture ! C'est pour ça que tu y pensais.

– Non, sociologie. C'est là qu'a commencé la brouille chez elle. Elle voulait aller à la faculté d'État, mais on l'a forcée à s'inscrire à la catholique. Là, elle a connu un gars, ils sont tombés amoureux et ils ont eu une liaison. Le garçon vivait aussi avec ses parents mais il est parti de chez lui, pour travailler comme standardiste de nuit et il a pris une petite piaule où ils passaient toutes leurs journées.

– Et ils n'ont plus étudié.

– Cette année-là, ils ont étudié moins, au début ; mais ensuite, elle, oui, elle a beaucoup étudié.

– Mais lui, non.

– Exact, parce qu'il travaillait. Et une journée après, Jane s'en est allée vivre avec lui. Chez elle, il y a eu des histoires au début ; ensuite, ils se sont résignés. Ils pensaient que puisque ces jeunes gens s'aimaient tellement, ils se marieraient. Et le garçon voulait se marier. Mais Jane ne voulait retomber dans aucun vieux schéma, elle se méfiait.

– Des avortements ?

– Oui, un. Cela l'a affermie davantage, au lieu de la déprimer. Elle a vu clairement que si elle avait un enfant, cela l'empêcherait de mûrir, d'évoluer. Sa liberté resterait limitée. Alors, elle a commencé à travailler dans une revue comme rédactrice ; comme informatrice, pour mieux dire.

– Informatrice ?

– Oui.

– Quel vilain mot !

— C'est un travail plus facile que celui de rédacteur ; en général, tu descends dans la rue chercher l'information qui sera ensuite utilisée pour les articles. Et là, elle a fait la connaissance d'un gars de la rubrique politique. Et tout de suite elle a senti qu'il le lui fallait, que la liaison avec l'autre stagnait.

— Pourquoi stagnait ?

— Ils s'étaient déjà donné tout ce qu'ils pouvaient. Ils étaient très attachés l'un à l'autre, mais ils étaient trop jeunes pour en rester longtemps là, et ils ne savaient pas bien encore... ce qu'ils voulaient, aucun des deux. Alors, Jane, elle a proposé au gars de desserrer le lien. Et le gars a accepté, et elle a commencé à fréquenter le camarade de la revue.

— Elle continuait à dormir chez son gars ?

— Parfois, oui, mais parfois non. Jusqu'au moment où elle est partie vivre tout à fait avec le rédacteur.

— De quelle tendance était le rédacteur ?

— De gauche.

— Et il lui a mis dans la tête ses idées.

— Non, elle avait toujours senti la nécessité du changement. Bon, tu sais qu'il est tard, hein ?

— Deux heures du matin.

— Je te continue l'histoire demain, Molina.

— Vindicatif, hein !

— Fais pas le con. Je suis fatigué.

— Moi pas. J'ai absolument pas sommeil.

— A demain.

— A demain.

— Tu dors ?

— Non. Je t'ai dit que j'avais pas sommeil.

— J'arrive pas à m'endormir.

— Tu disais que tu avais sommeil.

— Oui, mais ensuite, je me suis mis à penser, parce que je t'avais laissé tomber.

— Tu m'as laissé tomber ?

— J'ai pas continué à te parler.

— Ne te tracasse pas.

— Tu te sens bien ?

— Oui.

— Et pourquoi tu dors pas ?

— Je ne sais pas, Valentin.

— Écoute, moi j'ai un peu sommeil, et je vais m'endormir tout de suite. Mais, pour que tu trouves le sommeil, j'ai une solution : pense au film que tu vas me raconter.

— Formidable.

— Mais que ça soit un bon, comme la panthère. Choisis-le bien.

— Et toi tu continueras l'histoire de Jane.

— Ça, je ne sais pas... Faisons une chose : quand je sentirai que je peux te raconter quelque chose, je te le raconterai, avec plaisir. Mais ne me le demande pas, je te le proposerai tout seul. D'accord ?

— D'accord.

— Et maintenant, tu penses au film.

— Tchao.

— Tchao.

3

— Nous sommes à Paris, depuis quelques mois occupé par les Allemands. Les troupes nazies paradent sous l'Arc de triomphe. Dans tous les endroits, comme aux Tuileries et cætera, on voit flotter le drapeau à croix gammée. Des soldats défilent, blonds et jolis garçons; les filles françaises les applaudissent au passage. Et puis l'on voit un groupe de soldats traverser une petite rue typique, et entrer dans une boucherie; le boucher : un vieux au nez crochu, à la tête en pointe, avec une petite calotte sur son sommet pointu.

— Bref, un rabbin.

— Et une sale gueule. Et voilà qu'il est pris d'une peur terrible, quand il voit les soldats entrer et commencer à fouiller partout.

— Qu'est-ce qu'ils fouillent?

— Tout, et ils trouvent une cave secrète, pleine de marchandises stockées, qui naturellement proviennent du marché noir. La foule se rassemble à l'extérieur de la boutique, surtout des ménagères, et des Français portant casquette, des gars à l'allure d'ouvriers, qui commentent l'arrestation du vieux parasite; ils disent qu'il n'y aura plus de faim en Europe, parce que les Allemands vont en finir avec les exploiteurs. Lorsque les soldats nazis sortent, le jeune homme qui les commande, un tout jeune lieutenant, au visage très bon, une petite vieille l'embrasse et lui dit : merci mon fils, ou quelque chose comme ça. Pendant ce temps-là, voilà qu'une camionnette entre dans la ruelle, et celui qui se trouve à côté du chauffeur, en voyant les soldats ou les gens attroupés, lui ordonne tout net de s'arrêter. Le chauffeur, il a un visage terrible, d'assassin, à moitié bigleux, entre le minus et le criminel. L'autre, on voit bien que c'est lui qui commande, regarde en arrière et met en place une petite bâche qui dissimule leur cargaison : des vivres pour le marché noir. Ils font marche arrière et s'échappent de par là ; plus tard, celui qui commande descend de la camionnette, et entre dans un typique café parisien. C'est un boiteux ; un de ses souliers a une semelle très haute, avec un talon bizarre, en argent. Il téléphone, pour avertir que le spéculateur vient d'être pris ; et en raccrochant, il dit, en guise de salut : vive le maquis ! parce qu'ils en sont tous, du maquis.

— Dis donc, où tu as vu ce film ?

— A Buenos Aires, dans un cinéma de quartier de Belgrano.

— On donnait des films nazis, autrefois ?

— Moi, j'étais un enfant, mais pendant la guerre, il y avait des films de propagande. Je les ai vus après, parce qu'on continuait à passer ces films.

— Dans quel cinéma ?

— Un tout petit, dans la partie la plus allemande du quartier de Belgrano, là où il y a de grandes maisons avec jardin ; pas dans la partie de Belgrano qui va vers le fleuve, celle qui va de l'autre côté, vers Villa Urquiza, tu vois ? Il y a quelques années, on l'a démoli. Ma maison est tout près, mais du côté le plus prolo.

— Tu continues ton film.

— Bon. Soudain on voit un théâtre parisien terrible, le luxe, tout tapissé de velours sombre, avec des barreaux chromés aux loges, des escaliers et des rampes chromés pareil. C'est un music-hall : un numéro avec des *girls* au corps somptueux, jamais je n'oublierai ça : parce que d'un côté, elles sont maquillées de noir, et quand elles dansent en se tenant par la taille et que la caméra les prend sous cet angle-là, elles semblent des négresses avec juste une jupette toute en bananes ; et puis quand les cymbales frappent un coup, elles se montrent de l'autre côté, et là elles sont blondes, avec au lieu des bananes rien que des lanières de strass, comme une arabesque de strass.

— Qu'est-ce que c'est, le strass ?

— Pas possible que tu saches pas !

— Je ne sais pas.

— C'est revenu à la mode : c'est comme les brillants, sauf que ça n'a pas de valeur, ce sont des petits bouts de verre qui brillent ; on en fait des rubans, et toutes sortes de faux bijoux.

— Ne perds pas de temps, raconte le film.

— Quand le numéro se termine, la scène est plongée dans l'obscurité jusqu'à ce que, tout en haut, une lumière commence à se lever, comme un jour à travers la brume, et l'on voit dans son cercle se dessiner une silhouette de femme : divine, grande, parfaite, mais estompée, qui se profile chaque fois davantage, parce qu'en s'approchant elle traverse des rideaux de tulle, ce qui fait qu'on peut de mieux en mieux la distinguer, dans une robe de lamé argent qui ceint son corps comme une gaine. La femme la plus, la plus divine que tu puisses imaginer. Et elle chante une chanson, d'abord en français, puis en allemand. Elle se trouve en haut de la scène, et soudain s'allume à ses pieds, comme un éclair, une ligne horizontale de lampes, et elle descend, et à chaque pas, paf ! une autre ligne de lampes, et à la fin toute la scène est traversée par ces lignes, car en réalité chacune était le rebord d'une marche, et sans que tu t'en aperçoives c'est un escalier tout en lumières qui s'est formé. Et dans une loge, il y a un jeune officier allemand, pas aussi jeune que le lieutenant du début, mais très joli garçon aussi.

— Blond.

— Oui, et elle est brune, très blanche, avec des cheveux de jais.

— Comment elle est de corps ? Maigre ou bien en chair ?

— Grande mais bien en chair, quoique pas forte de poitrine ; la mode était à la silhouette plate, à l'époque. En saluant, son regard croise celui de l'officier allemand. Et en regagnant sa loge, elle y trouve un beau bouquet de fleurs, sans carte. Là-dessus, une des *girls* blondes, bien française, frappe à sa porte. Bon, ce que je t'ai pas dit, c'est qu'elle a chanté quelque chose de très étrange, moi ça me fait peur chaque fois que je me rappelle cette chanson, parce qu'en la chantant, elle a l'air de regarder dans le vide : pas avec un regard de bonheur, ne crois pas ça, non, un regard fixe, elle est effrayée, mais elle ne fait rien pour se défendre, elle est comme à la merci de ce qui va lui arriver.

— Et qu'est-ce que c'est qu'elle chante ?

— Je n'en ai aucune idée ; une chanson d'amour, sûrement. Moi, elle m'a impressionné. Bon, alors, dans sa loge, une des *girls* blondes lui raconte, avec enthousiasme, ce qui arrive, parce qu'elle veut que ce soit elle, l'artiste qu'elle admire le plus, qui soit la première à savoir ce qui est en train de lui arriver. Eh bien ! elle va avoir un enfant. Naturellement, la chanteuse, qui s'appelle Léni, je n'oublierai jamais son nom, s'alarme : la fille est célibataire. Mais l'autre lui dit de ne pas s'inquiéter ; le père est un officier allemand, un jeune homme qui l'aime beaucoup, et ils vont tout arranger pour se marier. N'empêche : le visage de la blonde se voile, et elle avoue à Léni qu'elle a peur : mais d'autre chose. Léni lui demande si elle craint que le garçon la laisse tomber. La fille assure que non ; oui, elle a peur, mais d'autre chose. De quoi ? demande Léni. De rien, répond la fille, des bêtises ; et elle s'en va. Alors Léni, restée seule, se demande si elle pourrait aimer un de ceux qui sont des envahisseurs de sa patrie ; et la voilà qui pense... et puis elle regarde les fleurs qu'on lui a envoyées, et elle interroge son habilleuse : d'où viennent ces fleurs ? Ce sont des fleurs des Alpes allemandes, très chères, apportées spécialement à Paris. Autre scène : la *girl* blonde dans les rues de Paris, des rues sombres, de nuit, par temps de guerre ; elle regarde en l'air, voit de la lumière au dernier étage d'un vieil immeuble ; là, son visage s'illumine d'un sourire. Elle a une petite montre ancienne, en sautoir, sur la poitrine, elle la regarde, il est juste minuit. Une fenêtre s'ouvre, là où il y a de la lumière, et qui y paraît ? Le jeune homme du début, le petit lieutenant allemand, qui lui sourit avec un visage d'amoureux transi ; il lui lance la clé, qui tombe au milieu de la rue. Et elle va pour la ramasser. Mais dès le début, on a vu passer comme une ombre. Ou non : c'est une auto qui est stationnée tout près ; et dans l'obscurité, on entrevoit à peine quelqu'un au fond de l'auto. Non, maintenant je me rappelle ! Depuis que la fille marche dans le quartier, il lui semble que quelqu'un la suit, et l'on entend un bruit de pas bizarre, un pas d'abord, et ensuite quelque chose qui se traîne...

– Le boiteux ?

– Le boiteux, lui, voit arriver un coupé ; c'est le bigleux au visage d'assassin qui conduit. Le boiteux monte dans l'auto, et donne à l'assassin un signal. L'auto démarre à toute pompe. Et quand la fille, au milieu de la rue, se baisse pour ramasser la clé, la voiture passe à toute vitesse, l'écrase, puis continue et se perd dans les rues sombres sans circulation. Le garçon, qui a tout vu, descend, désespéré. La fille agonise ; il la prend dans ses bras ; elle veut dire quelque chose, on l'entend à peine, elle lui dit de ne pas avoir peur, que leur fils va naître en bonne santé et qu'il fera l'orgueil de son père. Là-dessus, elle reste les yeux ouverts, révulsés : morte. Ça te plaît, le film ?

– Je ne sais pas encore. Continue.

– Bon. Alors, voilà que le lendemain matin, on téléphone à Léni, pour qu'elle déclare tout ce qu'elle sait à la police allemande, puisqu'elle était la confidente de la morte. Mais Léni ne sait rien, si ce n'est que la fille était amoureuse d'un lieutenant allemand, rien de plus. Ils ne la croient pas, on l'arrête pendant des heures, mais comme c'est une chanteuse connue, quelqu'un par téléphone ordonne qu'on la remette en liberté sous surveillance, pour qu'elle puisse jouer ce soir-là comme tous les soirs. Léni est effrayée, mais elle chantera cette nuit-là, et quand elle regagne sa loge, elle y trouve à nouveau les fleurs des Alpes, et elle y cherche une carte juste quand une voix d'homme lui dit de ne pas chercher davantage, car cette fois il les a apportées personnellement. Elle, se retourne en sursaut. C'est un officier de haut rang, mais assez jeune, le plus joli garçon qu'on puisse imaginer. Elle lui demande qui il est ; mais naturellement, elle s'est rendu compte que c'est le même qui l'avait tellement applaudie le soir précédent, l'homme de la loge. Il lui explique qu'il s'occupe des services allemands de contre-espionnage à Paris, et qu'il vient personnellement s'excuser pour les tracasseries de ce matin. Elle demande si ces fleurs-là sont de son pays ; oui, elles sont du Haut-Palatinat où il est né, près d'un lac merveilleux, au milieu de montagnes aux pics neigeux. Ah, j'ai oublié de te dire une chose, il n'est pas en uniforme, mais en smoking, et il l'invite à dîner après le spectacle, au cabaret le plus fabuleux, le plus mignon de Paris. Il y a un orchestre de musiciens noirs, on ne voit presque pas les gens à cause de l'obscurité, un faible projecteur tombe sur l'orchestre et traverse un air chargé de fumée. Ils jouent du jazz d'autrefois, de la musique nègre. Lui, il demande pourquoi elle porte un prénom allemand, Léni, et un nom français, que je ne me rappelle pas. Elle vient d'Alsace, de la frontière, là où parfois le drapeau allemand a flotté. Mais elle a été élevée dans l'amour de la France, elle veut le bien de son pays, et elle ne sait pas si vraiment les occupants étrangers vont l'aider. Lui, la rassure : elle ne doit pas avoir le moindre doute là-dessus, le devoir de l'Allemagne est de libérer l'Europe des véritables ennemis du peuple, qui souvent se cachent sous le masque de patriotes. Il commande une sorte d'eau-de-vie allemande, et à ce moment, elle, à ce qu'il semble pour l'embêter, demande un whisky écossais. En fait, elle ne parvient pas à accepter ; elle trempe à peine ses lèvres dans le whisky, et se dit fatiguée ; alors il la reconduit chez elle dans une limousine terrible, conduite par un chauffeur. Devant chez elle, un joli petit hôtel particulier, elle lui demande avec ironie s'il compte poursuivre son interrogatoire personnel un autre jour. Il répond qu'il n'en a pas été et qu'il n'en sera jamais question. Elle descend de l'auto ; lui, baise sa main gantée. Elle reste hiératique, froide comme un glaçon. Il lui demande encore si elle vit seule, si elle n'a pas peur. Non : au fond du jardin, il y a un couple de vieux gardiens. Mais en retournant pour rentrer chez elle, elle voit une ombre à la fenêtre de l'étage supérieur, une ombre qui disparaît immédiatement. Elle frémit, et se décide à lui dire, à lui qui n'a rien vu, ébloui qu'il est par sa beauté, que cette nuit, oui, elle a peur, et qu'il doit la tirer de là. Alors ils vont à son appartement à lui, follement luxueux, mais tout bizarre, avec des murs d'un blanc inouï, sans tableaux, et de très hauts plafonds, presque pas de meubles, et sombres, comme des caisses d'emballage si tu veux, mais raffinés aussi, on le sent. D'ornements, presque pas; des rideaux de tulle et des statues en marbre blanc, très modernes, pas des statues grecques, des silhouettes d'hommes comme en rêve. Il lui fait préparer la chambre d'ami par un majordome qui la regarde bizarrement. Mais avant, il s'inquiète : elle ne veut pas une coupe de champagne, du meilleur champagne de France, qui est comme du sang national jailli de la terre? On entend une musique merveilleuse, et elle explique que la seule chose qu'elle aime de sa patrie à lui, c'est cette musique-là. Et voilà qu'une brise entre par la fenêtre, une grande et haute fenêtre, avec un rideau de gaze blanche qui flotte au vent comme un fantôme. La brise éteint les bougies, qui faisaient toute la lumière. Seule entre la clarté de la lune, et elle éclaire Léni, qui ressemble à une statue de plus, grande comme elle est, avec sa robe blanche qui la serre de près, on dirait une amphore grecque, bien sûr avec des hanches pas trop larges, un foulard blanc qui lui descend presque jusqu'aux pieds et qui lui entoure la tête mais sans lui aplatir les cheveux, il les encadre tout juste. Et l'officier le lui dit, qu'elle est un être merveilleux, d'une beauté céleste et sûrement promis à un très noble destin. Ces paroles-là la font à moitié frissonner, un présage l'habite, elle a comme la certitude que des choses très importantes vont surgir dans sa vie, et presque sûrement pour aboutir à un tragique dénouement. Sa main tremble, la coupe tombe par terre, le baccarat se brise en mille morceaux. Elle est à la fois une déesse, et une femme très fragile, qui tremble de peur. Il lui prend la main, s'inquiète : elle n'a pas froid? Mais non. Là-dessus, la musique devient plus forte, avec des violons sublimes et elle demande : que signifie cette mélodie? Il dit que c'est sa musique favorite : ces espèces de vagues de violons, ce sont les eaux d'un fleuve allemand sur lequel navigue un homme-dieu, qui n'est qu'un homme, mais que l'amour de la patrie libère de toute peur; tel est son secret : le désir de lutter pour sa patrie le rend invincible, comme un dieu, parce qu'il ignore la peur. La musique est devenue si émouvante qu'il en a les larmes aux yeux. Et c'est le plus beau de la scène, parce qu'elle, en le voyant ému, se rend compte qu'il est sensible, comme un homme, même s'il semble invincible comme un dieu. Il tâche de dissimuler son émotion et se dirige vers la fenêtre. Il y a pleine lune sur la ville de Paris, le jardin de la maison semble argenté, des arbres noirs se découpent sur un ciel grisâtre, pas bleu, parce que le film est tourné en noir et blanc. Une fontaine, blanche, est bordée de jasmins, aux fleurs blanc argenté. Là, la caméra montre le visage de la femme en gros plan, dans des gris divins, aux clairs-obscurs parfaits ; et on voit glisser une larme. En se détachant de l'œil, la larme ne brille pas encore beaucoup ; mais quand elle glisse le long de la pommette, une pommette très haute, elle brille autant que les diamants du collier. Et la caméra se fixe à nouveau sur le jardin argenté, et toi, tu es là dans le cinéma et tu as l'impression que tu es un oiseau qui prend son vol, parce qu'on voit le jardin d'en haut, de plus en plus petit, et la fontaine blanche a l'air... d'une meringue, et les fenêtres aussi, un palais blanc tout en meringue, comme dans ces contes de fées où les maisons peuvent se manger, et c'est dommage qu'on ne les voie plus, tous les deux, parce qu'ils auraient l'air de deux fiancés en sucre filé. Qu'est-ce que tu penses du film ?

— Je ne sais pas encore. Mais toi, pourquoi il te plaît tellement ? Tu as l'air aux anges.

— Si l'on me donnait à choisir un film, rien qu'un film à revoir, c'est celui-là que je choisirais.

— Mais pourquoi ? C'est une ordure nazie. Tu ne t'en rends pas compte ?

— Écoute... il vaut mieux que je me taise.

— Ne te tais pas. Dis ce que tu allais dire, Molina.

— Suffit, je dors.

— Qu'est-ce que tu as ?

— Heureusement qu'il n'y a pas de lumière, et que je ne suis pas obligé de voir ta tête.

— C'est ça que tu voulais me dire ?

– Non, que l'ordure, c'est toi, et pas le film. Et ne me parle plus.

– Excuse-moi.

– ...

– Vraiment, excuse-moi. Je ne croyais pas te vexer à ce point.

– Ça me vexe parce que tu... tu crois que je... je ne me rends pas compte que c'est de la propagande... nazie ; mais moi si j'aime le film, c'est parce qu'il est bien fait, à part ça ; c'est une œuvre d'art, toi tu ne sais pas, parce que... parce que tu ne l'as pas vu.

– Mais tu es fou ! Pleurer pour ça ?

– Je vais... je vais... pleurer... autant que j'en aurai envie.

– Fais comme tu veux. Mais je regrette vraiment beaucoup.

– Et ne crois pas que c'est toi qui me fais pleurer. C'est que je me le suis rappelé... lui, ce que ce serait d'être avec lui, et de lui parler de toutes ces... choses qui me plaisent tant, au lieu d'être avec toi. Aujourd'hui, j'ai pensé à lui toute la journée. Ça fait trois ans que j'ai fait sa connaissance, aujourd'hui. C'est pour... pour ça que je pleure...

– Je te le répète, je ne voulais pas te blesser. Pourquoi ne me parles-tu pas un peu de ton ami ? Ça te ferait du bien.

– Pourquoi ? Pour que tu me dises que c'est une ordure, lui aussi ?

– Allons, raconte. Où travaille-t-il ?

– Il est garçon de restaurant...

– Il est gentil ?

– Oui, mais il a son caractère, ne crois pas.

– Pourquoi tu l'aimes tellement ?

– Pour un tas de raisons.

– Par exemple...

– Je vais être sincère : avant tout, parce qu'il est beau. Et ensuite, parce qu'il me semble qu'il est très intelligent. Seulement, il n'a pas eu beaucoup de chance dans la vie, et le voilà qui fait un métier de merde, lui qui mérite bien mieux. Et ça, ça me donne envie de l'aider.

– Et lui, il veut que tu l'aides ?

— Comment ?

— Il se laisse aider ou pas ?

— Tu es une voyante, ma parole. Pourquoi tu me demandes ça ?

— Je ne sais pas.

— Tu as mis le doigt sur la plaie.

— Il ne veut pas que tu l'aides.

— Il ne voulait pas, avant. Maintenant, je ne sais pas, va-t-en savoir où il en est...

— Ce n'est pas lui, l'ami qui est venu te rendre visite, celui dont tu m'as parlé ?

— Non, celui qui est venu c'est une amie. Enfin, aussi homme que moi. Parce que l'autre, le garçon, il travaille à l'heure des visites.

— Il n'est jamais venu te voir ?

— Non.

— Le pauvre, il doit travailler.

— Écoute, Valentin, tu ne crois pas qu'il pourrait se faire remplacer par un collègue ?

— On ne doit pas le lui permettre.

— Vous vous y entendez, vous autres, pour vous défendre, entre vous.

— Qui ça, vous ?

— Les hommes. Une très bonne race de...

— De quoi ?

— De fils de pute, que ta mère me pardonne, ce n'est pas sa faute.

— Écoute, tu es un homme, tout comme moi. Ne charrie pas... N'établis pas de fausses distances.

— Tu veux que je me rapproche de toi ?

— Ni que tu t'éloignes ni que tu te rapproches.

— Écoute, Valentin, je me rappelle très bien qu'une fois il s'est fait remplacer par un collègue, pour emmener sa femme au théâtre.

— Il est marié ?

— Oui, c'est un homme normal. C'est moi qui ai tout manigancé, lui il n'y est pour rien. Je me suis introduit dans sa vie, mais ce que je voulais, c'est l'aider.

— Comment ça a commencé ?

— Je suis entré un jour au restaurant, et je l'y ai vu. Et j'en suis devenu fou. Mais c'est très long ; une autre fois, je te le raconterai ; ou plutôt non, je ne te raconterai rien, qui sait ce que tu vas encore me sortir ?

— Un moment, Molina ; tu te trompes complètement : si je te questionne, c'est que j'ai une... comment t'expliquer ?

— Une curiosité, voilà ce que tu dois avoir.

— Ce n'est pas vrai. Je crois que pour te comprendre j'ai besoin de savoir ce qui se passe chez toi. Puisque nous sommes ensemble, dans la même cellule, il vaut mieux que nous essayions de nous comprendre. Et moi, des gens qui ont tes penchants, je sais peu de chose *.

* Quelques remarques de l'auteur. Le chercheur anglais D. J. West montre qu'il existe trois théories principales sur l'origine prétendument *physique* de l'homosexualité ; et les réfute toutes les trois.

La première prétend établir que la conduite sexuelle anormale proviendrait d'un déséquilibre dans la proportion des *hormones* masculines et féminines présentes, les unes et les autres, dans le sang des deux sexes. Mais les tests directs effectués sur des homosexuels n'ont pas confirmé la théorie, c'est-à-dire qu'on n'a pas trouvé une distribution hormonale déficiente. D'après les constatations du Dr Swyer, dans *l'Homosexualité, ses aspects endocrinologiques* la mesure des niveaux hormonaux n'a pas révélé de différences chez les homosexuels et les hétérosexuels. De plus, si l'homosexualité avait une origine hormonale — les hormones sont sécrétées par les glandes endocrines —, on pourrait la soigner au moyen d'injections qui rétabliraient l'équilibre endocrinien : or, cela n'a pas été possible ; et, dans une étude intitulée : *Testostérone chez des homosexuels psychotiques*, le chercheur Barahal montre que l'administration d'hormones masculines à des homosexuels n'a eu pour effet que d'augmenter leur désir dans le cadre de l'activité sexuelle à laquelle ils étaient habitués. Quant aux expériences effectuées sur des femmes, le Dr Foss écrit, dans *l'Influence des androgènes urinaires sur la sexualité de la femme*, qu'une grande quantité d'hormones masculines administrée à des femmes produit effectivement un changement sensible en direction de la masculinité, mais seulement en ce qui concerne l'aspect physique : voix plus profonde, barbe, diminution des seins, croissance du clitoris, etc. Pour ce qui est de l'appétit sexuel, il augmente, mais continue d'être normalement féminin, c'est-à-dire que l'objet

— Bon, je te raconte, alors, comment ça s'est passé ; mais rapidement, pour ne pas t'ennuyer.

— Comment s'appelle-t-il ?

— Ça c'est pour moi, rien que pour moi.

— Comme tu voudras.

— C'est la seule chose que je puisse conserver de lui, au fond de moi ; je l'ai dans ma gorge et je le garde pour moi. Je ne le lâche pas...

— Ça fait longtemps que tu le connais ?

— Ça fait trois ans, aujourd'hui, douze septembre. C'est ce

---

de son désir reste l'homme ; sauf, bien entendu, dans le cas d'une femme déjà lesbienne. De même, chez l'homme hétérosexuel, l'administration d'hormones féminines en quantité n'éveille pas de désirs homosexuels, mais provoque seulement une diminution de l'énergie sexuelle. Tout cela indique assez que l'administration d'hormones masculines à des femmes et d'hormones féminines à des hommes ne fait pas apparaître un rapport entre le pourcentage des hormones masculines et féminines dans le sang et la nature des désirs sexuels. On peut assurer dès lors que le choix du sexe du sujet amoureux n'a pas de relation démontrable avec l'activité endocrinienne, c'est-à-dire avec les sécrétions hormonales.

La deuxième théorie concernant une possible origine physique de l'homosexualité se réfère, selon D. J. West, à l'*intersexualité*. Dans l'impossibilité où l'on s'est trouvé de vérifier une anormalité hormonale chez les homosexuels, on a tenté de dépister d'autres déterminants physiques, quelque anomalie inconnue ; des chercheurs se sont ainsi donné pour tâche d'envisager l'homosexualité comme une forme d'intersexualité. Intersexuels ou hermaphrodites sont ceux qui n'appartiennent pas tout à fait, physiquement, à l'un des sexes, et qui présentent des caractères des deux. Le sexe auquel appartiendra un individu se détermine au moment de la conception, et dépend de la variété génétique du spermatozoïde qui féconde l'ovule. Les causes physiques de l'intersexualité n'ont pas encore été bien déterminées ; d'une façon générale, elle serait produite par un dérèglement endocrinien durant l'état fœtal. Les degrés d'intersexualité sont des plus divers ; chez certains, les glandes sexuelles internes (ovaires ou testicules) et l'apparence physique sont contradictoires ; chez d'autres, les glandes sexuelles internes sont un mélange de testicules et d'ovaires ; chez d'autres encore, les organes génitaux externes peuvent présenter toutes les phases intermédiaires entre le masculin et le féminin, voire inclure verge et utérus simultanément. Un chercheur, comme T. Lang, dans *Études sur la détermination génétique de l'homosexualité*, estime que les homosexuels seraient génétiquement des femmes dont le corps aurait subi une complète inversion sexuelle en direction de la masculinité ; pour démontrer son hypo-

jour-là que je suis allé à son restaurant. Mais ça me fait quelque chose, de te le raconter.

— Eh bien, si tu veux un jour m'en parler, tu me le racontes. Et sinon, non.

— J'ai comme une pudeur.

— Avec les sentiments profonds, je crois que ça se produit toujours.

— J'étais avec d'autres amis, deux petites folles insupportables. Mais mignonnes, et marrantes.

— Deux filles ?

---

thèse, il a réalisé des enquêtes qui l'ont conduit à la conclusion que les familles où il y avait excès de frères et carence de sœurs produisaient des homosexuels, de sorte que l'homosexuel serait en quelque sorte un produit intermédiaire, de compensation non réussie. Bien que cette donnée soit intéressante, la théorie formulée par Lang est infirmée fatalement dès lors qu'il ne parvient pas à expliquer les caractéristiques physiques parfaitement normales de la grande majorité – 99 % – des homosexuels. C'est sur ce dernier point que se fonde un autre chercheur, C.M.B. Pare, dans *Homosexualité et Sexe chromosomatique*, pour combattre la théorie de Lang. Pare, après avoir appliqué les méthodes les plus modernes d'étude au microscope, a identifié de façon uniforme comme biologiquement masculins tous les homosexuels examinés au cours d'une longue recherche, qui incluait aussi des hétérosexuels. La théorie de Lang est également réfutée par J. Money dans *Établissement du rôle sexuel*, où l'on voit que les intersexuels, malgré leur apparence bissexuelle, ne sont plus bissexuels au moment de choisir l'objet de leur désir amoureux : leurs impulsions sexuelles, en conclut Money, n'obéissent pas à leurs glandes sexuelles internes, ovaires, testicules, ou glandes mixtes selon les cas. Les désirs de l'intersexuel s'adaptent à ceux du sexe dans lequel il a été éduqué, quand bien même ses chromosomes et les caractères dominants de ses organes sexuels externes et internes seraient du sexe opposé. De tout cela, on peut déduire qu'hétérosexualité et homosexualité sont dans tous les cas – que l'individu soit d'une constitution physique normale ou pas – des activités acquises à travers un conditionnement psychologique, et non pas prédéterminées par des facteurs constitutifs.

La troisième et dernière théorie en faveur d'une origine physique de l'homosexualité dont s'occupe West, c'est celle du facteur *héréditaire*. West signale qu'en dépit du sérieux des études effectuées, parmi lesquelles il signale *Étude jumelle comparative des aspects génétiques de l'homosexualité masculine*, de F. J. Kallman, l'imprécision des arguments présentés ne permet pas d'établir que l'homosexualité constitue une quelconque caractéristique constitutionnelle de type héréditaire.

— Non, quand je dis folle, c'est que je veux dire pédé. Et l'une des deux n'arrêtait pas d'embêter le garçon, c'est-à-dire lui. Moi, j'avais bien vu, au début, que c'était un gars bien roulé ; mais rien de plus. Quand la petite folle est devenue carrément insolente, lui, sans quitter son calme, a répondu ce qu'il fallait. J'ai été surpris. Parce que les garçons de restaurant, les pauvres, ont toujours ce complexe d'être des larbins, et ça leur est difficile de répondre à une grossièreté sans prendre des airs de serviteur offensé, tu comprends ? Bon, ce type-là, rien, il a expliqué pourquoi la nourriture n'était pas, en effet, ce qu'on aurait pu attendre, mais avec une hauteur que l'autre en est restée pantoise, comme une demeurée. Et ne crois pas non plus qu'il a roulé des mécaniques, absolument pas : distant, parfaitement maître de la situation. Alors, moi, j'ai senti tout de suite qu'il y avait là quelque chose, un homme, un vrai. Et la semaine suivante, je suis allée toute seule au restaurant.

— Toute seule ?

— Excuse-moi, mais quand je parle de lui, je ne peux pas parler comme un homme. Parce que je ne me sens pas homme.

— Allez, continue.

— En le voyant la seconde fois, il m'a semblé encore plus beau, avec son veston blanc à col Mao, qui lui allait divinement. Un vrai jeune premier de cinéma. Tout en lui était parfait, la façon de marcher, la voix un peu rauque, avec un je-ne-sais-quoi de tendre, comment te dire ? Et sa façon de servir ! Alors là, c'était un poème ; une fois je l'ai vu servir une salade, j'en suis restée stupéfaite. D'abord, il l'a assaisonnée pour la cliente, car c'était une femme, la petite garce ! Il a installé à côté une petite table, il y a posé le saladier, a demandé si elle voulait de l'huile, du vinaigre, ceci, cela, puis il a saisi les couverts pour mélanger la salade, et je ne sais comment t'expliquer, c'étaient comme des caresses qu'il prodiguait aux feuilles de laitue, aux tomates, mais pas des caresses douces, c'étaient... comment dire ? c'étaient des mouvements fermes, élégants, doux, mais d'homme en même temps.

— Qu'est-ce que c'est, être homme, pour toi ?

— C'est beaucoup de choses, mais pour moi... eh bien ! ce qu'il y a de plus beau dans l'homme, c'est ça : qu'il soit beau, fort, sans faire étalage de sa force ; et qu'il avance d'un pas assuré. Qu'il marche d'un pas assuré, comme mon garçon, qu'il parle sans peur, qu'il sache ce qu'il veut, où il va, sans avoir peur de rien.

— Voilà bien l'idéalisation ; un type comme ça, ça n'existe pas.

— Si, il existe. Lui, il est comme ça.

— Bon, il doit donner cette impression. Mais à l'intérieur ? Dans cette société-là, personne, s'il n'a pas le pouvoir, ne peut avancer d'un pas assuré, comme tu dis.

— Ne sois pas jaloux ; on ne peut pas parler d'un homme à un autre homme sans qu'il devienne impossible. Sur ce point-là, vous êtes tout à fait comme les femmes.

— Ne dis pas de bêtises.

— Tu vois : comme ça ne t'a pas plu, maintenant tu m'insultes. Vous autres, vous vous jalousez autant que les femmes.

— Je t'en prie, ou en parlant on reste à un certain niveau, ou on ne parle pas du tout.

— Qu'est-ce que c'est que cette histoire de niveau ?

— Avec toi on ne peut pas parler, on ne peut que te laisser raconter des films.

— Pourquoi on ne peut pas parler avec moi, voyons, dis ?

— Parce que tu n'as pas de rigueur pour discuter. Tu ne suis aucune ligne. Et tu sors de ces bourdes !

— Ce n'est pas vrai, Valentin.

— Comme tu veux.

— Tu es prétentieux.

— Si tu veux.

— Démontre-moi, tiens, que je n'ai pas le niveau qu'il faut pour parler avec toi.

— Je n'ai pas dit pour parler avec moi, j'ai dit que tu ne conservais pas une ligne de discussion.

— Tu vas voir que si.

— Pourquoi continuer à parler, Molina ?

— Continuons, et tu vas voir que je te démontre le contraire.

— De quoi allons-nous parler ?

— Eh bien! Dis-moi, toi, ce que c'est qu'un homme, pour toi.

— Tu me mets en boîte.

— Allez, réponds-moi ; qu'est-ce que c'est, être homme, pour toi ?

— Hum !... ne pas me laisser marcher sur les pieds... par personne, ni par le pouvoir... Non, c'est plus. Ne pas se laisser marcher sur les pieds, c'est autre chose, ce n'est pas le plus important. Être homme, c'est beaucoup plus, c'est ne rabaisser personne, ni par un ordre ni par un pourboire. Non, c'est plus, c'est... ne permettre que personne à tes côtés se sente moins que toi, que personne à tes côtés se sente mal.

— Ça, c'est plutôt un saint.

— Ce n'est pas aussi impossible que tu le penses.

— Je ne te comprends pas bien... explique encore.

— Je ne sais pas, je n'ai pas une idée trop claire, en ce moment. Tu m'as pris au dépourvu. Je ne trouve pas les mots justes. Un autre jour, où j'aurai les idées plus claires, nous pourrons revenir sur ce sujet-là. Parle-moi encore du garçon du restaurant.

— On en était où ?

— A l'histoire de la salade.

— Qui sait ce qu'il doit faire à cette heure ? Il me fait une de ces peines... le pauvre petit, là-bas, dans cet endroit...

— Sûrement pas pire que cet endroit-ci, Molina.

— Mais nous n'allons pas rester toujours ici, non ? et lui, oui, parce qu'il n'a pas d'autre avenir dans sa vie. Il est condamné. Je te l'ai dit, il est très fort, comme caractère, il n'a peur de rien ; mais ne crois pas, parfois on sent qu'il est triste.

— A quoi le sens-tu ?

— Au regard. Il a des yeux clairs, tirant sur le vert, entre gris et vert, très grands, qui lui mangent tout le visage, on dirait, et c'est ce qui le trahit. On sent dans son regard, parfois, qu'il n'est pas bien, qu'il est triste. C'est ça aussi qui m'a attirée chez lui, et m'a donné tellement envie de lui parler. C'est surtout aux heures où il avait moins de travail que je remarquais sa mélancolie : il allait au fond de la salle, il y avait là une table à laquelle s'asseyaient les garçons, et il y restait silencieux, allumait une cigarette, ses yeux devenaient de plus en plus étranges, embués. Je me suis mise à aller dans son restaurant de façon plus suivie, et lui, au début, c'est à peine s'il me parlait, juste les mots indispensables. Je commandais toujours une assiette anglaise, de la soupe, le plat du jour, dessert et café, pour qu'il ait à venir à ma table une quantité de fois. Et puis peu à peu, nous avons commencé à parler davantage. Évidemment, il m'a remarquée tout de suite, parce que chez moi ça se remarque.

— Qu'est-ce qui se remarque ?

— Que mon vrai nom, c'est Carmen : celle de Bizet.

— Et c'est pour ça, qu'il s'est mis à te parler davantage ?

— Alors là, on peut dire que tu ne comprends rien, toi. C'est parce qu'il s'était rendu compte que j'étais une folle, qu'il ne voulait pas me prêter attention. Parce que lui, c'est un homme tout à fait normal. Mais peu à peu, en échangeant quelques mots par-ci, quelques mots par-là, il a vu que j'avais beaucoup de respect pour lui ; et il s'est mis à me raconter des choses de sa vie.

— Tout ça en te servant ?

— Pendant quelques semaines, oui ; jusqu'à ce que je réussisse à lui faire prendre un café avec moi, une fois qu'il était de service de jour ; c'est ce qu'il détestait le plus.

— Quels étaient ses horaires ?

— Eh bien ! ou il commençait à sept heures du matin et finissait sur les quatre heures de l'après-midi ; ou il commençait vers les six heures du soir pour finir à trois heures du matin, plus ou moins. Le jour où il m'a dit qu'il aimait le service de nuit, ma curiosité a été piquée davantage ; parce qu'il m'avait déjà expliqué qu'il était marié, bien qu'il ne porte pas d'alliance, un autre détail, et que sa femme travaillait dans un bureau, avec des horaires normaux. Mais, alors, qu'est-ce qui se passait avec sa femme ? Il ne voulait donc pas la voir, qu'il préférait travailler la nuit ? Tu n'imagines pas ce que ça m'a coûté, de le convaincre de venir prendre un café, il avait toujours des excuses, qu'il avait à faire, que le beau-frère, que l'auto, jusqu'à la fin où il a cédé. Et il est venu.

— Et ce qui devait arriver arriva.

— Tu es fou. Tu ne sais rien, toi, de ces choses. Et puis d'abord, je te l'ai déjà dit : c'est un type normal. Il ne s'est jamais rien passé !

— De quoi avez-vous parlé au bar ?

— Eh bien ! je ne m'en souviens pas maintenant, parce qu'ensuite nous nous sommes rencontrés tellement de fois. Mais la première chose que je voulais lui demander, c'est pourquoi un garçon aussi intelligent que lui faisait ce travail. Et tu vas voir l'histoire terrible, bon, l'histoire d'un tas de garçons de familles pauvres qui n'ont pas les moyens d'étudier, ou qui n'y sont pas... incités.

— Quand on veut étudier, on s'arrange, il y a toujours une façon. Et puis... en Argentine, étudier n'est pas le problème majeur, l'université est gratuite.

— Oui, mais...

— Le manque d'incitation, c'est autre chose, là oui, je suis d'accord : le complexe de la classe inférieure, le lavage de cerveau que te fait subir la société.

— Attends un peu, que je t'en dise davantage, et tu vas voir quel genre de type c'est : de première ! Il est d'accord pour reconnaître qu'à un moment de sa vie, il a lâché prise ; mais qu'est-ce qu'il le paie cher, maintenant ! Vers dix-sept ans, mais d'abord j'ai oublié de te dire qu'il a travaillé tout gosse, dès l'école primaire, il est de ces familles pauvres-là de Buenos Aires, et après l'école il est entré dans un garage où il a appris le métier de mécanicien, et alors comme je te disais à dix-sept ans, par là, c'était déjà un gars superbe, il s'est mis à tourner autour des filles, avec un succès fou, et puis là-dessus, ce qu'il y a de pire : le football. Tout jeune, il jouait très bien ; et à dix-huit ans plus ou moins il est devenu professionnel. Et c'est là qu'est la clé de toute l'histoire : pourquoi il n'a pas fait carrière dans le football professionnel ? Il le dit bien dès qu'il a été dans le coup, il a vu tout de suite la saloperie que c'était, un milieu plein de favoritisme, d'injustices, et c'est la clé, la clé de tout ce qui lui est arrivé : il ne peut pas se taire, quand il voit quelque chose qui ne va pas, le gars, il pousse les hauts cris. Il n'est pas rusé, il ne sait pas tenir sa langue. Un type absolument droit. Et c'est ça que j'ai flairé chez lui dès le début, tu vois ?

— Et la politique, il n'en a jamais fait ?

— Non. Là-dessus il a des idées bizarres, très embrouillées, et qu'on ne vienne pas lui parler de syndicat.

— Continue.

— Après quelques années, deux ou trois, il a abandonné le football.

— Et les filles ?

— Tu es un peu sorcier, toi, parfois.

— Pourquoi ?

— Parce qu'il a quitté le football aussi à cause des filles. Il avait beaucoup de filles, et il avait l'entraînement. Mais les filles l'attiraient plus que l'entraînement.

— Il n'était pas très discipliné, en somme, il y a un peu de ça.

— Bon. Encore une chose que je ne t'ai pas dite : la fiancée pour de bon, celle avec qui il s'est marié ensuite, elle ne voulait pas qu'il continue dans le football. Alors il est entré dans une usine comme mécanicien, mais un poste assez bien, c'est sa fiancée qui le lui avait procuré. Et le voilà marié, et il est resté plusieurs années à l'usine, où il était quelque chose comme contremaître, ou chef de section, presque dès le début. Et il a eu deux enfants. Il était fou de sa fille, l'aînée, mais voilà qu'à six ans, elle est morte. Et il y a eu des problèmes à l'usine où l'on a commencé à licencier du personnel, ou à favoriser des ouvriers recommandés.

— Comme lui.

— Oui, il avait mal commencé, sous cet angle-là, je le reconnais. Mais là vient l'épisode qui le grandit tant à mes yeux, et qui fait que je lui pardonnerais n'importe quoi, tu vas voir. Il s'est rangé du côté de vieux ouvriers, qui travaillaient au forfait, en dehors du syndicat ; et alors le patron lui a donné à choisir entre être flanqué dehors ou exécuter ses ordres sans discussion ; et là, lui, il a tout plaqué. Tu sais, lorsque tu t'en vas de plein gré, tu ne touches pas un centime des indemnisations de merde. Le voilà à la rue, alors qu'il avait travaillé plus de dix ans dans la même usine.

— Il devait donc avoir plus de trente ans.

— Oui ! trente et des poussières. Il s'est mis, à son âge tu te rends compte, à chercher du travail. Au début, il a fait le difficile ; puis il a pris ce qui se présentait : le restaurant.

— Tout ça, il te l'a raconté.

— Mais peu à peu. Je crois que ç'a été pour lui un grand soulagement d'avoir quelqu'un à qui il pouvait tout raconter, avec qui il pouvait ouvrir son cœur. Alors, il s'est attaché à moi.

— Et toi ?

— Moi, je l'adorais de plus en plus ; mais il ne voulait pas que je fasse rien pour lui.

— Qu'est-ce que tu voulais faire pour lui ?

— Le convaincre qu'il était encore temps d'étudier, et de décrocher quelque chose. Parce qu'il y a autre chose que j'ai oublié de te dire : sa femme gagnait plus que lui. Elle travaillait comme secrétaire dans une entreprise, secrétaire de direction plus ou moins, et ça il le voyait d'un mauvais œil.

— Tu as réussi à faire la connaissance de sa femme ?

— Non, il ne voulait pas me la présenter, et moi, au fond, je la détestais de tout mon cœur. A la seule pensée qu'il dormait toutes les nuits à côté d'elle, je mourais de jalousie.

— Plus maintenant ?

— C'est étrange. Non...

— Vraiment ?

— Enfin, écoute, je ne sais pas... je suis content qu'elle soit près de lui, comme ça il n'est pas seul, maintenant que je ne peux plus bavarder un peu avec lui, pendant les heures où il n'a rien à faire au restaurant, où il s'ennuie et ne fait que fumer.

— Et lui, il sait ce que tu sens pour lui ?

— Bien sûr que oui. Je lui ai tout dit, du temps que j'avais l'espoir de le persuader qu'entre nous deux... il puisse y avoir quelque chose. Mais jamais, jamais il n'y a rien eu, pas moyen de le persuader. Je l'ai supplié, que ça se fasse même une seule fois, une fois dans notre vie..., mais lui, n'a jamais voulu. Et après, moi, j'avais honte d'insister. Alors, je me suis contentée d'avoir son amitié.

— Mais à ce que tu dis, avec sa femme, ça n'allait pas très bien.

— Il y a eu une période, ils étaient à moitié fâchés ; seulement lui, au fond, il l'aime, et ce qu'il y a de pire encore, il l'admire, parce qu'elle gagne plus que lui. Un jour il m'a dit une chose, je l'aurais tué, c'était la fête des pères et je voulais lui offrir quelque chose, parce qu'il se sent très papa pour son fils, alors ça m'a semblé beau de profiter de cette excuse de la fête des pères pour lui faire un cadeau, et je lui ai demandé s'il voulait un pyjama. La catastrophe !...

— N'arrête pas, ne me laisse pas en suspens.

— Il m'a répondu qu'il ne portait pas de pyjama, qu'il dormait tout nu. Et qu'avec sa femme ils ont un grand lit. Là, ça m'a achevée. Mais vrai, il y a eu un moment où on pouvait croire qu'ils allaient se séparer, et moi, j'ai eu cette illusion. Les illusions que j'ai pu me faire ! Tu n'imagines pas...

— Quelle sorte d'illusions ?

— Qu'il viendrait vivre chez moi, avec ma mère et moi. Et de l'aider, de le faire étudier. Et de ne m'occuper que de lui, toute la sainte journée, de veiller à ce qu'il ait tout sous la main, son linge, de lui acheter ses livres, de l'inscrire aux cours, et peu à peu de le convaincre qu'il n'avait qu'à faire une seule chose, sans s'occuper de gagner sa vie, et je lui aurais donné l'argent pour la pension alimentaire de son fils, pour qu'il ne pense plus qu'à une chose : à lui, jusqu'à ce qu'il décroche un diplôme de n'importe quoi et en finisse avec toute cette tristesse. Tu ne trouves pas que c'était beau ?

— Beau, mais irréel. Écoute une chose : il aurait pu rester garçon de restaurant sans se sentir diminué, ni rien de ce genre. Parce que pour humble que soit le travail, il existe toujours une solution : la lutte syndicale.

— Tu crois?

— Bien sûr, vieux. Tu en doutes...?

— Mais lui, de ce côté-là il n'entend rien.

— Il a des idées politiques?

— Non, il est très ignorant. Mais il me disait pis que pendre du syndicat, et peut-être bien qu'il avait raison.

— Raison? Si le syndicat n'est pas propre, il faut lutter pour le changer, pour le redresser.

— Moi, à présent, j'ai un petit peu sommeil, et toi?

— Moi pas du tout. Tu ne veux pas me raconter encore un bout du film?

— Je ne sais pas... Tu peux pas imaginer ce que c'était pour moi de penser que je pourrais faire quelque chose pour lui. Parce qu'à vrai dire, tout le jour étalagiste, même si c'est intéressant, quand ta journée est finie, tu te dis parfois: tout ça, à quoi bon? Tu sens un vide à l'intérieur de toi. Tandis que si j'avais pu faire quelque chose pour lui, ça, ç'aurait été beau... Lui donner un peu de joie, non? Qu'est-ce que tu penses?

— Je ne sais pas, il faudrait analyser un peu, maintenant je ne peux rien dire. Tu ne veux pas me raconter un petit bout du film, et demain je te parle de ton garçon de restaurant?

— Bon...

— On nous éteint la lumière si vite, et les bougies ont une si vilaine odeur, avec ça qu'elles t'esquintent la vue.

— Et brûlent l'oxygène, Valentin.

— Je ne peux pas m'endormir sans lire.

— Si tu veux, je te raconte encore un petit bout. Mais ce qu'il y a de bête c'est qu'ensuite, je ne vais plus pouvoir dormir.

— Un instant, pas plus, Molina.

— Bon. Où... en étions-nous?

— Ne bâille pas comme ça, quelle marmotte!

— Qu'est-ce que tu veux que j'y fasse, j'ai sommeil.

— Allons bon, tu me f...ais bâiller aussi.

— Toi aussi, tu as sommeil.

— Tu crois que je pour... rai dormir?

– Oui, et si tu n'y arrives pas, pense à l'histoire de Gabriel.

– Qui c'est, Gabriel ?

– Le garçon, ça m'a échappé.

– Bon, alors à demain.

– A demain.

– Regarde ce que c'est que la vie : c'est moi qui vais rester éveillé et penser à ton fiancé.

– Demain, tu me dis ce que tu en penses.

– A demain.

– A demain.

4

— Et voilà, c'est le début de la romance entre Léni et l'officier allemand. Ils commencent à s'aimer, ils s'aiment à la folie. Sur la scène, chaque soir, elle lui dédie ses chansons, une surtout. Une habanera. Le rideau se lève : entre des palmiers de papier argenté, comme du papier à cigarettes, tu vois ? Bon, derrière ces palmiers, la pleine lune, une lune brodée de paillettes, se reflète dans la mer, une sorte d'étoffe soyeuse, où d'autres paillettes font le reflet de la lune. On est dans un port tropical, le quai d'une île, on entend le va-et-vient des vagues, à l'orchestre, avec des maracas. Il y a un voilier très luxueux, en carton, mais l'air tout ce qu'il y a de vrai. Un homme aux tempes argentées, très joli garçon, est au gouvernail, portant casquette de capitaine et la pipe aux lèvres. Un projecteur éclaire soudain violemment, à côté de lui, une petite porte qui donne sur les cabines. Et la voilà, elle, qui apparaît, toute sérieuse, et qui regarde le ciel. Il veut la caresser. Elle s'esquive. Elle a les cheveux dénoués, avec une raie au milieu, une longue robe de dentelle noire, mais pas transparente, sans manches, deux fines bretelles, rien de plus, et une jupe vaporeuse. L'orchestre entame une sorte d'introduction, et elle aperçoit un jeune indigène qui cueille sur la plage une orchidée sauvage, il sourit, fait un clin d'œil à une fille des îles qui approche. Il lui met la fleur dans les cheveux et les voilà qui s'embrassent en s'en allant vers une forêt profonde, sans s'apercevoir que la fleur est tombée. On voit en gros plan cette orchidée, une fleur sauvage mais très fine, tombée sur le sable ; et dans l'orchidée, peu à peu, on voit apparaître le visage estompé de Léni : comme si la fleur se transformait en femme. Alors se lève un vent, on croirait, de tempête, mais les marins crient qu'il est favorable, le voilier va lever l'ancre, et elle, alors, descend sur le quai jusqu'au sable et ramasse la fleur, une belle fleur, en velours. Et puis elle chante.

— Qu'est-ce qu'elle dit ?

— Va savoir... ils ne traduisaient pas les chansons. Mais c'était triste ; dans le genre : quelqu'un qui a perdu son grand amour et veut se résigner mais ne peut pas, et qui se laisse emporter par le destin. Oui, ça devait être ça ; parce que, quand on dit que le vent est favorable, elle a un sourire triste ; ça lui est égal désormais d'être poussée par les vents, n'importe où. En chantant comme ça, elle retourne au voilier, qui sort peu à peu par le côté de la scène, avec elle à la poupe, le regard perdu derrière les palmiers, là où commence la forêt profonde.

— Elle finit toujours le regard perdu.

— Si tu avais vu les yeux qu'elle a, cette femme, très noirs, dans une peau si blanche. Mais j'allais oublier le plus beau : lorsqu'elle apparaît, vers la fin, à la poupe du voilier, elle a piqué la fleur de velours dans ses cheveux, d'un côté, et l'on ne sait pas ce qui est le plus doux, du velours de l'orchidée ou de sa peau à elle, qui est comme en pétales de fleur, de magnolia j'imagine. Viennent ensuite, très vite, les applaudissements, puis de courtes séquences où les deux héros sont très heureux : l'après-midi aux courses de chevaux, elle, tout en blanc, avec une capeline transparente, et lui, avec un chapeau haut de forme ; trinquant dans un yacht qui glisse sur la Seine ; lui en smoking dans le cabinet particulier d'un cabaret russe : il éteint les candélabres et dans la pénombre ouvre un écrin dont il sort un collier de perles qui, on ne sait comment, malgré l'obscurité, brille formidablement : un truquage de cinéma. Bon. Ensuite, elle prend son petit déjeuner au lit ; la femme de chambre vient lui annoncer la visite d'un parent qui l'attend en bas, qui arrive d'Alsace. Et qui se trouve avec un autre monsieur. Elle descend en déshabillé de satin à franges noires et blanches : tout ça se passe chez elle, non ? Le petit jeune homme, c'est son cousin, vêtu très simplement; mais celui qui l'accompagne, c'est... le boiteux.

— Quel boiteux?

— Voyons! celui qui avait écrasé la *girl* blonde! Ils se mettent à discuter, le cousin explique qu'on lui a demandé un grand service: celui de lui parler, à elle, qui est française, pour les aider, c'est une mission. Elle, elle demande: quelle mission? Ils lui répondent: celle que la *girl* blonde avait commencée, et qu'elle avait refusé de terminer. Parce qu'ils sont du maquis. Elle meurt de peur, mais réussit à ne rien montrer. Ils lui demandent de leur livrer un secret important, de savoir où se trouve en France un grand arsenal des Allemands, que les ennemis des nazis veulent bombarder. La *girl* blonde, elle était sur cette mission, parce qu'elle était du maquis, elle; mais une fois en relation avec le lieutenant, elle était tombée amoureuse de lui et n'avait plus voulu faire son devoir, c'est pourquoi ils l'avaient tuée, avant qu'elle les dénonce aux autorités d'occupation. Là, le boiteux intervient: elle *doit* les aider. Elle répond qu'elle veut réfléchir, qu'elle ne connaît rien de tout ça. Alors, le boiteux lui dit que c'est un mensonge, que le chef du contre-espionnage allemand est amoureux d'elle, en sorte que ça ne lui coûtera rien de soutirer les renseignements. Elle s'arme de courage et répond: non, définitivement; parce qu'elle n'a pas le tempérament à faire ces choses. Mais le boiteux la menace: si elle ne les aide pas... eux vont se voir dans l'obligation d'user de représailles. Elle s'aperçoit que son cousin a le regard baissé, les mâchoires tremblantes, et que la sueur perle à son front. Et le vrai, c'est qu'ils l'ont pris en otage! Le boiteux explique: le pauvre jeune homme n'a rien fait, sa seule faute, c'est d'être un de ses parents. Parce que ces salauds sont allés jusqu'au village d'Alsace où se trouvait le pauvre jeune homme et l'ont emmené, va savoir, sous de faux prétextes. Le problème, là, c'est que si elle ne les aide pas, eux, les maquisards vont tuer le jeune homme, qui est tout à fait innocent. Alors, elle promet qu'elle fera son possible. Et c'est ce qui va arriver. La fois suivante qu'ils se voient, l'officier allemand et elle, chez lui, elle commence à fouiller dans les tiroirs, mais avec une peur incroyable, parce que le majordome, dès le premier moment, l'a regardée d'un mauvais œil, et ne la quitte pas d'une semelle. Il y a une scène où elle déjeune dans le jardin avec l'officier et d'autres personnes, et le majordome, qui est allemand, reçoit de l'officier l'ordre d'aller à la cave chercher un vin très vieux, ah ! j'allais oublier de te dire, c'est elle qui l'a demandé, un vin que seul le majordome sait où il se trouve. Et elle, quand le type s'en va, elle s'assoit au piano à queue blanc qu'il y a dans un de ces salons dont on a déjà parlé, et on la voit derrière un rideau de dentelle. Elle s'accompagne elle-même au piano. Parce qu'il lui a demandé de chanter. Mais elle, a préparé un truc. Elle met un disque d'elle, toujours accompagnée au piano, et pendant qu'il tourne, elle entre dans son cabinet privé, où elle commence à chercher les papiers. Là-dessus, il se trouve que le majordome, lorsqu'il arrive à la porte de la cave, s'aperçoit qu'il a oublié les clés, alors il remonte les chercher, et en passant près de la balustrade du jardin, il regarde du côté des vitres et à travers le rideau de dentelle on ne réussit pas à voir si elle est assise au piano ou pas. Pendant ce temps, son amoureux se trouve toujours au jardin, il continue à bavarder avec d'autres officiers supérieurs ; c'est un jardin français, avec des carrés sans fleurs, et des buis taillés aux formes bizarres, des sortes d'obélisques.

— Non, ça, c'est un jardin allemand. De Saxe, plus exactement.

— Comment tu le sais ?

— Parce que dans les jardins français il y a des fleurs, et les lignes sont géométriques, même si elles ont un côté contourné. Ce jardin-là est allemand ; on voit bien que le film a été tourné en Allemagne.

— Comment tu sais tout ça, toi ? Ce sont des choses de bonnes femmes...

— On étudie ça en architecture.

— Tu as étudié l'architecture ?

— Oui.

— Et tu as été reçu ?

— Oui.

— Et c'est maintenant que tu me le dis ?

— Je n'avais pas eu l'occasion.

— Je croyais que tu avais étudié les sciences de la politique.

— Les sciences politiques aussi. Mais continue le film, une autre fois je te raconterai. Et puis l'art, ce n'est pas une affaire de bonnes femmes.

— Un de ces jours, on va s'apercevoir que tu es plus folle que moi.

— Possible. Mais pour le moment poursuis ton film.

— Bon. Le majordome l'entend chanter, mais il voit qu'elle n'est pas au piano, alors il cherche à savoir où elle se trouve. Et elle est justement dans le cabinet de travail, fouillant tous les papiers, ah ! parce qu'auparavant, elle a réussi à se procurer la petite clé du secrétaire, elle l'a subtilisée à l'officier, et elle tombe sur le plan de la zone où se trouvent tous les armements secrets, l'arsenal allemand, mais là-dessus elle entend des pas, alors elle va se cacher sur le balcon du cabinet de travail, seulement il est visible de tous les officiers réunis au jardin ! La voilà prise entre deux feux, parce que si eux, là, lèvent la tête, ils vont la voir. Le majordome entre dans le cabinet et regarde, elle retient son souffle, elle est très nerveuse, le disque va finir, et tu sais qu'à l'époque, sur les disques, il n'y avait qu'une chanson, il n'y avait pas de *longplaying*. Mais le majordome sort et elle rentre, à l'instant, juste comme se termine la chanson. Tous les officiers l'ont écoutée ravis, et quand le disque s'arrête, ils se lèvent, ils l'applaudissent ; elle, elle est assise au piano et tous croient que ce n'était pas un disque, que c'était elle qui chantait. Ce qui vient ensuite, c'est sa rencontre avec le boiteux et le petit jeune homme, pour leur remettre les plans des Allemands. Le rendez-vous a lieu dans un musée d'une grandeur démente, avec des animaux antédiluviens et d'énormes vitres qui servent de mur, et donnent sur la Seine. Elle dit au boiteux qu'elle possède le renseignement, le boiteux triomphe, et lui annonce que ce n'était que son premier travail : parce que une fois qu'on devient espion, on ne peut plus en sortir. Elle, alors, est sur le point de ne pas lui livrer le renseignement, mais elle regarde le pauvre jeune homme qui tremble et elle prononce le nom, le nom d'une région de France, et le village exact où se trouve l'arsenal. Sur quoi, le boiteux, un sadique, lui dit que l'officier allemand la détestera de toute son âme quand il apprendra sa trahison. Et je ne me souviens plus combien d'autres choses. Alors, le jeune homme qui voit Léni, désespérée, devenir blême d'indignation, le jeune homme regarde par la fenêtre (ils sont tout près) du cinquième ou sixième étage de cet immense musée, et avant que le boiteux réagisse, le jeune homme l'attrape et le pousse, pour que la vitre se brise et que le boiteux tombe dans le vide, seulement le boiteux résiste, alors le jeune homme se sacrifie ; il se jette avec le boiteux, en payant de sa propre vie. Léni, elle, se mêle à la foule qui court voir ce qui s'est passé ; et comme elle porte un chapeau à voilette, personne ne la reconnaît. C'était un brave, le petit, n'est-ce pas ?

— Brave avec elle, mais traître à son pays.

— Ben, le gars se rendait compte que les maquisards, c'était tout de la mafia ; tu vas voir les choses qu'on apprend plus tard, là-dessus, dans le film.

— Mais tu sais ce qu'étaient les maquisards, quand même ?

— Je sais très bien que c'étaient les patriotes ; mais dans le film, non. Tu me laisses continuer ? Alors, bon... qu'est-ce qui arrivait, après ?

— Je ne te comprends pas.

— C'est un film divin dans son genre, et moi c'est le film qui m'importe, parce que évidemment, tant que je suis enfermé ici, je ne peux rien faire d'autre que de penser à des choses belles, pour ne pas devenir fou, non ?... Laisse-moi un peu échapper à la réalité, à quoi bon se mortifier encore plus ? Tu veux que je devienne fou ? Parce que folle, je le suis déjà.

— Non, sérieusement, c'est vrai qu'ici tu peux devenir fou, mais pas seulement en te désespérant... En t'aliénant aussi, comme tu fais. Cette façon que tu as de penser à des choses belles, comme tu dis, ça peut être dangereux.

— Mais non. Pourquoi ?

— Ça peut être un vice, d'échapper de cette façon-là à la réalité ; c'est comme une drogue. Parce que, écoute, ta réalité, *ta réalité,* ce n'est pas seulement cette cellule. Quand tu lis quelque chose, quand tu études un peu, alors tu... tu transcendes ta cellule, tu comprends ? Moi, je lis et j'étudie toute la journée.

— Politique... Ainsi va le monde, avec les politiciens.

— Ne parle pas comme une dame du temps jadis ; parce que tu n'es ni une dame... ni de jadis ; allez, raconte-moi encore un bout du film. Il en reste beaucoup pour finir ?

— Pourquoi ? Il t'ennuie ?

— Le film ne me plaît pas ; mais il m'intrigue.

— S'il ne te plaît pas, je ne t'en raconte pas davantage.

— Comme tu voudras, Molina.

— De toute façon, ça serait impossible de finir ce soir, il en manque encore beaucoup : presque la moitié.

— Il m'intéresse comme matériel de propagande, rien de plus. D'une certaine façon, c'est un document.

— Alors, une bonne fois, je continue ou je ne continue pas ?

— Continue un peu.

— Voilà, c'est comme si tu me faisais une faveur. C'est bien toi qui m'as demandé de te raconter quelque chose parce que tu n'avais pas sommeil.

— Et je t'en remercie, Molina.

— Mais maintenant, c'est moi qui n'ai plus sommeil, tu m'as bien eu.

— Alors raconte encore un peu et le sommeil va nous venir à tous deux, si Dieu veut.

— Les athées ne font que nommer Dieu, à tout bout de champ.

— C'est une façon de parler. Allez, raconte.

— Bon. Elle, sans rien dire de ce qui s'est passé, demande à l'officier allemand de l'abriter dans sa maison, parce qu'elle est morte de peur des maquisards. Là, il y a une scène formidable, parce que je ne t'ai pas dit, lui aussi il joue du piano, et il est en robe de chambre, un brocart, je ne te dis que ça, et qui lui va ! Avec un foulard de soie blanche autour du cou. A la lumière des chandeliers, il joue quelque chose d'un peu triste, parce que j'ai oublié de te dire qu'elle arrive en retard au rendez-vous. Et lui, il croit qu'elle ne va plus venir. Ah ! parce que je ne t'ai pas dit, quand elle sort du musée, et qu'on ne la reconnaît pas, elle se met à marcher comme une folle dans tout Paris, elle est bouleversée par la mort du pauvre jeune homme, son jeune cousin qu'elle aimait tant. Et voilà que la nuit la surprend et qu'elle continue à marcher dans Paris, la tour Eiffel, les ruelles en pente des quartiers de bohème, et les peintres qui peignent sur le trottoir la regardent, et les couples sous les réverbères des quais de la Seine la regardent, parce qu'elle marche comme une folle, la pauvre, comme une somnambule, la voilette de son chapeau relevée, elle s'en fiche qu'on la reconnaisse. Pendant ce temps-là, l'officier a donné des ordres pour préparer leur dîner à tous deux, avec des chandeliers, et ensuite on voit que les bougies sont déjà à moitié consumées, et il joue du piano, une sorte de valse lente, très triste. Et c'est là qu'elle entre. Il ne se lève pas pour la saluer, il continue à jouer, et la valse merveilleuse, de triste qu'elle était, devient de plus en plus joyeuse, romantique à en crever, mais quand même assez, assez joyeuse. Et la scène finit là, sans qu'il dise rien, il a un sourire de bonheur, et on entend la musique. Une scène comme ça... tu ne peux pas imaginer ce que c'est.

— Et ensuite ?

— Elle se réveille dans un lit merveilleux, tout en satin clair, entre vieux rose et vert tendre, j'imagine, capitonné, avec des draps en satin. Quel dommage que des films comme celui-là ne soient pas en couleurs, pas vrai ? Avec un ciel de lit et des rideaux de tulle sur les côtés, tu vois ? Et elle se lève, tout amoureuse, et elle regarde par la fenêtre, il tombe une petite bruine, et elle va au téléphone, soulève le combiné et entend sans le vouloir qu'il parle à l'appareil avec quelqu'un. Ils discutent du châtiment qu'ils vont infliger aux spéculateurs et autres gens de la mafia. Elle ne peut en croire ses oreilles, quand il ordonne de les condamner à mort ;

alors, elle attend qu'ils aient fini de parler et lorsqu'ils raccrochent, elle raccroche aussi, pour qu'ils ne s'aperçoivent pas qu'elle a écouté. Là-dessus, il entre dans la chambre à coucher et lui annonce qu'ils vont prendre le petit déjeuner ensemble. Elle est d'une beauté divine, on la voit reflétée dans la vitre de la fenêtre toute mouillée par la bruine, et elle lui demande si c'est vrai qu'il n'a peur de personne, tel que doit être le soldat de la nouvelle Allemagne, le héros dont il lui a parlé. Il répond que si c'est pour sa patrie, il peut avoir toutes les audaces. Elle lui demande alors si ce n'est pas par peur qu'on tue un ennemi sans défense; par peur qu'à certain moment les rôles soient renversés et qu'on ait à l'affronter, peut-être à main nue. Il ne comprend pas ce qu'elle veut dire. Alors elle change de sujet. Mais quand, ce jour-là, elle se retrouve seule, elle compose le numéro de téléphone du boiteux pour se mettre en contact avec quelqu'un du maquis et livrer le secret de l'arsenal. Car après qu'elle a entendu qu'il est capable d'envoyer quelqu'un à la mort, comme homme, il est tombé dans son estime. Et elle va à la rencontre de quelqu'un du maquis, le rendez-vous a lieu au théâtre où elle répète, pour ne pas attirer l'attention, et elle voit l'homme s'approcher d'elle et lui faire le signe convenu, quand quelqu'un d'autre arrive à travers le couloir du théâtre vide et appelle: madame Léni. On lui apporte un télégramme de Berlin, elle est invitée à tourner un grand film, dans les meilleurs studios d'Allemagne, et celui qui lui apporte l'invitation est un officier du gouvernement d'occupation; bref, elle ne peut rien dire au maquisard, et doit entreprendre immédiatement les préparatifs de son voyage à Berlin. Ça te plaît?

– Non. Et maintenant j'ai sommeil. On continue demain, d'accord?

– Non, Valentin, si ça ne te plaît pas, je ne t'en raconte pas plus.

– J'aimerais quand même savoir comment ça finit.

– Mais non, si tu n'aimes pas, pourquoi?... C'est très bien comme ça. A demain.

– On parlera demain.

— Mais d'autre chose.
— Comme tu voudras, Molina.
— A demain.
— A demain.

Service publicitaire des studios Tobis-Berlin, destiné aux distributeurs internationaux de leurs films, à propos de la superproduction « Destin » (pages centrales).

La venue de la vedette étrangère n'avait pas été annoncée au son des fanfares habituelles ; on avait préféré que Léni Lamaison arrivât incognito dans la capitale du Reich. Ce n'est qu'après les séances de maquillage et d'habillement que la presse fut convoquée. La star numéro un de la chanson française devait finalement être présentée aux correspondants les plus distingués de la presse libre internationale, cet après-midi, au Grand Hôtel de Berlin. On avait retenu pour l'occasion le Salon Impérial, situé à l'entresol, jusqu'où parvenaient les doux accents de l'orchestre du jardin de thé. Léni restait pour beaucoup ici identifiée avec ces cris frivoles que s'égare à lancer la mode parisienne, qui a usé de sa beauté comme d'un porte-voix. Aussi chacun attendait-il une poupée couronnée de frisettes minuscules, des pommettes rougies de cosmétique sur un visage préalablement laqué de blanc. On tenait pour sûr que les yeux pourraient à peine rester ouverts, que les paupières seraient lourdes de fard sombre et de pesants faux cils. A vrai dire, la plus grande curiosité s'attachait à la façon dont elle serait habillée ; car on tenait pour inévitable cette profusion d'inutiles drapés qu'imposent aux modèles d'outre-Rhin des couturiers décadents, dont le but bien connu est de défigurer la silhouette féminine. Or, soulevant un murmure d'admiration dans l'assistance, c'est une femme toute différente qui est apparue et qui s'est frayé rapidement un chemin. Sa taille étroite et ses hanches robustes ne se dissimulaient sous aucun chiffon superflu, son buste aérien n'était plus comprimé par des extravagances de croquis : au contraire, une jeune fille, qu'on eût dite originaire de Sparte, avançait serrée dans une simple tunique blanche qui laissait deviner ses formes pleines, et son visage lavé révélait une santé de montagnarde. Les cheveux, quant à eux, étaient partagés au milieu et noués en tresse autour du crâne bien dégagé. Des bras de gymnaste dépourvus de manches ; et, pour protéger les épaules, une courte cape, elle aussi de toile blanche. « Notre idéal de beauté devra toujours être la santé », a dit notre Guide. Et plus précisément, s'agissant de la femme : « Sa mission est d'être belle et de mettre des enfants au monde. Une femme qui a donné cinq enfants au *Volk*, a donné plus que le plus fameux des juristes. Il n'y a plus de place pour la femme politique dans l'univers idéologique du national-socialisme : car transporter la femme dans la sphère parlementaire où elle démérite signifie lui voler sa dignité. La résurrection allemande est un événement masculin. Mais le Troisième Reich, qui compte 80 millions de sujets, aura besoin, dans un siècle, en la glorieuse année 2040, de 250 millions de patriotes pour régir les destins du monde, aussi bien depuis l'État-père que depuis ses colonies innombrables. Et cela, ce sera l'événement féminin. Après que nous aurons tiré la leçon de ce qu'il est advenu d'autres peuples, pour ce qui concerne le grave problème de la dégénérescence des races, un mal qui ne peut être enrayé que par le nationalisme conscient du peuple lui-même. Synthèse du Peuple et de l'État. » Ces mêmes paroles sont répétées à la belle étrangère, dans le Salon Impérial, par le délégué des studios berlinois ; des paroles qui impressionnent vivement Léni, tout comme sa pure beauté impressionne les représentants de la presse réunis autour d'elle.

Le lendemain, sa nouvelle image fait la une des journaux du monde libre, mais Léni ne perd pas son temps à lire les hymnes qu'on entonne à sa beauté – et appelle Werner. Elle lui demande que, pendant ces quelques jours qu'il passe, lui aussi, dans la capitale avant de regagner Paris, il l'aide à découvrir les merveilles de ce nouveau monde allemand. Werner commence par la mener à un gigantesque meeting de la jeunesse allemande, dans un stade colossal. Il préfère écarter le confort d'une limousine officielle ; il conduira Léni dans son rapide coupé blanc. Son but, c'est qu'elle se sente seulement une parmi les autres dans cette foule toute à sa ferveur ; et, il y parvient. Tous ceux qui passent près de Léni l'admirent, non pour son excentricité de star sophistiquée, mais pour son port majestueux de femme saine et dépourvue de fards. Léni est venue dans un simple tailleur, qui rappelle le rude uniforme des militaires. Le tissu, un drap alpin, a quelque chose de l'âpreté du peuple montagnard, ce qui ne l'empêche pas de dessiner les formes féminines, dont seules s'écartent deux fermes épaulettes qui renforcent la silhouette, en quelque sorte. Werner la contemple en extase ; il escomptait le ravissement de Léni devant le monumental porche du stade, et elle, effectivement, n'a pas pu se soustraire à l'impact d'un pareil spectacle. Léni interroge Werner : comment sa nation a-t-elle pu créer une œuvre aussi pure et aussi inspirée, pendant que dans le reste de l'Europe s'imposait un art frivole, éphémère, aussi bien en peinture et en sculpture qu'en architecture, un art décoratif et abstrait, destiné à périr comme ces futiles modes féminines ourdies par la capitale d'outre-Rhin ? Il sait très bien quoi lui répondre, mais il ne le fait pas tout de suite, il lui demande d'attendre encore quelques instants. Et voilà qu'ils se trouvent devant le spectacle inoubliable que leur offre la fleur de la jeunesse allemande : sur la pelouse verte, des lignes droites se brisent et se rejoignent pour aussitôt après donner des courbes qui ondulent brièvement puis retrouvent la virilité du tracé rectiligne. De jeunes athlètes des deux sexes, vêtus de noir et blanc, déroulent leurs exhibitions gymniques. Werner énonce, en guise de commentaire à cette vision olympique, dont Léni ne peut détacher les yeux : « Oui, l'héroïsme se dresse comme le futur modeleur des destins politiques, et il revient à l'art d'être l'expression de cet esprit de notre époque. L'art communiste et futuriste est un mouvement rétrograde, anarchique. Notre Culture est celle du Nord, qui s'oppose aux tentatives téméraires mongolo-communistes, et à la farce catholique, produit de la corruption assyrienne. A l'Amour, il faut opposer l'Honneur. Et Christ sera un athlète qui chasse les marchands du Temple à coups de poings. » Les jeunes gens, véritable flambeau humain du national-socialisme, ont entonné des chants martiaux, vibrants de patriotisme : « Que flottent à nouveau les bannières d'autrefois ! Le jeune révolutionnaire attise les passions volcaniques, éveille les colères, organise l'ire et la méfiance, avec un froid et sûr calcul, il soulève ainsi les masses humaines », paraphrasant un slogan de notre chef suprême à la Propagande, le maréchal Goebbels. Et Léni — en dépit du conflit qui habite son esprit depuis le jour où elle a entendu Werner prononcer une sentence de mort — se sent transportée d'allégresse. Werner lui presse la main, l'attire contre lui, mais n'ose l'embrasser : il craint que les lèvres de la femme ne soient froides encore.

Ce même soir, ils dînent en silence, Werner n'obtient rien d'elle, il la sent distante, perdue dans ses pensées secrètes. Chacun touche à peine aux plats, Léni vide un verre du doux vin de Moselle, mais après en avoir bu la dernière goutte, elle lance sa coupe contre la cheminée où le feu crépite ; le cristal se brise en mille morceaux. Sans détours, Léni formule enfin la question qui au fond d'elle-même la brûle : « Comment est-il possible que toi, un homme supérieur, tu aies envoyé un être humain à la mort ? » Werner se réveille soulagé : « C'est cela qui te tenait éloignée de moi ? » Léni répondant par l'affirmative, Werner lui ordonne incontinent de le suivre jusqu'au ministère des Affaires politiques. Et Léni obéit. Malgré l'heure avancée, les officines de gouvernement bouillonnent d'activité : la nouvelle Allemagne ne se repose ni de jour ni de nuit. Toutes les portes s'ouvrent au passage de Werner, qui arbore son fier uniforme. Et voici qu'ils accèdent à un sous-sol où est installé un mini-cinéma. Werner ordonne une projection immédiate. L'écran s'éclaire d'atrocités. Il s'agit d'un long documentaire sur la faim, la faim dans le monde. La faim en Afrique du Nord, en Espagne, en Dalmatie, dans la vallée du Yang-Tsé-Kiang, en Anatolie. Précédant chacune de ces agonies, passent sur ces mêmes terres deux ou trois hommes implacables, toujours les mêmes : les juifs errants porteurs de mort. Tout cela ponctuellement enregistré par la caméra. Oui, ces funèbres marchands, tels des vautours, président aux sécheresses, aux inondations, à toutes sortes de catastrophes propices à l'organisation de leur banquet satanique : le stockage des vivres et la spéculation. Derrière eux, leurs partisans, tous de maudits fils d'Abraham, répètent les mêmes opérations avec une précision mathématique : la disparition du grain de blé, puis des céréales secondaires, l'une après l'autre, même les plus grossières, celles qui sont destinées à l'alimentation du bétail. Suivent les viandes, les sucres, les substances oléagineuses, les fruits et légumes frais ou en conserve. C'est ainsi que s'étend la faim dans les villes, dont les habitants retournent aux champs, pour n'y trouver que le spectacle de vandalisme qu'ont laissé derrière elles les sauterelles de Jéhovah. Et les visages des peuples se creusent, nul ne parvient plus à marcher droit, sur ces horizons d'holocauste se découpent des silhouettes d'affamés, qui font leurs derniers pas vers le mirage d'un quignon de pain dur, qu'ils n'arriveront jamais à toucher.

Léni a suivi la projection le sang glacé. Mais elle a hâte de voir se rallumer la salle, pour élucider une inconnue. Elle veut savoir de Werner à qui appartient l'une de ces deux physionomies infâmes : Léni fait référence aux deux chefs de l'organisation mortifère, et le visage de Werner s'illumine, il espère, il pense que Léni a reconnu en l'un d'eux le criminel qu'il a lui-même, à la consternation de sa bien-aimée, condamné à mort. Mais non, Léni se réfère à l'autre. Werner s'agite encore davantage : Léni aurait-elle réussi ce que tout le personnel des services secrets tient pour impossible ? Car ce Jacob Lévy est l'agent antinazi le plus recherché du moment. Léni n'a pas de réponse claire, elle est sûre d'avoir vu quelque part ce même visage dépravé, avec sa calvitie grasse et sa longue barbe de prêteur à gages. On ramène le film en arrière, on arrête l'image aux photogrammes où apparaît le criminel, Léni fait des efforts surhumains mais elle n'arrive pas à préciser où, quand et comment elle a vu le monstre. Ils quittent donc la salle et décident de faire quelques pas dans une avenue bordée de tilleuls. Léni reste absorbée dans les labyrinthes du souvenir ; elle est sûre d'avoir déjà rencontré Jacob Lévy, sa seule crainte est de l'avoir connu ou pour mieux dire imaginé dans un cauchemar. Werner se tait à son tour; son intention, en projetant le film à Léni, était de lui montrer quel vil insecte il avait fait exécuter, après avoir réussi à le faire arrêter dans un village proche de la frontière suisse. Mais d'un seul geste, Léni parvient à dégager de tout nuage le ciel amoureux de Werner : elle lui a pris la main droite, de ses deux mains douces et blanches elle a pris la rude paume du soldat et l'a portée contre son cœur de femme. Maintenant, tout est définitivement éclairci, Léni a compris que la mort d'un Moloch hébreu signifie le salut de millions d'âmes innocentes. Une légère bruine tombe sur la Ville Impériale, Léni demande à Werner de l'abriter dans ses bras, pour s'y reposer. Avec l'aide de la clarté du jour qui va venir, ils entreprendront ensemble la chasse de la seconde bête féroce, celle qui est encore en liberté. Qu'on n'imagine pas pourtant qu'en cet instant on entende des rugissements provenant de la jungle, non, n'oublions pas que nous nous trouvons sur la terre élue par les dieux pour y dresser leur demeure dorée, là où, contre les marchands, la morale des héros a gagné la première bataille.

Un dimanche matin ensoleillé. Léni a proposé à Werner de passer ensemble cette dernière fin de semaine avant qu'il ne regagne Paris, et de la consacrer aux ravissantes vallées du Haut-Palatinat qu'elle veut découvrir. Ce sont ces mêmes montagnes enchantées où le Guide a sa maison de repos, celles où, durant la clandestinité, une austère famille de paysans l'hébergeait. Le gazon est vert et odorant, le soleil tiède, la brise apporte la fraîcheur des neiges éternelles qui recouvrent les aiguilles comme autant de sentinelles. Sur l'herbe, une simple nappe villageoise. Sur la nappe, un frugal pique-nique. La soif d'apprendre n'a plus de bornes chez Léni, elle demande à Werner tout ce qui se rapporte au Guide. Au début, les paroles sont difficiles à comprendre pour la jeune fille, « ... Le problème socio-économique débouche dans les États démo-libéraux sur une impasse, on peut le résoudre par essence beaucoup plus facilement, et à la satisfaction générale, par une forme de gouvernement autoritaire, enraciné pleinement dans le peuple et non plus dans des groupes internationaux tout-puissants... », elle demande autre chose, qu'il parle simplement de la personnalité du Guide, et, si possible, de sa montée au pouvoir. Werner raconte : « ... Les libelles marxistes et les gazettes juives n'annonçaient que chaos et humiliations pour les Allemands. De temps en temps, elles publiaient aussi la fausse nouvelle de l'arrestation d'Adolf Hitler. Mais c'était impossible, nul ne pouvait le reconnaître, puisqu'il n'avait jamais permis qu'on le photographiât. Il traversait notre terre dans tous les sens pour assister à des meetings secrets. Parfois, je l'accompagnais moi-même, dans de précaires avionnettes. Je m'en souviens, le moteur rugissait et soudain nous nous élevions du sol dans la nuit, quelquefois même en pleine tempête. Mais lui, ne prêtait pas attention aux éclairs, et me parlait, tout à sa douleur, de ce peuple foulé aux pieds par la folie marxiste, par les poisons du pacifisme, et les idées cosmopolites... Que de fois nous parcourûmes en automobile la route d'hier, celle que nous reparcourons cette nuit, des Alpes à Berlin. Toutes les routes lui étaient familières, artères de son chemin vers le cœur de son peuple. Nous faisions halte une seule fois, comme ici... Nous étendions une nappe sur le gazon, nous nous asseyions sous les arbres et prenions un frugal repas : une petite tranche de pain, un œuf dur, un peu de fruits, c'est tout ce que mangeait le Guide. Par temps de pluie, nous prenions notre en-cas à l'intérieur de la voiture. Arrivé à destination, au cours de ses meetings, cet homme si simple devenait un géant, et par le truchement des radios rebelles, les ondes de l'éther transmettaient les coups de poing de sa persuasion. Il risquait sa vie encore et toujours, parce qu'en ce temps-là les rues étaient envahies par une terreur marxiste sanguinaire... » Léni écoute fascinée, elle veut en savoir davantage ; en tant que femme, elle aimerait connaître le secret intime qui fait la force personnelle du Guide. Werner répond « ... Le Guide se manifeste lui-même dans chacune de ses paroles. Il croit en lui et en tout ce qu'il dit. Il est ce qu'il est aujourd'hui si difficile de rencontrer : l'authenticité. Le peuple reconnaît ce qui est authentique et s'y accroche. Le véritable pourquoi de la personnalité du Guide, même pour nous, ses plus fidèles, restera toujours un mystère. Il s'explique seulement si l'on croit aux miracles. Dieu a béni cet homme, et la foi déplace les montagnes, la foi du Guide et la foi dans le Guide... »

Léni s'étend sur l'herbe et regarde les yeux d'un bleu limpide de Werner, ces yeux au regard placide, confiant, qui se sont posés sur la Vérité. Léni passe ses bras autour du cou de Werner et ne peut que lui dire, émue : « Maintenant je comprends pourquoi tu as embrassé cette cause. Tu as compris le sens du national-socialisme, profondément... »

Léni connaîtra ensuite des semaines de travail exténuant dans les studios berlinois. Mais dès l'ultime bobine de tournage, elle se précipite au téléphone pour parler à son bien-aimé, absorbé par ses occupations à Paris. Il lui a réservé une merveilleuse surprise : il va bénéficier d'une permission de quelques jours avant qu'elle ne revienne à Paris, et ces jours, ils pourront les passer dans quelque bel endroit de cette République national-socialiste qui maintenant l'acclame. Or, Léni lui réserve une surprise encore plus grande : depuis le jour de la projection du documentaire, elle n'a pas cessé de penser au visage du criminel resté en liberté, et jour après jour, a grandi en elle la certitude qu'elle avait vu cet homme à Paris. C'est pourquoi elle veut maintenant y revenir : pour y entreprendre des recherches.

Werner accepte, malgré la crainte qu'il ressent à l'idée de voir Léni s'engager ainsi dans la voie dangereuse du contre-espionnage. Mais Léni descend du train pleine de confiance en sa mission, même si la vue de sa France l'emplit d'angoisse. Habituée qu'elle est désormais au soleil qui resplendit sur les visages de la Patrie national-socialiste, elle est contrariée de voir sa France encore avilie par les contaminations raciales. Une France qui lui apparaît indéniablement juive et négrifiée.

(La suite au prochain numéro.)

– Pourquoi tardent-ils tant à nous apporter le dîner ? Il m'a semblé qu'ils l'avaient apporté il y a un moment déjà dans la cellule à côté.

– Oui, moi aussi j'ai entendu. Tu ne travailles plus ?

– Non. Quelle heure est-il ?

– Huit heures passées. Aujourd'hui, je n'ai pas trop faim, heureusement.

– C'est bizarre chez toi, ça, Molina. Tu es malade ?

– Non, ce sont les nerfs.

– Ah ! il me semble qu'ils rappliquent.

– Non, Valentin, ce sont ceux de la dernière cellule qui reviennent des toilettes.

– Tu ne m'as pas raconté ce qu'on t'a dit à la direction.

– Rien. C'était pour signer les papiers de mon nouvel avocat.

– Un pouvoir ?

– Oui ; puisque j'ai changé d'avocat, j'ai dû signer.

– Comment t'ont-ils traité ?

– Comme toujours ; comme une tapette.

– Écoute. Là, on dirait qu'ils viennent.

– Oui, ce sont eux. Fais disparaître les revues, qu'ils ne les voient pas ; sinon, ils vont nous les voler.

– Je meurs de faim.

– Je t'en prie, Valentin, ne va pas te plaindre au gardien.

– Tenez.

– C'est de la polenta ?

– Oui.

– Eh bien, on peut dire qu'y en a pas...

– Ne vous plaignez pas.

– Pourquoi il y en a moins dans cette assiette-là ?

– C'est comme ça. Vous voudriez vous plaindre, par hasard ?

— Je n'ai pas voulu lui répondre à cause de toi, Molina, sinon je crois que je le lui lançais au visage son plâtre de merde.

— A quoi bon te plaindre ?

— Une des assiettes fait à peine la moitié de l'autre. Non mais, il est fou, ce gardien ! Fils de putain.

— Valentin, la petite assiette ce sera pour moi.

— Mais non. Toi qui manges toujours avec appétit la polenta.

— Je te l'ai dit : je n'ai pas faim. Garde la grande pour toi.

— Allez. Ne fais pas de manières. Je sais que tu aimes la polenta.

— Mais je n'ai pas faim, Valentin.

— Vas-y. Ça te fera du bien.

— Je ne veux pas.

— Tu as peur de grossir ?

— Non.

— Alors mange, Molina. Pour du plâtre, aujourd'hui, c'est plutôt bon. Et moi, avec la petite assiette, j'en ai plus qu'il m'en faut.

— Aïe !...Aïe !

— Qu'est-ce que tu as ?

— Rien. Cette femme-là est foutue.

— Quelle femme ?

— Moi, idiot. J'ai mal au ventre...

— Tu veux vomir ? Je te sors le sac en papier.

— Non, laisse... C'est plus bas. Les intestins.

— Une colique ?

— Non... Une douleur très forte. Mais plus haut.

— J'appelle le gardien, alors.

— Non, Valentin. On dirait que ça passe...

— Qu'est-ce que tu sens ?

— Des élancements... très forts.

— De quel côté ?

— Dans tout le ventre.

— Ce n'est pas l'appendicite ?

— Non, j'ai déjà été opéré.

— Moi, le repas ne m'a rien fait.

— Ça doit être nerveux. J'étais énervé aujourd'hui... Bon. On dirait que ça se calme un peu.

— Essaie de te détendre. Le plus possible. Détends-toi à fond : les bras, les jambes.

— Ça a l'air de passer un peu.

— Ça fait longtemps que tu as mal ?

— Un moment. Excuse-moi de t'avoir réveillé.

— Voyons... Tu aurais dû me réveiller plus tôt, Molina.

— Je ne voulais pas t'embêter... Aïe !

— Ça fait très mal ?

— Un élancement... On dirait que ça va passer.

— Tu veux dormir ? Tu vas pouvoir dormir ?

— Je ne sais pas... J'ai de nouveau mal.

— On peut bavarder. Peut-être que ça te fera du bien de ne pas penser à la douleur.

— Non, dors, ne te réveille pas.

— De toute façon, je suis réveillé, maintenant.

— Excuse-moi.

— Ça m'arrive bien des fois de me réveiller tout seul, et ensuite je ne peux plus me rendormir.

— On dirait que ça passe un peu. Ah non ! Que j'ai mal !

— J'appelle le gardien ?

— Non, ça passe.

— Tu sais une chose ?

— Quoi ?

— Je suis intrigué par la fin du film : le film nazi.

— Je croyais que tu ne l'aimais pas ?

— Oui, mais je veux savoir comment ça finit, pour voir la mentalité de ces gens-là, la propagande qu'ils voulaient faire.

— Tu n'imagines pas combien c'était beau, à le voir.

— Si ça peut te distraire, pourquoi tu ne m'en racontes pas un petit bout ? Rapidement : juste la fin.

— Aïe !

— Ça te reprend ?

— Non, ça se passe. Quand j'ai encore un élancement, il est très fort, mais ensuite ça ne fait presque plus mal.

— Comment finit le film ?

— On en était où ?

— Elle allait travailler pour le maquis, quand est arrivé le contrat pour tourner en Allemagne.

— Ça t'est resté gravé, hein ?

— Ce n'est pas un film quelconque. Raconte-le-moi rapidement, comme ça tu arriveras à la fin.

— Bon, qu'est-ce qui se passe alors ? Hum !... Ça refait mal.

— Raconte, comme ça tu ne penseras pas à tes douleurs, ça fait moins mal quand on se distrait...

— Tu as peur que je meure avant de te raconter la fin ? Bon. Elle part en Allemagne pour faire un film, et l'Allemagne lui plaît beaucoup, avec sa jeunesse qui fait du sport. Et à lui, elle lui pardonne tout quand elle apprend que celui qu'il a fait exécuter, c'était un odieux criminel, coupable va savoir de combien de mauvais coups. Et ils lui montrent la photo de l'autre criminel qu'ils n'ont pas encore pu arrêter, le complice plus ou moins de celui que le garçon a fait exécuter... Aïe ! j'ai encore mal, un peu.

— Alors laisse, essaie de dormir.

— Tu parles, si je pouvais, quelle joie...

— Tu as ça souvent, ce genre de douleurs ?

— Nom de Dieu ! Je n'avais jamais senti des élancements comme ça... Tu vois, maintenant ça se passe.

— Alors je vais tâcher de retrouver le sommeil.

— Non, attends.

— Comme ça, toi aussi tu vas dormir.

— Non, je ne vais pas pouvoir. Je te continue le film. Comment c'était ? Oui, elle semble reconnaître quelqu'un dans le criminel, mais elle ne sait pas où elle l'a vu. Alors elle retourne à Paris, où elle croit l'avoir connu. Et sitôt arrivée, elle entre en contact avec le maquis pour voir si elle peut parvenir jusqu'au chef de l'organisation : tous des gens qui s'occupent de marché noir et font le stockage des vivres. Tout ça en les appâtant avec le secret de l'arsenal allemand, celui que le boiteux lui avait demandé, tu te rappelles ?

— Oui. Mais tout de même, tu sais que les maquisards étaient des héros, des vrais, non ?

— Non, mais tu me crois plus idiote que je suis !

— Si tu parles au féminin, c'est signe que tu n'as plus mal.

— Bon, peu importe, mais dis-toi bien que ce qui était sublime là-dedans, c'étaient les scènes d'amour : un vrai rêve. Les histoires de politique, c'est le gouvernement qui les avait imposées au metteur en scène, est-ce que tu ne sais pas comment ça se passe ?

— Le metteur en scène a fait le film, il est coupable de complicité avec le régime.

— Bon, je termine une bonne fois. Tu... tu t'es mis à discuter, et revoilà la douleur...

— Raconte encore, ça te distraira.

— Le fait est qu'elle, pour livrer le secret de l'arsenal, elle exige de rencontrer l'état-major du maquis. Et un jour, on l'emmène hors de Paris, dans un château. Mais elle a fait en sorte que le garçon et ses soldats la suivent, comme ça ils pourront prendre d'assaut les maquisards du marché noir. Mais le chauffeur qui la conduit, c'est l'assassin qui accompagnait toujours le boiteux ; il se rend compte qu'on les suit et il manœuvre pour faire perdre sa piste aux Allemands qui sont à ses trousses, avec le garçon à leur tête. Bon. Alors, ils arrivent au château, on fait entrer Léni et elle n'a même pas le temps de réaliser, qu'elle se retrouve devant le chef des maquisards, et c'est qui ? Ce majordome qui la surveillait tant !

— Qui ça ?

— Celui de la maison du garçon. Alors, elle le regarde bien et se rend compte que c'est le même horrible type à barbe, celui du film des criminels qu'on lui avait montré à Berlin. Et elle lui livre le secret, parce qu'elle est sûre que son garçon va arriver avec les Allemands et la sauver. Mais comme ils ont perdu sa trace, le temps passe et ils n'arrivent pas. Et puis, elle s'aperçoit que le chauffeur qui la dégoûte parle secrètement au chef, il dit ses craintes d'avoir été suivi. Alors, elle, comme elle se rappelle que le majordome l'espionnait toujours dans la maison, pour la voir toute nue, et cætera..., elle joue sa dernière carte : elle le séduira. Pendant ce temps, le garçon et la patrouille qui l'accompagne essaient de retrouver les traces de l'auto dans la pluie. Et après avoir longtemps cherché, je ne me rappelle pas bien comment ils font, ils la retrouvent, la piste. Et elle est seule avec cet assassin, le majordome, qui est en réalité le chef de tous les maquisards, une personnalité mondiale du crime, et quand il se jette sur elle, dans un petit salon où il a fait préparer un dîner intime, elle saisit une grande fourchette à découper et le tue. Et voilà qu'arrivent le garçon et les autres, et voilà qu'elle ouvre une fenêtre pour s'échapper, et voilà que le chauffeur assassin se trouve là même en faction, au pied de la fenêtre, mais le garçon le voit à temps et tire, mais le boiteux, non pardon, le chauffeur, parce que le boiteux est déjà mort au musée, eh bien ! le chauffeur, moribond, tire sur la fille. Elle s'accroche aux rideaux, elle réussit à ne pas tomber, elle veut que le garçon la trouve encore debout, mais quand il arrive et la prend dans ses bras, elle perd le peu de forces qui lui restent, elle dit qu'elle l'aime et qu'ils seront bientôt de nouveau réunis à Berlin. C'est alors qu'il s'aperçoit qu'elle est blessée, parce que ses mains se tachent de sang à elle, un coup de feu dans le dos, ou la poitrine, je ne me rappelle pas. Et il l'embrasse, et lorsqu'il retire ses lèvres, elle est morte, déjà. La dernière scène se déroule au panthéon des héros à Berlin, un monument magnifique, un temple grec, avec de grandes statues de chaque héros. Et elle est là, une énorme statue, ou plutôt grandeur nature, si belle, dans sa tunique grecque, je crois bien que c'est elle-même qui faisait la statue, avec de la poudre blanche sur le visage. Et lui, il dépose des fleurs sur ses bras à elle, qui sont tendus, comme pour l'embrasser. Il se retire, une lumière semble venir du ciel, il s'en va les yeux pleins de larmes, et la statue reste les bras tendus. Toute seule. Et il y a une inscription sur le temple, qui dit quelque chose comme quoi la patrie n'oubliera jamais. Et lui, il marche tout seul, sur un chemin plein de soleil. Fin.

5

— Tu aurais dû manger un peu.

— Je n'avais pas faim du tout.

— Pourquoi ne pas demander d'aller à l'infirmerie ? Ils pourront te donner quelque chose, au moins.

— J'irai bientôt mieux.

— Mais ne me regarde pas ainsi, Molina : comme si c'était ma faute !

— Comment je te regarde, dis ?

— Tu me regardes fixement.

— Tu es fou. Si je te regarde, ce n'est pas pour dire que c'est ta faute. Ta faute en quoi ? Pensez un peu !

— Bon, si tu discutes, c'est que tu vas mieux.

— Non, je vais pas mieux. Je me sens affreusement faible.

— C'est ta tension qui doit être basse. Bon, je vais travailler un peu.

— Parle-moi un petit peu, Valentin, s'il te plaît.

— Non, c'est l'heure de l'étude. Et je dois respecter mon plan de lecture, tu sais bien.

— Pour une fois. Qu'est-ce que ça peut faire ?

— Non. Si je renonce un jour, je suis perdu.

— La paresse est la mère de tous les vices, maman me le disait toujours.

— A tout à l'heure, Molina.

— L'envie que j'ai de voir maman, aujourd'hui : je ne sais pas ce que je donnerais pour la voir, juste un instant !

— Allons, tais-toi un peu. J'ai beaucoup à lire.

— Tu es un salaud.

— Tu n'as pas une revue à portée de la main ?

— Non, et ça me fait mal de lire ; rien que de regarder les images la tête me tourne, je ne suis pas bien, tiens.

— Excuse-moi, mais si tu n'es pas bien, tu devrais aller à l'infirmerie.

— C'est bon, Valentin. Travaille, tu as toujours raison.

— Ne sois pas injuste. Ne me parle pas sur ce ton.

— Excuse-moi et travaille bien tranquillement.

— Ce soir, on bavardera, Molina.

— C'est toi qui me racontes un film.

— Je n'en connais aucun ; tu m'en raconteras un, toi.

— Ce que j'aimerais que tu m'en racontes un, toi, maintenant ! Un film que je n'ai pas vu *.

* Après avoir classé en trois groupes les théories posant une origine physique de l'homosexualité et les avoir réfutées l'une après l'autre, le chercheur anglais que nous avons déjà cité, D.J. West, considère, dans *Psychologie et Psychanalyse de l'homosexualité*, que les interprétations les plus communément répandues sur les causes de l'homosexualité sont à nouveau au nombre de trois.

En préambule, West rappelle que sont sans perspectives les théoriciens qui ont qualifié d'antinaturelles les tendances homosexuelles : leur attribuant, sans parvenir à le démontrer, des causes glandulaires ou héréditaires. Curieusement, West oppose à ces théoriciens, comme plus avancée, la vision que l'Eglise a du même problème : cataloguant simplement l'impulsion homosexuelle parmi les nombreuses impulsions « mauvaises », mais de caractère naturel, qui frappent les humains.

La psychiatrie moderne, en revanche, s'accorde à ramener dans le champ *psychologique* les causes de l'homosexualité. Mais à côté d'elle, subsistent, note West, des théories communément répandues, qui sont à leur tour dépourvues de toute base scientifique.

La première serait la théorie de la perversion, selon laquelle un individu *adopterait* l'homosexualité comme n'importe quel autre vice. L'erreur fondamentale consiste ici en ce que le vicieux choisit délibérément la déviation qui lui plaît le plus, tandis que l'homosexuel ne peut développer une conduite sexuelle normale quand bien même il se le proposerait ; la preuve en est que, même en réalisant des actes hétérosexuels, il éliminera difficilement de plus profonds désirs homosexuels.

Une seconde théorie communément reçue est celle de la *séduction*. Là-dessus, dans *le Comportement sexuel des jeunes criminels*, T. Gibbons s'ac-

— Primo, je ne me souviens d'aucun ; et deuxièmement, j'ai à travailler.

— Ça va être ton tour à toi, tu verras ça... Non, je blague. Tu sais ce que je vais faire ? Je vais penser à un film, un qui ne te plaise pas, un film romantique. Comme ça, je me distrairai.

— Eh bien ! c'est une bonne idée.

---

corde avec West et d'autres chercheurs pour estimer que, s'il est vrai qu'un individu peut avoir éprouvé — pour la première fois consciemment — des désirs homoérotiques parce que stimulé par une personne qui se proposait de le séduire — ce qui presque toujours arrive durant la jeunesse —, une telle séduction peut bien expliquer l'apparition des pratiques homosexuelles, mais non justifier que le flot des désirs hétérosexuels s'arrête. Un incident isolé ne peut pas expliquer une homosexualité permanente, qui dans la plupart des cas se révèle en outre exclusive, c'est-à-dire incompatible avec des activités hétérosexuelles.

La troisième théorie est celle de la *ségrégation* ; selon laquelle des jeunes gens élevés au milieu d'hommes seulement, sans contact avec des femmes, ou vice versa, des femmes élevées sans contact avec des hommes, seraient conduits à des pratiques sexuelles entre eux — ou elles — qui les marqueraient à jamais. S. Lewis, dans *Surpris par la joie*, montre par exemple, que les écoliers en pension doivent probablement avoir leurs premières expériences sexuelles avec d'autres garçons, mais que la fréquence des pratiques homosexuelles parmi les pensionnaires est davantage liée à l'impérieuse nécessité d'une décharge sexuelle qu'au libre choix du partenaire amoureux. West ajoute que c'est bien plutôt le manque de contact *psychologique* avec le sexe féminin, provoqué par la ségrégation absolue que comporte un internat ou par la ségrégation simplement spirituelle de certains foyers, qui peut constituer un élément déterminant de l'homosexualité: plus important certes que la réalisation de jeux sexuels dans les internats.

La psychanalyse, dont le caractère principal est — comme on sait — de sonder la mémoire pour éveiller les souvenirs d'enfance, soutient précisément que les particularités sexuelles trouvent leur origine dans l'enfance. Dans *l'Interprétation des rêves,* Freud postule ainsi que les conflits sexuels et amoureux sont à la base de presque toutes les névroses : une fois résolus les problèmes de l'alimentation et de la protection contre l'intempérie — toit et vêtements —, surgit pour l'homme le besoin de satisfaction sexuelle (et affective). Cet appétit est ce qu'il appelle *libido* ; il montre qu'elle se fait sentir dès l'enfance. Freud et ses disciples établissent que les manifestations de la libido sont très variées ; mais que les règles de la vie en société obligent à les surveiller avec une constante attention, surtout pour préserver cette cellule de base du conglomérat social qu'est la famille. Les deux manifestations les plus conflictuelles de la libido seraient les désirs incestueux et homosexuels.

— Et ce soir, toi, tu me racontes quelque chose, de ce que tu as lu.

— Super.

— Parce que je suis pas mal abruti, et je ne sais pas si je saurai me rappeler les détails d'un film, pour te raconter.

— Pense à quelque chose de joli.

— Et toi, au travail : assez de baratin comme ça... Parce que, souviens-toi, la paresse est la mère de tous les vices.

— D'accord.

Une forêt, des maisonnettes en pierre, mignonnes, à toits de chaume ? non de tuiles, un brouillard d'hiver, non, il ne neige pas, c'est l'automne : simplement du brouillard. Arrivée d'invités dans des voitures confortables dont les phares éclairent un chemin caillouteux. Une palissade élégante. Les fenêtres sont ouvertes : c'est l'été. Un des plus coquets chalets de la région, tout embaumé par les parfums de la pinède. Un salon éclairé de candélabres ; pas de feu — c'est une nuit estivale — dans la cheminée, autour de laquelle on a disposé un mobilier de style anglais. Au lieu de regarder le foyer, les fauteuils lui tournent le dos, ils font face au piano à queue, en bois de pin ? d'acajou ? de santal ! Un pianiste aveugle, entouré de ses invités : des yeux presque sans pupille qui ne voient pas ce qui est là devant eux, c'est-à-dire les apparences ; mais ils voient d'autres choses : celles qui comptent en réalité. Une première audition : celle du concerto que l'aveugle vient de composer, pour l'exécuter devant ses amis, ce soir : des femmes en robe longue, pas le grand luxe, non, tout reste adapté à un dîner champêtre. Ou peut-être des meubles rustiques, de style provençal, et des lampes à pétrole. Des couples heureux, jeunes, ou entre deux âges, ou même vieux, regardant en direction de l'aveugle, qui va interpréter sa composition. Silence. Explication de l'aveugle. Un fait véridique l'a inspiré : une histoire d'amour dont le cadre est ce bois même. Le récit va permettre aux invités de mieux pénétrer la musique, « tout a commencé par un matin d'automne où je marchais à travers bois », une canne, le chien pour guide, les feuilles tombées des arbres formant tapis, le bruit des pas, crac-crac, les feuilles qui s'écrasent comme de rire, le rire de la forêt ? aux abords d'un vieux chalet, quand l'aveugle passe près de la palissade, la certitude, au tâtonnement de sa canne, de se trouver devant un phénomène étrange, une maison enveloppée de quelque chose d'étrange, enveloppée de quoi ? rien de visible en tout cas, compte tenu de sa cécité. Donc, une maison enveloppée de quelque chose d'étrange. De ses murs, ce qui se dégage, ce n'est pas de la musique. Les pierres, les poutres, le crépi grossier, le lierre collé aux pierres qui palpitent, tout vit. L'aveugle est demeuré un moment immobile. Les palpitations cessent. Lente approche de pas timides en direction de la maison. Une jeune fille : « Je ne sais pas si vous, monsieur, et votre chien, êtes les propriétaires de ce chalet, ou bien vous êtes-vous tous deux égarés ? » Bien douce, la voix de la jeune fille, des façons élégantes, elle doit être belle comme une aubade ; et même si je ne peux la regarder dans les yeux, il suffira que j'ôte mon chapeau pour la saluer. Pauvre cher aveugle, il ne sait pas que je ne suis qu'une malheureuse domestique, le voici qui ôte son chapeau : le seul être qui ne dissimule pas son effroi à me voir si laide. « Vous vivez dans cette maisonnette, monsieur ? — Non, je passais et j'ai dû faire une pause. — N'avez-vous pas plutôt perdu votre chemin ? Je peux vous renseigner, je suis de la contrée. » On dit comme ça ou plutôt hameau ? contrée, hameau, ce sont des mots d'autrefois, maintenant on dit village, je ne sais pas quel peut être le nom de ce genre de pays dans les bois élégants des États-Unis : ma mère était domestique comme moi et m'a emmenée encore petite à Boston, maintenant qu'elle est morte je suis restée toute seule au monde, je suis revenue dans ce bois, et je cherche la maison d'une femme seule qui, à ce qu'on m'a dit, a besoin d'une domestique. Grincement d'une porte sur ses gonds, voix amère de la vieille fille : « Qu'y a-t-il pour votre service ? » Impression qu'on l'a dérangée. Départ de l'aveugle, entrée de la fille si laide dans la maisonnette. Lettre de recommandation pour la vieille fille, tractations, engagement de la domestique, explication de la vieille fille, l'arrivée de locataires est imminente : « Cela paraît incroyable mais il y a des gens heureux sur cette terre, sans mentir, tu verras ça quand ils arriveront, quel joli couple de fiancés. Pourquoi garder pour moi seule une maison si vaste ? je peux me contenter d'une jolie petite pièce au rez-de-chaussée, et toi de ta chambre de bonne, au fond. » Un beau salon de style rustique, bois verni et pierre, des bûches crépitent dans la cheminée, la baie est envahie par le lierre. De grandes vitres ? non, de petits panneaux formant quadrillage, le tout un peu bancal, rustique. L'escalier en bois foncé et lustré vers la chambre du couple, et le bureau pour le jeune homme, un architecte ? Quelle fièvre, pour que tout soit prêt dans l'après-midi ! La supervision du ménage est à la charge de la vieille fille ; son expression de femme méchante, ses repentirs après chacune des observations qu'elle fait sur l'inexpérience de la bonne, « Excusez-moi, c'est que je suis nerveuse, je ne me contrôle pas ». De sa voix de femme méchante, de sorte qu'elle aurait mieux fait de ne pas s'excuser. Je n'ai plus qu'à laver ce vase et y mettre des fleurs. Une auto approche ! Le couple en descend, la jeune femme blonde, habillée divinement, avec un manteau de fourrure ; en vison ? Un coup d'œil de la domestique, depuis la fenêtre. Le garçon de dos, fermant la voiture. Hâte de la bonne, qui dispose son bouquet : le sol est tout éclaboussé par l'eau du vase qui a basculé mais j'ai lancé mes deux mains rudes en avant et je l'ai empêché de se briser. Curiosité de voir les fiancés entrer : la domestique accroupie éponge le sol, la vieille fille fait visiter la maison, voix du garçon, dont la joie ne se contient pas, voix de sa fiancée, pas tout à fait contente de la maison ou plutôt de cette solitude dans les bois. Oserai-je lever la tête et les regarder ? sied-il à une domestique de saluer, ou pas ? La voix de la fiancée, assez antipathique, exigeante. Regard rapide de la domestique en direction du jeune homme : on ne peut rêver plus joli garçon, et lui qui ne la salue même pas. Regrets de la fiancée devant l'isolement de la maison dans les bois et la tristesse qui doit l'envahir au crépuscule. Impossibilité de faire tomber l'enthousiasme du fiancé : accord final, parole engagée, promesse d'écrire et d'envoyer, par lettre, le contrat accompagné d'un chèque, arrivée plus ou moins fixée, ce sera quelques jours après la noce. Un ordre du garçon à la domestique : quitter cette salle, la domestique commençait à disposer les fleurs dans le vase, le désir du garçon est de rester seul avec sa fiancée. « Laissez-moi rien qu'une minute, le temps de finir d'arranger le bouquet. – Ça va comme ça, allez-vous-en, vous dis-je. » Son désir de s'asseoir avec sa fiancée près de la fenêtre et de regarder le bois en tenant ces mains douces, aux longs ongles vernis : des mains de femme à l'abri des tâches domestiques. Une antique inscription sur l'un des gros carreaux biseautés de la fenêtre, gravée grossièrement : le nom d'un couple : au-dessous une date, 1914. Une demande du garçon à la fille : qu'elle retire sa bague de fiançailles et la lui donne, une grosse pierre taillée en losange, son désir de graver leurs deux noms sur un des carreaux. Seulement, lorsqu'il commence à écrire le nom de la fiancée, la pierre tombe, se détache de sa monture, roule par terre. Un silence : crainte inavouée d'un funeste pressentiment, musique de mauvais augure, l'ombre de la vieille fille se projette sur le jardin sans feuilles. Départ des deux jeunes gens un peu après, adieu, à très bientôt, peur croissante des mauvais présages, difficiles à oublier. Combien triste est l'automne, parfois ! Des après-midi ensoleillés mais courts, de longs crépuscules. Récit de la vieille fille à la domestique : « Moi aussi, autrefois, j'ai failli me marier. » La guerre de 1914, la mort du fiancé au front, quand tout était préparé : la maisonnette en pierre dans les bois, un trousseau splendide, nappes, draps et rideaux, le tout brodé par elle, « chacun de mes points sur ces étoffes si fines était une déclaration d'amour ». Près de trente ans passés et un amour intact, comme l'inscription de leurs noms sur la vitre, le jour des adieux. « Je continue à l'aimer comme avant ; pire encore, il continue à me manquer comme l'après-midi où il s'en est allé et où je suis restée ici toute seule. » Plus triste que jamais, cet après-midi d'automne où la radio donne l'annonce funeste de l'entrée du pays dans une autre guerre, la seconde, l'inutile guerre mondiale. Hier est aujourd'hui : pleurs de la vieille fille inconsolable dans sa chambre, la domestique tremble de froid, les braises meurent dans la cheminée, elle ne va pas jeter du bois dans le feu pour elle seule, abandonnée du monde là, dans ce salon, avec une pelle elle ramasse soigneusement les cendres du dernier feu. Quelques jours après, arrivée d'une lettre : le garçon, qui s'intéressait tant à la maison, ou pour mieux dire qui en était déjà pratiquement locataire, annonce son enrôlement dans les forces aériennes ; par conséquent, ajournement de la noce, excuses de devoir rompre le contrat. L'histoire se répète-t-elle ? Inutile, désormais, la présence d'une domestique dans la maison, le travail manque, sans locataires, tout le jour à regarder la pluie par la fenêtre, sans rien à faire. Elle parle seule... Tu n'es pas fatigué de lire ?

— Non. Comment te sens-tu, toi ?

— Je sens venir une dépression affreuse.

— Allons, allons ; ne te laisse pas aller, vieux.

— Tu n'es pas fatigué de lire, avec cette lumière dégueulasse ?

— Je m'y suis fait. Mais toi, ton ventre, comment te sens-tu ?

— Un peu mieux. Raconte ce que tu lis.

— Comment te raconter ? C'est de la philosophie : un livre sur le pouvoir politique.

— Il dit bien quelque chose, non ?

— Il dit qu'un homme honnête ne peut pas prétendre au pouvoir politique, parce que son concept de la responsabilité l'en empêche.

— Il a raison ; tous les hommes politiques sont des voleurs.

— Je pense exactement le contraire ; qui n'agit pas politiquement a un faux concept de ses responsabilités. Ma responsabilité, avant tout, c'est que des gens ne continuent pas à mourir de faim. Et c'est pourquoi je dois lutter.

— De la chair à canon. Voilà ce que tu es.

— Si tu ne comprends rien, boucle-la.

— Tu n'aimes pas qu'on te dise la vérité...

— Pauvre naïf ! tu ne sais même pas de quoi tu parles.

— Il y a bien quelque chose, là, pour que ça te fasse tant enrager...

— Allons! Laisse-moi lire.

— C'est bon. Un jour que tu seras malade, moi, je t'en ferai autant.

— Molina, tais-toi une bonne fois!

— Bon, mais un de ces jours, je te dirai, moi, un certain nombre de choses.

— D'accord. Au revoir.

— Au revoir, *explication de la vieille fille, la domestique peut rester là si elle n'a pas ailleurs où aller, tristesse de la vieille fille et tristesse de la domestique, addition de leurs deux tristesses qui restent séparées plutôt qu'elles ne se reflètent l'une dans l'autre, pourtant d'autres fois, elles se rassemblent et partagent une boîte de soupe pour deux. Un hiver très rude, de la neige partout, le silence profond qu'apporte la neige; le blanc manteau amortit le bruit d'un moteur qui stoppe devant la maison, les fenêtres sont embuées de l'intérieur, à demi couvertes de neige à l'extérieur, du poing, la domestique nettoie un rond sur la vitre, le garçon, de dos, ferme la voiture, joie de la domestique, pourquoi? Des pas rapides jusqu'à la porte, je cours ouvrir à ce jeune homme, si joyeux, si joli garçon, qu'il revienne ici, même avec sa méchante fiancée!... « Mon Dieu! Pardonnez-moi! » Honte de la domestique qui n'a pu maîtriser un geste de recul, regard torve du pauvre jeune homme : son visage d'aviateur sans peur est traversé par une cicatrice horrible. Conversation du jeune homme avec la vieille fille, récit de l'accident et de l'effondrement nerveux qui a suivi : impossible de retourner sur le front, il se propose de louer la maison pour lui tout seul. Peine de la vieille fille à sa vue, amertume du jeune homme, ses paroles sèches à la domestique, ses ordres, secs : « Apportez ce que je vous demande et laissez-moi seul, ne faites pas de bruit, je suis très nerveux. » Son joli visage joyeux dans le souvenir de la domestique ; là, je me dis, moi : qu'est-ce qui rend joli un visage? pourquoi j'ai tant envie de caresser un joli visage? pourquoi j'ai envie d'avoir toujours tout près de moi un joli visage, et de le caresser, et de l'embrasser? Un joli visage doit avoir un petit nez, mais parfois les grands nez aussi ont du charme, et les grands yeux, ou alors des yeux petits mais qui sourient, de braves petits yeux... — Une cicatrice qui part du haut du front, coupe un sourcil, coupe la paupière, tranche le nez, et s'enfonce dans l'autre joue, une rature sur le visage, un regarde torve, un regard méchant, il était en train de lire un livre de philosophie et parce que je lui ai posé une question il m'a jeté un regard torve, qu'est-ce qui est pire, qu'on vous jette un regard torve, ou qu'on ne vous regarde même pas ? maman ne m'a pas jeté un regard torve, on m'a condamné pour huit ans parce que j'avais séduit un mineur mais maman ne m'a pas jeté un regard torve, mais maman risque de mourir par ma faute, le cœur fatigué d'une femme qui a beaucoup souffert, un cœur fatigué : de devoir tant pardonner ? tant de contrariétés, la vie entière à côté d'un mari qui ne l'a pas comprise, et par la suite la contrariété de voir son fils enfoncé dans le vice, le juge ne m'a fait grâce de rien, il a dit devant elle que je marchais à tous les coups, le pire genre, une tantouse dégoûtante, et pour qu'aucun garçon ne s'approche de moi il ne m'a fait grâce d'aucun des jours fixés par la loi, et après ça maman avait les yeux fixés sur lui, pleins de larmes, comme si quelqu'un à elle était mort, mais quand elle s'est retournée et m'a regardé, moi, elle m'a fait un sourire : « Les années passent vite et si Dieu m'aide je serai encore vivante » et tout sera comme si rien n'était arrivé ; mais chaque minute qui passe le cœur qui bat, chaque fois plus faible ? quelle peur que son cœur se fatigue et ne puisse plus battre, ça, moi, je ne lui en ai même pas dit un mot, à ce fils de pute, de mami je ne lui ai rien raconté, parce que s'il ose dire un mot idiot je le tue, ce fils de pute, qu'est-ce qu'il sait, lui, de ce que c'est, les sentiments ? qu'est-ce qu'il sait de ce que c'est, mourir de chagrin ? et de me sentir coupable de ce que ma mami est de plus en plus gravement malade ? est-ce que mami est dans un état grave ? est-ce que mami va mourir ? elle ne pourra pas attendre sept ans, que je sorte ? est-ce qu'il tiendra sa promesse, le directeur du pénitencier ? c'est bien vrai, ce qu'il me promet ? une grâce ? une réduction de peine ? Un jour, visite des parents de l'aviateur blessé ; l'aviateur, enfermé dans sa chambre au premier étage : « Dites à mes parents que je ne veux pas les voir » ; insistance des parents, un couple de riches, huppés et froids comme un glaçon, départ des parents, arrivée de la fiancée : « Dites à ma fiancée que je ne veux pas la voir », la fiancée le supplie depuis l'escalier : « Laisse-moi te voir, chéri, je te jure que ton accident ne change rien pour moi », voix hypocrite de la fiancée, fausseté de tous ses propos, départ brusque de la fiancée, écoulement des jours, le jeune homme dessine, enfermé dans son bureau, des vues du bois enneigé, depuis sa fenêtre, les premiers présages du printemps, des bourgeons tendres et verts, il y a quelques dessins d'arbres et de nuages exécutés à l'air libre, arrivée de la domestique dans le bois, avec du café chaud et des brioches, réflexion de la domestique à propos du dessin placé là sur un petit chevalet, surprise du blessé, que disait la fille de ce dessin ? pourquoi le jeune homme se rend-il compte en ce moment précis que la petite bonniche a une âme des plus délicates ? que se passe-t-il qui fait que quelqu'un parfois, juste pour avoir dit quelque chose, conquiert une autre personne pour toujours ? que lui disait donc la domestique, de ce dessin ? comment s'est-il alors aperçu qu'elle était autre chose qu'une domestique disgraciée ? comme j'aimerais me rappeler ces paroles : qu'a-t-elle bien pu dire ? mais de cette scène, je ne me rappelle rien, et après, il y a une autre scène importante, celle où il rencontre l'aveugle, le récit de l'aveugle, comme peu à peu on se résigne à avoir perdu la vue, et puis une nuit, c'est la proposition qu'il fait à la fille : « Nous sommes seuls tous deux et n'attendons plus rien de la vie, ni amour ni joie, pourquoi ne pas nous aider mutuellement ? Moi, j'ai un peu d'argent, qui pour vous peut être une protection ; vous, vous pouvez vous occuper un peu de moi, ma santé empire de jour en jour, et je ne veux près de moi personne qui m'ait en pitié, mais vous, vous ne devez pas m'avoir en pitié, puisque vous êtes aussi seule et triste que moi. Alors nous pouvons nous unir, sans qu'il s'agisse d'autre chose que d'un contrat, d'un arrangement entre amis. » Est-ce l'aveugle qui lui aura donné cette idée ? Que lui aura-t-il dit, dont je ne me souviens pas ? Parfois, un seul mot peut opérer un miracle. Une église en bois : l'aveugle et la vieille fille sont les témoins, quelques bougies sont allumées sur un autel sans fleurs ; des bancs vides, des visages graves, vides le siège de l'organiste et l'estrade des choristes ; les paroles du curé, la bénédiction, l'écho des pas dans la nef vide au sortir des nouveaux mariés, le soir qui tombe, le retour à la maison, en silence, les fenêtres ouvertes pour que pénètre l'air tiède de l'été, le lit du jeune homme a été transporté dans son bureau et la chambre de la domestique installée dans celle du jeune homme, enfin son ancienne chambre ; le dîner de noces a été préparé par la vieille fille : une table avec deux couverts dans le salon près de la baie, un candélabre entre les deux assiettes, le bonne nuit de la vieille fille, son scepticisme devant ce simulacre d'amour, et le rictus amer de sa bouche, le couple est resté en silence, une bouteille de vieux vin, un toast sans paroles, cette impossibilité de se regarder dans les yeux, le cri-cri des grillons dans le jardin, cette légère rumeur — jamais perçue jusqu'alors — des frondaisons du bois bercé par la brise, cet éclat étrange — jamais vu jusqu'alors — les candélabres, de plus en plus étrange, contour estompé de toutes les choses, du visage si laid de la fille, du visage défiguré du garçon, une musique presque imperceptible, très douce, provient d'on ne sait où, son visage à elle, sa silhouette entière, s'enveloppent de brume et de lumière blanche, seul y reste perceptible l'éclat des yeux, puis la brume peu à peu s'estompe, un agréable visage de femme, le même visage de petite bonniche mais embelli, les sourcils grossiers sont redessinés au crayon, les yeux éclairés de l'intérieur, les cils allongés en arc, la peau d'un éclat de porcelaine, la bouche s'ouvre sur un sourire aux dents éclatantes, les cheveux ondulent en boucles de soie, et sa pauvre robe de percale ? une élégante robe du soir, en dentelle — quant à lui, impossible de distinguer ses traits, l'image s'est distordue dans les reflets des candélabres à moins que ce ne soit à travers des yeux pleins de larmes, mais des larmes sèches, et voici son visage en pleine lumière, un visage joyeux de jeune homme, beau garçon comme il n'est pas permis, avec pourtant des mains tremblantes, non, c'est elle dont les mains tremblent, une de ses mains à lui s'approche d'une de ses mains à elle, bourdonnements du vent dans les frondaisons ? ou bien harpes et violons ? Ce regard dans les yeux l'un de l'autre, la conviction que tous deux entendent des harpes et des violons apportés par la brise que parfument les araucarias, l'union de leurs mains, leurs lèvres qui s'approchent, l'humidité du premier baiser, le battement des cœurs à l'unisson, la nuit peuplée d'étoiles, ils ont quitté la table... Des tables vides au restaurant, les garçons attendent les clients, heures lentes et calmes du petit matin, la cigarette à peine allumée au coin de sa bouche, à la commissure gauche ou droite de ses lèvres, sa salive au goût de tabac, de tabac noir, son regard triste perdu au loin, à la fenêtre le passage des voitures mouillées de pluie, une voiture après l'autre, se souvient-il de moi ? pourquoi n'est-il jamais venu me voir ? ne pourrait-il demander une fois à un de ses collègues de changer de tour ? aura-t-il été voir le docteur, pour cette douleur à l'oreille ? il remettait sans cesse la visite au lendemain, la nuit parfois des douleurs terribles, alors il jurait que le lendemain il se ferait examiner, le lendemain la douleur passait et il oubliait sa visite au docteur, la nuit venue, sûrement, où il attend les clients du petit matin, il se souvient, il pense et se dit que demain il viendra me voir, et il regarde par la vitre passer les voitures, le plus triste c'est quand la façade est mouillée de pluie, c'est comme si le restaurant s'était mis à pleurer, lui, bien sûr, ne faiblit jamais, il supporte, il est un homme et ne laisserait pas couler une larme, moi, quand je pense très fort à quelqu'un, je vois dans mon souvenir son visage reflété sur une vitre transparente mouillée par la pluie, son visage estompé dans mon souvenir, le visage de mami et son visage à lui, lui, sûr qu'il se souvient, et s'il pouvait venir, s'il pouvait venir, d'abord un dimanche, et après, tout dans la vie est question d'habitude, il vient un autre jour, et puis un autre, et quand je suis gracié il m'attend au coin de la prison, nous prenons un taxi, union des mains, premier baiser timide et sec, les lèvres fermées sont sèches, les lèvres s'entrouvrent et sont un peu plus humides, une salive au goût de tabac ? si je meurs avant de sortir d'ici, je ne saurai pas quel goût a sa salive... Qu'est-ce qui s'est passé cette nuit ? Au réveil, peur que tout cela n'ait été qu'un rêve, peur infinie dans le regard de l'un sur l'autre, à la clarté du jour, voilà que dans cette maison vivent une jolie fille et un jeune homme beau comme il n'est pas permis. Et ils se cachent de la vieille fille, afin que jamais elle ne les voie, ils ont peur qu'elle leur dise quelque chose qui ferait tout rater, ils partent dans le bois dès l'aube, quand il n'y a personne, voir le lever du soleil éclairer leurs si jolis visages, toujours tout près l'un de l'autre, pour pouvoir se donner tous les baisers qu'ils veulent, sans que personne puisse les voir, parce qu'il peut se produire des choses étranges — justement, des pas dans le bois ce matin ! impossible de se cacher, les troncs ne sont pas larges, le pas lent d'un homme qui foule de ses pieds l'herbe baignée par la rosée, et derrière lui un chien... ce n'était que l'aveugle ! quel soulagement, lui ne risque pas de les voir, mais il les salue parce qu'il a entendu leur respiration, un salut cordial et sincère, intuition de l'aveugle, que quelque chose a changé, les trois sont de retour à la maison de l'enchantement, appétit du petit matin, déjeuner à l'américaine, la fille se charge de tout préparer, l'aveugle et le jeune homme restent un moment seuls, l'aveugle demande ce qui se passe, récit, joie de l'aveugle, et soudain un éclair noir de peur sur sa rétine blanche quand il entend cette simple phrase : « Savez-vous une chose ? je vais appeler mes parents, pour qu'ils viennent me voir ainsi que mon épouse bien-aimée », effort de l'aveugle pour dissimuler ses craintes, annonce de l'arrivée des parents qui ont accepté l'invitation, le garçon et la fille les attendant sans oser descendre de leur chambre, la vieille fille attend en bas, l'auto arrive, conversation des parents avec la vieille fille, joie des parents à qui le garçon a écrit qu'il était guéri, apparition des jeunes gens en haut de l'escalier, amère déception des parents, une affreuse cicatrice traverse le visage du garçon, sa femme est une pauvre domestique au visage laid, aux façons maladroites, impossible de feindre la satisfaction, et après un bref moment, soupçons du garçon : tout n'aurait donc été qu'illusion ? n'aurions-nous pas changé ? regard à la vieille fille, avec l'espoir qu'elle va le trouver beau garçon comme jadis, rictus amer aux lèvres de la vieille fille, course de la jeune femme vers un miroir, cruelle réalité, le garçon est là, à côté d'elle, dans le miroir, avec sa cicatrice infâme, refuge dans l'obscurité, terreur de se regarder l'un l'autre, puis le moteur de la voiture des parents, le bruit de ce moteur qui s'éloigne vers la ville, la fille s'est réfugiée dans son ancienne chambre de bonne, désespoir du jeune homme, destruction d'un autoportrait où il était enlacé à la fille, gestes déments, il va jusqu'à mettre le portrait en pièces, la vieille fille appelle l'aveugle, visite de l'aveugle par un crépuscule d'automne, conversation avec le jeune homme malade et la jeune femme laide, toutes lumières éteintes pour éviter de se voir, trois aveugles réunis à l'heure la plus triste du jour, la vieille fille à l'écoute derrière la porte : « Ne vous rendez-vous pas compte de ce qui arrive ? je vous en supplie, après que je vous aurai parlé, regardez-vous de nouveau bien en face, comme auparavant, je sais que vous ne l'avez pas fait tous ces jours-ci, que vous vous êtes cachés l'un à l'autre, il est si simple d'expliquer l'enchantement de ce bel été que vous venez de passer heureux, simplement... vous êtes beaux l'un pour l'autre, parce que vous vous aimez, vous ne voyez que votre âme, est-ce par hasard difficile à comprendre ? je ne vous demande pas de vous regarder dès à présent, mais quand je serai parti... oui, sans la moindre peur, parce que l'amour qui palpite dans les vieilles pierres de cette maison a fait un miracle de plus : celui de permettre que, comme si vous étiez des aveugles, vous ne voyiez pas votre corps, mais votre âme seulement. » Départ de l'aveugle dans les ultimes rougeoiements du crépuscule, montée du garçon qui se prépare à dîner, la table a été mise par sa jeune femme, peur qu'a celle-ci d'affronter son miroir pour s'ajuster et se peigner, pas assurés de la vieille fille quand elle entre dans la chambre de bonne, les yeux perdus au loin, ses paroles d'encouragement, impossible pour la jeune femme de se peigner à cause du tremblement de ses mains, c'est la vieille fille qui la peigne : « J'ai entendu ce qu'a dit l'aveugle et je lui donne entièrement raison, depuis que mon fiancé n'a pu reve-*

nir des cruelles tranchées de France, cette maison attendait d'abriter deux êtres qui s'aiment, et vous êtes les élus ; tel est l'amour, il embellit qui parvient à aimer sans rien attendre en échange ; je suis sûre que si mon fiancé revenait aujourd'hui de l'au-delà, il me trouverait jeune et plaisante comme j'étais alors, oui, j'en suis sûre, parce qu'il est mort en m'aimant. » La table mise près de la baie, la fille debout regarde, à travers les vitres, le bois plongé dans l'obscurité, les pas du garçon, la crainte de se retourner, de le regarder, sa main à lui prend sa main à elle, lui retire sa bague et écrit sur le carreau leurs deux noms, caresse les cheveux soyeux de la jeune fille, caresse une peau de porcelaine, un sourire de jeune homme beau comme il n'est pas permis, un sourire de jeune fille aux dents éclatantes, un baiser humide de bonheur, fin du récit de l'aveugle, premiers accords très doux de son concerto, arrivée sur la pointe des pieds de deux nouveaux invités, ce sont le garçon et la fille, on les voit de dos, ils sont très élégants, mais de dos on ne sait pas si leur visage est beau ou laid, et personne ne se rend compte que ce sont les protagonistes de l''histoire qu'on vient d'entendre, que maman a aimée à la folie, et moi aussi, heureusement que je ne l'ai pas racontée à ce fils de pute, je ne lui raconterai plus rien des choses que j'aime, pour qu'il rie après en disant que je suis une mauviette, on va voir si lui ne s'attendrit jamais, je ne lui raconterai plus aucun film de ceux qui me plaisent, ceux-là sont pour moi seul, dans mon souvenir, qu'il ne me les touche pas, avec ses sales paroles, ce fils de pute et sa putain de merde de révolution

— C'est l'heure de la soupe, Molina.
— Tiens, tu as une langue ?
— Eh oui.
— Je croyais que les souris te l'avaient mangée.
— Eh non.
— Alors, accroupis-toi et, si tu peux, fourre-la-toi dans le cul.

— Excuse-moi, mais je n'aime pas que tu prennes ce ton avec moi.

— D'accord, on n'échangera plus un mot, tu m'entends ? plus un mot.

— ...

— Non, merci.

— Prends la grande assiette.

— Non, toi.

— Merci.

— Pas de quoi.

6

— J'avais juré de ne plus te raconter de film. A présent, je vais aller en Enfer pour ne pas avoir tenu parole.

— Tu ne peux pas savoir comme j'ai mal. Ce sont des élancements terribles.

— Pareil que pour moi, avant-hier.

— On dirait que c'est chaque fois plus fort, Molina.

— Dans ce cas-là, tu devrais aller à l'infirmerie.

— Ne fais pas l'idiot, je t'en prie. Je te l'ai déjà dit, je ne veux pas y aller.

— Pour qu'on te donne un peu de Séconal : ça ne te ferait rien.

— Si ça fait : on s'habitue. Toi, tu ne sais pas, c'est ce qui te permet de parler.

— Bon, je te raconte le film... Mais qu'est-ce que c'est que cette histoire de Séconal que je ne sais pas ?

— Rien...

— Allons, dis-le-moi, ne sois pas comme ça. De toute façon, moi, je ne risque pas de le raconter à personne.

— Ce sont des choses dont je ne peux parler, parce que nous nous le sommes juré entre nous, ceux du Mouvement.

— Mais parle moi seulement du Séconal, comme ça je ne me laisserai pas avoir non plus par ça, Valentin.

— Tu me promets de ne le dire à personne ?

— Promis.

— C'est arrivé à un camarade : on l'a accoutumé à la drogue, on l'a affaibli, on lui a enlevé toute volonté. Un prisonnier politique ne doit jamais se retrouver à l'infirmerie, tu comprends : jamais. Toi, on ne peut rien te faire avec ça ; mais à nous, si. Après, on interroge et nous n'avons plus de résistance, ils nous font cracher tout ce qu'ils veulent... Ouille ! ouille. Ça m'élance si fort, tu sais... comme si on me faisait des trous. On dirait qu'on me plante un poinçon dans le ventre...

— Bon, je raconte. Comme ça, tu te distrairas et tu ne penseras plus à tes douleurs.

— Qu'est-ce que tu vas me raconter ?

— Un film qui va sûrement te plaire.

— Aïe !... Putain !

— ...

— Allez, raconte, ne fais pas attention.

— Bon, on commence. Où est-ce que ça se passe ? Parce que ça se passe en plusieurs endroits... Mais avant tout, je tiens à te dire que ce n'est pas un film qui me plaît, à moi.

— Et alors ?

— C'est un de ces films qui plaisent aux hommes : c'est pourquoi je te le raconte, aujourd'hui que tu es malade.

— Merci.

— Comment cela commençait-il ?... Attends, oui, sur ce circuit de courses automobiles, dont je ne me rappelle pas le nom, au sud de la France.

— Le Mans.

— Pourquoi les hommes connaissent-ils toujours tout sur les courses d'autos ? Bon. Il y a là un jeune Sud-Américain qui prend part à la course, le gars très riche, play-boy, un de ces fils de fermiers qui possèdent des plantations de bananes, et là on en est aux essais : il explique à un autre des concurrents que lui ne court pas pour une marque de voitures, les fabricants sont tous des exploiteurs du peuple, hein ? Lui, court sur une voiture qu'il a fabriquée lui-même : il est un type comme ça, un esprit indépendant. Donc, les voilà arrivés aux essais, ils vont prendre un verre en attendant leur tour, et lui est très content : selon tous les calculs, hein, il va se classer vachement bien dans l'épreuve, selon les pronostics de tous ceux qui ont vu courir son engin sur cette piste, et ça évidemment ça va porter un coup terrible aux grandes marques de voitures, que ce type-là gagne contre elles comme ça, les doigts dans le nez. Bon, tandis qu'ils boivent un verre, on voit quelqu'un s'approcher de la voiture, un des gardiens de son stand a vu la chose mais fait l'idiot parce qu'il est de mèche. Celui qui s'est approché, un visage de fils de pute que je ne te dis que ça, donne un petit coup au moteur, dévisse quelque chose, et s'en va. Le garçon revient, enfile son casque pour se lancer à son tour dans la course, démarre terrible, et au troisième virage son moteur prend feu : lui s'en sort tout juste. Sain et sauf, oui, mais...

— Aïe ! fan de pute... Ce que ça fait mal !

— ... mais la voiture, elle, est en miettes. Il rejoint son équipe, lui annonce que tout est fini, il n'a plus d'argent pour construire une autre voiture, et s'en va à Monte-Carlo, tout près de là, où son père se trouve dans un yacht, avec une nana du tonnerre. A dire vrai, le père reçoit un coup de fil sur le yacht et donne rendez-vous à son fils sur la terrasse d'une suite de l'hôtel où il est descendu. La nana n'est pas là : le vieux, hein, a des scrupules devant son fils, en tout cas cas on voit qu'il y tient beaucoup parce qu'il est très content quand il reçoit le coup de fil. Ce que le fils aimerait bien, c'est lui redemander de l'argent mais il n'arrive pas à s'y décider, il a honte d'être un fainéant, qu'est-ce qu'il fait en somme ? Puis quand il est en face de son père, le vieux l'embrasse avec affection et lui dit de ne pas se tracasser pour la destruction de la voiture, qu'il va voir comment faire pour que son fils s'en fasse une autre, de voiture, même s'il a peur de le voir courir et risquer sa vie. Là, le fils répond qu'ils ont déjà discuté du problème, et c'est sûr, hein, le père l'a poussé à participer aux courses, sachant bien que c'était la grande passion du jeune homme, parce qu'ainsi il l'écartait des groupes politiques étudiants de gauche, le jeune homme étudiait à Paris, hein, les philosophies de la politique.

— Les sciences politiques.

— C'est ça. Alors le père lui demande pourquoi il ne court pas pour une marque connue, tentant une fois de plus d'orienter son fils sur une voie sûre. Et alors le fils se met en colère, hein, et répond à son père qu'il a déjà obtenu beaucoup de lui en l'arrachant à l'atmosphère de Paris, tout ce temps qu'il était plongé dans la construction de sa voiture, d'accord, il a tout oublié, mais de là à se mettre au service des pieuvres internationales de l'industrie, ça non ! Et alors le père dit ce qu'il n'aurait jamais dû dire, que lorsqu'il entend son garçon se mettre ainsi en fureur, il lui rappelle son ex-épouse, la mère du jeune homme, si passionnée, si idéaliste, et tout ça pourquoi en fin de compte ? pour finir comme elle a fini... Alors là, le garçon fait demi-tour, veut s'en aller, et c'est le père tout repentant qui lui demande de rester, lui promet de lui donner tout l'argent nécessaire pour se fabriquer une voiture neuve, et je ne sais quoi encore, mais le fils, on sent qu'il a un faible pour sa mère, s'en va en claquant la porte. Et le père demeure pensif, préoccupé vraiment, regardant de la terrasse le môle superbe de Monte-Carlo avec ses yachts illuminés, aux mâts et aux voiles ornés de petites ampoules, un rêve, quoi, là-dessus le téléphone sonne, c'est la nana, le vieux s'excuse, ce soir il n'ira pas au casino, il a un grave problème qu'il va tâcher de résoudre. Bon, le jeune homme, lui, en sortant de l'hôtel croise un groupe d'amis qui l'accrochent et l'entraînent à une fête. Et le garçon est si déprimé que tout ce qu'il fait, à cette fête, c'est d'emporter une bouteille de cognac dans une pièce, bon, je ne t'ai pas dit que la scène se passait dans une villa, un rêve, aux environs de Monte-Carlo, une de ces maisons de la Riviera au luxe incroyable, avec des perrons dans les jardins, et toujours comme ornement sur les balustrades et les perrons de grandes coupes en pierre, comme des pots, de grosses coupes, avec de belles plantes qui poussent à l'intérieur, presque toujours des cactus gigantesques, l'agave tu connais ?

— Oui.

— Eh bien ! ce genre de plantes-là. Le jeune homme, donc, s'est installé dans une pièce à l'écart de la fête, dans la bibliothèque, et là, il se saoule tout seul, quand il voit arriver quelqu'un, une dame déjà un peu mûre, mais élégante et majestueuse, elle aussi avec une bouteille à la main. Comme il se trouve dans l'obscurité, sans autre clarté que celle d'une fenêtre ouverte, elle ne le voit pas et s'assoit aussi, se verse un verre; sur ces entrefaites, éclate le feu d'artifice dans la baie de Monte-Carlo, c'est une fête nationale, hein, et lui en profite pour dire: tchin-tchin, à la dame. Elle est surprise, mais quand il lui montre d'un geste qu'ils ont fait tous deux la même chose: emporter une bouteille de fine Napoléon pour oublier le monde, elle ne peut pas refuser de rire. Il lui demande ce qu'elle voulait oublier; elle répond qu'il doit parler pour lui d'abord; elle, parlera ensuite.

— De nouveau envie d'aller là-bas.

— J'appelle pour qu'on ouvre?

— Non, j'essaie de me retenir...

— Ça serait pire.

— Ils vont s'apercevoir que je suis malade.

— Ce n'est pas pour une colique qu'on va te mettre à l'infirmerie.

— Ça ferait la quatrième fois que nous demandons aujourd'hui. Attends, si je peux, je me retiens...

— Tu es tout blanc; ça, c'est plus qu'une diarrhée. Moi, à ta place, j'irais à l'infirmerie...

— Tais-toi, je t'en prie.

— Je continue mon film, mais écoute-moi... une chose comme celle-là, de l'estomac, ça ne peut pas être contagieux, n'est-ce pas? parce que c'est tout à fait ce que j'ai eu... Tu ne vas pas m'accuser de t'avoir passé la maladie, non?

— Ça doit venir de la nourriture, c'est elle qui nous a fait mal... Toi aussi, tu es devenu tout pâle. Mais ça va passer, allez, continue à raconter...

— Combien de temps ça m'a duré?... deux jours, plus ou moins.

— Non, une nuit; le lendemain tu étais rétabli.

— Alors, appelle le gardien, parce que ça ne fait rien que tu sois malade une seule nuit.

– Continue à raconter.

– Bon. Nous en étions au moment de la rencontre avec une femme très élégante. Je te dirai qu'elle est d'un âge mûr, mais c'est une femme du grand monde.

– Dis-moi, physiquement, comme elle est ?

– Pas très grande, une actrice française, avec de la poitrine et en même temps mince, la taille étroite, une robe du soir très ajustée avec un grand décolleté sans bretelles, le genre décolleté à bustier, tu vois ?

– Non.

– Mais si, voyons, ceux dont on dirait qu'ils te servent les nichons sur un plateau.

– Ne me fais pas rire, je t'en prie.

– C'étaient des décolletés durs, avec du fil de fer dans l'épaisseur du tissu. Et elle, très décontractée : voulez-vous un nichon, monsieur ?

– Je t'en supplie, ne me fais pas rire.

– Mais comme ça, tu oublies la douleur, mon vieux.

– C'est que j'ai peur de tout lâcher.

– Je t'en prie ; tu ne voudrais pas nous faire mourir ici ? Je continue, d'accord : donc c'est à lui de dire d'abord pourquoi il boit pour oublier. Il prend un air très sérieux et explique qu'il boit pour oublier tout, absolument tout. Elle lui demande s'il n'y a rien qu'il voudrait se rappeler, et lui, répond qu'il voudrait que sa vie commence en ce moment, avec son entrée à elle dans la bibliothèque, là-dessus, c'est son tour à elle qui est venu, et moi j'imaginais qu'elle allait dire la même chose que lui, qu'elle voulait tout oublier, eh bien ! non, elle a beaucoup de choses dans la vie, et elle lui en est très reconnaissante, parce qu'elle est directrice d'une revue de mode à grand tirage, son travail l'enchante, elle a des enfants adorables, et l'héritage de sa famille, vu que c'est elle, en fait, la propriétaire de cette magnifique villa, un vrai palais, n'empêche, bien sûr, qu'elle a une chose à oublier : son peu de chance auprès des hommes. Le garçon répond qu'il l'envie pour tout ce qu'elle a ; lui, par contre, se trouve à zéro. Évidemment, le gars ne veut pas parler de son problème avec sa mère, hein, c'est qu'il est comme obsédé par le divorce de ses parents, il se sent coupable d'avoir abandonné sa mère qui est très riche et vit dans une exquise propriété de caféiers, c'est vrai, mais une fois quittée par son père, s'est remariée ou va se remarier, et le garçon pense que c'est pour ne pas rester seule. Ah ! voilà, je me rappelle : sa mère lui écrit toujours qu'elle va épouser un autre homme, sans l'aimer, simplement par peur de la solitude. Et le garçon se sent très mal à l'aise, d'avoir laissé son pays, où les travailleurs sont si maltraités, lui qui a des idées révolutionnaires, et en même temps, il est le fils d'un multimillionnaire, et parmi les gens du peuple personne ne l'aime. Il se sent mal à l'aise aussi d'avoir abandonné sa mère. C'est tout ça, qu'il raconte à la femme. Au fait, tu sais une chose... jamais tu ne m'as parlé de ta mère, jamais.

— Mais si, comment donc !

— Par le ciel, je te jure, jamais jamais.

— C'est que je n'ai rien à raconter.

— Merci. Je te remercie de ta confiance.

— Pourquoi prends-tu ce ton-là ?

— Rien ; quand tu iras mieux, nous en reparlerons.

— Aïe ! Oh, pardonne-moi... Aïe ! Qu'est-ce que j'ai fait !

— Non, non, ne t'essuie pas avec ton drap, attends.

— Mais laisse. Ta chemise ? non.

— Si, essuie-toi ; le drap, tu en as besoin pour ne pas prendre froid.

— Mais c'est ta chemise propre. Après tu n'en auras plus pour te changer.

— Attends, lève-toi, comme ça tu ne tacheras pas ; comme ça, doucement, attends, que ça ne tache pas le drap.

— Je n'ai pas taché le drap ?

— Non ; c'est resté dans ton caleçon. Allez, vas-y, enlève-le.

— J'ai honte...

— C'est ça, tout doucement, fais attention... parfait. Maintenant, pour le plus gros, essuie-toi avec la chemise.

— Quelle honte...

— Tu disais qu'il faut être un homme, non ?... Qu'est-ce que c'est que ça avoir honte ?

— Enroule bien... le caleçon, pour que ça ne sente pas.

— Ne t'inquiète pas : je sais faire les choses. Tu vois, comme ça, bien enveloppé dans la chemise, c'est plus facile à laver que le drap. Prends plus de papier.

— Non, pas du tien, il ne t'en restera pas pour toi.

— Tu as fini le tien, allez, ne nous emmerde pas.

— Merci...

— Pas de merci, allons, finis de te nettoyer et détends-toi un peu, tu es tout tremblant.

— C'est de rage, une rage qui me donne envie de pleurer ; de la rage contre moi.

— Allons, calme-toi ; quelle idée de te mettre en rage contre toi ; tu es fou !

— Je suis en rage de m'être laissé prendre.

— Détends-toi, fais un effort...

— Pas bête ! comme ça, avec le journal autour de la chemise, ça ne sentira pas.

— Il y a de l'idée, hein ? Toi, essaie de te détendre, et couvre-toi bien.

— Raconte-m'en encore un bout, du film.

— Je ne me souviens même plus où j'en étais.

— Tu m'avais posé une question au sujet de ma mère.

— Oui, mais du film, je ne me rappelle pas où nous en étions.

— Je ne sais pas pourquoi je ne t'ai jamais parlé de ma mère. Moi, je ne sais pas grand-chose de la tienne, mais je l'imagine un peu.

— Moi, la tienne, je ne me l'imagine absolument pas.

— Ma mère est une femme très... difficile, c'est pourquoi je ne t'en parle pas. Elle n'a jamais aimé mes idées, elle croit que tout ce qu'elle a elle le mérite, sa famille a de l'argent, et une position sociale, tu me comprends ?

— Un nom.

— Oui, un nom de seconde catégorie, mais un nom. Elle était séparée de mon père, qui est mort il y a deux ans.

— Un peu comme dans le film que je racontais.

— Là... tu es fou.

— Bon, plus ou moins.

— Non. Aïe... ce que ça fait mal !

— Le film te plaît ?

— Je n'arrive pas à me concentrer. Mais vas-y, termine-le rapidement.

— Alors, c'est qu'il ne te plaît pas.

— Comment ça continue ? Dis-moi tout en peu de mots : comment ça finit.

— Bon : le garçon se met avec cette femme, un peu plus âgée que lui, et elle croit qu'il l'aime pour son argent, pour se construire une nouvelle voiture de course ; là-dessus, il doit retourner dans son pays, parce que son père, hein, qui était reparti dans l'intervalle, a été enlevé par les guérilleros. Le jeune homme entre en contact avec eux, les convainc qu'il est de leur côté, et cette femme, l'Européenne, quand elle le sait en danger, part le chercher, et ils sauvent le père, en échange de beaucoup d'argent ; seulement quand arrive le moment où le père est libre, et le garçon aussi, parce qu'il s'était mis à la place du père sans que les guérilleros s'en aperçoivent, bon, les choses s'embrouillent et ils vont tuer le jeune homme, hein, parce qu'ils ont découvert la manigance, mais le père s'interpose et c'est le père qu'ils tuent. Et alors le garçon préfère rester avec eux, et la femme regagne seule son travail, et Paris, et c'est une séparation bien triste, parce qu'ils s'aiment tous les deux, vraiment, mais ils appartiennent à deux mondes trop différents, donc tchao, fin.

— Et en quoi tout ça ressemble ?

— A quoi ?

— A moi. Ce que tu disais de ma mère.

— Bon, rien : que la mère fait son apparition, très bien habillée, quand le jeune homme revient dans son pays de caféiers, et demande au garçon de rentrer en Europe, ah ! et puis j'ai oublié de te dire qu'à la fin, lorsqu'ils relâchent le père, il y a un échange de coups de feu avec la police, et qu'ils blessent le père mortellement, et la mère reparaît, et ils restent tous les deux ensemble, le fils et la mère je veux dire, parce que l'autre femme, hein, non, celle qui l'aime, celle-là rentre à Paris.

— Tu sais une chose : je commence à avoir sommeil.

— Profites-en pour dormir, alors.

— Espérons que le sommeil va venir.

— Si tu te sens mal, réveille-moi, quelle que soit l'heure.

— Merci, tu as bien de la patience avec moi.

— Allez, dors. Et ne pense pas à de la rigolade.

— Toute la nuit des cauchemars.

— De quoi tu as rêvé ?

— Je ne me souviens pas. C'est que je suis intoxiqué ; mais ça va passer.

— Eh bien, ce que tu manges vite ! Avec ça que tu n'es pas bien !

— J'ai une faim affreuse ; ce sont les nerfs aussi.

— La vérité, Valentin, c'est que tu ne devrais pas manger. Aujourd'hui, tu aurais dû te mettre à la diète.

— Mais je sens un creux terrible à l'estomac.

— Au moins, dès que tu auras fini cette cochonnerie de plâtre, étends-toi un peu, ne te mets pas à étudier.

— Mais j'ai déjà perdu toute la matinée à dormir.

— Comme tu voudras, je dis ça pour ton bien... Si tu veux, je te raconte quelque chose pour t'occuper.

— Non, merci. Je vais voir si je peux lire.

— Tu sais une chose ? Si tu ne dis pas à ta mère qu'elle t'apporte à manger pour toute la semaine... tu feras mal.

— Je ne veux pas lui demander ; si je suis ici, c'est parce que je l'ai cherché, et elle, n'a rien à y voir.

— Si Maman ne vient pas, c'est parce qu'elle est malade, tu sais ?

— Non, tu ne m'avais rien dit.

— On lui défend de se lever pour tout un temps : à cause du cœur.

— Ah ! je ne savais pas ; ça me fait de la peine.

— C'est pour ça que je suis presque sans provisions ; et puis, elle ne veut pas que quelqu'un d'autre vienne m'en apporter, elle croit que le médecin va l'autoriser à se lever d'un moment à l'autre. Mais moi, en attendant, je suis baisé, parce qu'elle ne veut pas laisser quelqu'un d'autre m'apporter à manger.

— Et tu crois qu'elle va se remettre ?

— Je ne perds pas espoir ; mais il y en aura pour des mois.

— Si tu pouvais sortir d'ici, elle guérirait, pas vrai ?

— Tu lis dans mes pensées, Valentin.

— C'est logique, rien de plus.

— Comme tu as fini ton assiette ! Tu l'as dévorée. Tu es fou, toi.

— Tu avais raison. Maintenant, je me sens gonflé comme une outre.

— Étends-toi un peu.

— Je ne veux pas dormir, j'ai eu des cauchemars cette nuit et ce matin, tout le temps.

— Le film, je t'en ai déjà raconté la fin, ça n'a plus de sel, maintenant, si je continue à raconter.

— La douleur me reprend ; quelle salope...

— Où as-tu mal ?

— Au creux de l'estomac, et plus bas, aux intestins aussi. Aïe !... quelle horreur.

— Détends-toi, écoute-moi ; c'est peut-être seulement nerveux.

— Ah ! vieux, on dirait qu'on me troue les tripes !

— Je demande qu'on nous ouvre, pour les cabinets ?

— Non, c'est plus haut, on dirait que ça me brûle, quelque chose à l'estomac.

— Pourquoi tu n'essaies pas de vomir ?

— Si je demande qu'on m'ouvre, ils vont me casser les pieds avec l'infirmerie.

— Vomis dans mon drap, attends, je le plie, et tu vomis dedans, ensuite on l'enroule bien et ça ne sent pas.

— Merci.

— Merci de rien, allons, enfonce-toi les doigts dans la bouche.

— Mais tu vas avoir froid, sans drap.

— La couverture me suffit. Allez, vomis.

— Attends, ça passe un peu, je vais me détendre à fond... comme tu dis, peut-être que ça passera.

Une femme européenne, une femme intelligente, une femme belle, une femme instruite, une femme qui comprend la politique internationale, une femme qui comprend le marxisme, une femme à qui il ne faut pas tout expliquer, en commençant par l'abc, une femme qui, par des questions intelligentes, stimule la pensée d'un homme, une femme à la morale incorruptible, une femme au goût impeccable, une femme qui s'habille de façon à la fois discrète et élégante, une femme jeune et mûre à la fois, une femme qui s'y connaît en boissons, une femme qui sait choisir le menu adéquat, une femme qui sait commander le vin qu'il faut, une femme qui sait recevoir chez elle, une femme qui sait commander à des domestiques, une femme qui sait organiser une réception de cent personnes, une femme pondérée et sympathique, une femme désirable, une femme européenne qui comprend les problèmes d'un Latino-Américain, une femme européenne capable d'admirer un révolutionnaire latino-américain, une femme plus préoccupée malgré tout par la circulation dans les rues de Paris que par les problèmes d'un pays colonisé d'Amérique, une femme attirante, une femme qui ne s'émeut pas à la nouvelle d'une mort, une femme qui cache pendant plusieurs heures, à son amant, le télégramme qui lui annonce la mort de son père, une femme qui refuse d'abandonner son travail à Paris, une femme qui refuse de suivre son jeune amant dans son voyage de retour vers la plantation de caféiers, une femme qui reprend sa vie routinière de PDG parisienne, une femme qui a du mal à oublier un amour véritable, une femme qui sait ce qu'elle veut, une femme qui ne se repent pas de sa décision, une femme dangereuse, une femme qui peut oublier rapidement, une femme qui a assez de ressources pour oublier ce qui ne serait plus qu'un poids, une femme qui pourrait même oublier la mort du jeune homme qui a regagné sa patrie, un jeune homme qui vole, en ce moment, sur le chemin du retour vers sa patrie, un jeune homme qui, d'en haut, observe les montagnes bleutées de sa patrie, un jeune homme ému jusqu'aux larmes, un jeune homme qui sait ce qu'il veut, un jeune homme qui hait les colonialistes de son pays, un jeune homme prêt à donner sa vie pour ses principes, un jeune homme qui ne peut concevoir l'exploitation des péons, *un jeune homme qui a vu de vieux* péons *jetés à la rue parce qu'ils devenaient inutiles, un jeune homme qui se rappelle qu'il a vu des péons emprisonnés pour avoir volé un pain qu'ils ne pouvaient acheter, qui se les rappelle devenus ensuite alcooliques pour oublier cette humiliation-là, un jeune homme qui croit sans hésitation en la doctrine marxiste, un jeune homme bien décidé à entrer en contact avec les organisations de la guérilla, un jeune homme qui observe d'en haut les montagnes en pensant qu'il y rejoindra bientôt les libérateurs de son pays, un jeune homme qui craint d'être pris pour un oligarque comme les autres, un jeune homme qui, ironie amère, pourrait être enlevé par des guérilleros à la recherche d'une rançon, un jeune homme qui descend d'avion et embrasse sa mère, veuve, mais vêtue de couleurs stridentes, une mère qui n'a pas les larmes aux yeux, une mère respectée par tout le pays, une mère au goût impeccable, une mère qui s'habille de façon discrète et élégante, compte tenu de ce que sous les tropiques des couleurs stridentes comme celles-là font bon effet, une mère qui sait commander à des domestiques, une mère qui a des difficultés pour regarder son fils en face, une mère qu'un conflit tourmente, une mère qui marche la tête haute, une mère dont le dos droit ne touche jamais le dossier de la chaise, une mère qui vit en ville depuis son divorce, une mère qui, à la demande de son fils, l'accompagne jusqu'à la plantation des caféiers, une mère qui rappelle à son fils des anecdotes de son enfance, une mère qui réussit de nouveau à sourire, une mère dont les mains crispées réussissent à se détendre pour caresser la tête de son fils, une mère qui réussit à revivre les meilleures années de sa vie, une mère qui demande à son fils de l'accompagner en promenade dans le vieux parc tropical qu'elle-même a dessiné, une mère au goût exquis, une mère qui, dans la palmeraie, raconte comment celui qui fut jadis son époux a été achevé par les guérilleros, une mère qui, près d'un massif d'hibiscus en fleur, raconte comment celui qui fut jadis son époux avait tué d'une balle un domestique insolent, provoquant ainsi la vengeance des guérilleros, une mère dont la fine silhouette se découpe sur une sierra lointaine et bleutée, par-delà les caféiers, une mère qui demande à son fils de retourner en Europe même si c'est l'éloigner d'elle, une mère qui craint pour la vie de son fils, une mère qui retourne à contretemps dans la capitale pour s'occuper d'une fête de charité, une mère qui commodément installée dans sa Rolls supplie à nouveau son fils de quitter le pays, une mère qui réussit à dissimuler sa nervosité, une mère qui n'a pas de motifs apparents pour être nerveuse, une mère qui cache quelque chose à son fils, un père qui avait toujours été bienveillant envers ceux qui le servaient, un père qui avait tenté d'améliorer la condition de ceux qui le servaient, au moins par des gestes de charité, un père qui avait fondé un hôpital de campagne pour les travailleurs de la zone, un père qui avait construit des logements pour eux, un père qui se disputait amèrement avec sa femme, un père qui parlait peu à son fils, un père qui ne descendait pas manger en famille, un père qui n'a jamais pu pardonner leurs grèves à ceux qui étaient à son service, un père qui n'a jamais pu pardonner l'incendie de l'hôpital et des logements, allumé par un groupe de travailleurs dissidents, un père qui n'a accordé le divorce à sa femme qu'à la condition expresse qu'elle se retire en ville, un père qui s'est refusé à traiter avec les guérilleros parce qu'il ne leur pardonnait pas l'incendie, un père qui a loué ses terres à des compagnies étrangères et s'est réfugié sur la Riviera, un père qui est revenu dans ses terres pour des raisons qui restent ignorées, un père qui aura achevé sa vie sous le signe de la honte, un père qui a été jugé comme un criminel, un père qui fut peut-être un criminel, qui fut presque sûrement un criminel, un père qui couvre son fils d'ignominie, un père dont le sang criminel coule dans les veines de son fils, une jeune paysanne, une fille croisée d'Indien et de Blanc, une jeune fille dans la fraîcheur de la jeunesse, une jeune fille aux dents gâtées par la malnutrition, une jeune fille aux allures timides, une jeune fille qui regarde avec ravissement notre héros, une jeune fille qui lui remet en secret un message, une jeune fille qui voit avec un profond soulagement sa réaction d'acceptation, une jeune fille qui le conduit cette même nuit à la rencontre d'un vieil ami, une jeune fille qui monte admirablement à cheval, une jeune fille qui connaît les sentiers de la montagne comme la paume de sa main, une jeune fille qui ne parle presque pas, une jeune fille à laquelle il ne sait en quels termes s'adresser, une jeune fille qui en un peu moins de deux heures le conduit au camp des guérilleros, une jeune fille qui, d'un sifflement, appelle le chef des guérilleros, un camarade de la Sorbonne, un camarade du temps du militantisme étudiant, un camarade qu'il n'avait pas revu depuis, un camarade convaincu de l'honnêteté de notre héros, un camarade qui est revenu dans sa patrie pour y organiser la subversion paysanne, un camarade qui en quelques années a réussi à organiser la guérilla, un camarade qui croit en l'honnêteté de notre héros, un camarade prêt à lui faire une incroyable révélation, un camarade qui croit deviner une intrigue gouvernementale derrière l'obscur épisode qui a provoqué la mort du père et du contremaître, un camarade qui lui demande de retourner dans la propriété familiale et d'y démasquer le coupable, un camarade qui peut-être se trompe, un camarade qui peut-être prépare une embuscade, un camarade qui peut-être devra sacrifier un ami pour continuer la lutte de libération, une jeune fille qui le conduit sur le chemin du retour, une jeune fille qui ne parle pas, une jeune fille taciturne, une jeune fille peut-être simplement fatiguée après une journée de travail et une longue chevauchée nocturne, une jeune fille qui, de temps en temps, se retourne et l'observe avec méfiance, une jeune fille qui le déteste peut-être, une jeune fille qui lui ordonne de s'arrêter, une jeune fille qui lui demande de faire silence, une jeune fille qui entend au loin la rumeur d'une patrouille, peut-être sur leurs traces, une jeune fille qui lui demande de descendre de cheval et d'attendre quelques minutes caché derrière les broussailles, une jeune fille qui lui demande d'attendre en silence en tenant les deux chevaux par la bride pendant qu'elle grimpe sur un rocher et inspecte alentour, une jeune fille qui revient et lui ordonne de faire marche arrière jusqu'à un coude de la montagne, une jeune fille qui peu après montre une grotte naturelle où passer la nuit puisque les soldats ne lèveront pas le camp avant l'aube, une jeune fille qui tremble de froid dans cette grotte humide, une jeune fille aux intentions insondables, une jeune fille qui peut le poignarder dans son sommeil, une jeune fille qui sans le regarder dans les yeux lui demande d'une voix étouffée de coucher à côté de lui, pour se réchauffer, une jeune fille qui ne lui parle ni ne le regarde en face, une jeune fille timide ou sournoise, une jeune fille au corps frais, une jeune fille qui repose à ses côtés, une jeune fille qui respire de façon précipitée, une jeune fille qui se laisse posséder en silence, une jeune fille qu'on traite comme une chose, une jeune fille à qui l'on ne dit jamais une parole aimable, une jeune fille à la bouche âcre, une jeune fille à l'odeur forte de transpiration, une jeune fille qu'on utilise et qu'on laisse ensuite, une jeune fille dans laquelle on déverse son sperme, une jeune fille qui n'a pas entendu parler d'anticonceptionnels, une jeune fille exploitée par son maître, une jeune fille qui ne peut faire oublier une Parisienne sophistiquée, une jeune fille qu'on n'a pas envie de caresser après l'orgasme, une jeune fille qui raconte une histoire écœurante, une jeune fille qui raconte comment l'ancien administrateur de la propriété l'a violée, à peine adolescente, une jeune fille qui raconte comment l'ancien administrateur de la propriété se trouve maintenant tout en haut, au gouvernement, une jeune fille qui assure que l'administrateur a quelque chose à voir avec la mort du père, une jeune fille qui ose dire que celle qui peut-être sait tout, c'est la mère, une jeune fille qui lui révèle la plus cruelle des vérités, une jeune fille qui a vu la mère dans les bras de l'ancien administrateur, une jeune fille qu'on n'a pas envie de caresser après l'orgasme, une jeune fille qu'on gifle et qu'on insulte parce qu'elle dit de terribles vérités, une jeune fille qu'on utilise et qu'on laisse ensuite, une jeune fille exploitée par un maître cruel dans les veines duquel coule un sang d'assassin.*

— Tu criais en dormant.

— Oui ?

— Ça m'a réveillé.

— Excuse-moi.

— Comment te sens-tu ?

— Je suis en nage. Veux-tu me passer la serviette ? sans allumer la bougie.

— Attends, je cherche, à tâtons...

— Je ne me rappelle pas où je l'ai laissée... Si tu ne la trouves pas, ça ne fait rien, Molina.

— T'en fais pas, j'ai trouvé ; tu me crois tellement gourde* ?

* Les disciples de Freud se sont longuement intéressés aux tribulations que l'individu a dû endurer au cours de l'Histoire, pour s'adapter aux exigences *sociales* de son époque, dès lors qu'il lui était impossible de respecter les normes sans refouler plusieurs de ses impulsions instinctives. Le couple matrimonial légitime, comme idéal proposé par la société, ne serait pas nécessairement l'idéal de tous ; et les exclus ne trouveraient d'autre issue que de refouler ou dissimuler des tendances socialement indésirables.

Anna Freud, dans *le Traitement psychanalytique des enfants* signale comme la forme névrotique la plus généralisée celle de l'individu qui en essayant de contrôler complètement des désirs sexuels interdits, voire de les éliminer — au lieu de les tenir pour socialement inopportuns mais naturels —, refoule trop, et devient incapable de jouir, en quelque circonstance que ce soit, de rapports désinhibés avec une autre personne. C'est ainsi qu'un individu peut perdre le contrôle des forces autorépressives et en arriver à des extrêmes tels que l'impuissance, la frigidité, les sentiments de culpabilité obsédants. La psychanalyse souligne aussi ce paradoxe : c'est généralement le développement précoce de l'intelligence et de la sensibilité chez les enfants qui induit une activité répressive trop forte. Il est désormais prouvé que l'enfant possède une *libido* dès les premiers instants de sa vie, et bien entendu il la manifeste sans la discrimination

– Je suis gelé.

– Je te fais du thé : c'est tout ce qui nous reste.

– Mais il est à toi. Laisse : ça va passer.

– Tu es fou !

---

de l'adulte ; il s'éprend de toute personne qui s'occupe de lui, et jouit dans ses jeux de son propre corps comme du corps des autres ; mais notre culture – ajoute Anna Freud – punit très tôt ces manifestations, et l'enfant acquiert dès lors un sentiment de honte : de ses premiers actes conscients jusqu'à la puberté, il passe par la période de latence.

Les freudiens orthodoxes – ou dissidents – constatent tous que les premières manifestations de la *libido* infantile sont de caractère bissexuel. C'est à partir de cinq ans que l'enfant aperçoit les différences sexuelles. Le petit garçon remarque une différence sur le corps de sa mère ; en outre, on commence à lui dire que lorsqu'il sera grand, il sera comme son père, mais que pour le moment il ne doit pas aspirer à être le premier dans l'affection de sa mère, que c'est son père qui occupe ce lieu privilégié. Le problème de savoir comment étouffer la jalousie que le père suscite en lui est en général du seul ressort de l'habileté de l'enfant : lequel se trouvera entravé dans cette entreprise, une fois de plus, si une sensibilité très développée appelle protection et tendresse, et plus encore si l'intelligence est capable de saisir le triangle amoureux dans lequel le garçon se trouve enfermé : prendre conscience de la situation redoublera ses difficultés. Durant cette étape du développement, le garçon – ou la fille, en rivalité directe avec sa mère – traverse la difficile étape œdipienne. Freud, dans les *Trois Essais sur la théorie de la sexualité*, affirme que le désir incestueux d'expulser et de remplacer le géniteur rival, c'est-à-dire le père pour le garçon, et la mère pour la fille, est récurrent chez les enfants ; et que ces idées font naître une intense culpabilité, avec la crainte du châtiment. Le garçon ou la fille souffrent tellement du conflit qu'au prix d'un effort inconscient très pénible, ils réussissent à le refouler, ou à le déguiser aux yeux de leur conscience. Le conflit se résout durant l'adolescence ; quand l'adolescent ou l'adolescente parvient à transférer ses investissements affectifs du géniteur ou de la génitrice à un garçon ou une fille de son âge respectif. Ceux chez qui s'est développée une relation trop étroite avec le géniteur du sexe opposé – avec un sentiment de culpabilité correspondant et inéluctable – se verront en danger de conserver, leur vie durant, une sensation de gêne devant toute expérience sexuelle, qu'inconsciemment ils associeront à ce coupable désir d'inceste enfantin. Le dénouement, lorsque la névrose s'installe, n'est pas toujours le même ; pour l'homme s'ouvre la possibilité de l'impuissance, celle d'un rapport exclusif avec des prostituées – des femmes qui, d'une certaine manière, ne ressemblent pas à la mère –, ou plus encore, celle d'une réponse sexuelle à d'autres hommes seulement. Pour les femmes, l'issue du conflit non résolu consiste principalement dans la frigidité et le lesbianisme.

— Tu gaspilles tes provisions; c'est toi qui es fou.

— On m'en apportera d'autres.

— Souviens-toi que ta mère est malade et qu'elle ne peut pas venir.

— Je sais, mais ça ne fait rien.

— Merci, merci vraiment.

— Je t'en prie.

— Tu ne sais pas à quel point je te remercie. Et je te demande pardon. Parce que parfois, je suis très brusque... et je blesse les gens sans raison.

— Laisse tomber.

— Toi, lorsque tu étais malade : je n'ai rien fait pour toi, rien.

— Allons donc.

— Sérieusement. Ce n'est pas seulement avec toi. J'ai blessé beaucoup de gens. Je ne t'ai pas tout raconté; maintenant, moi, au lieu d'un film, je vais te raconter des choses bien réelles. Je t'ai menti au sujet de ma camarade. C'est d'une autre que je t'ai parlé, que j'ai beaucoup aimée; à propos de ma camarade, je ne t'ai pas dit la vérité. Et toi, tu l'aimerais, parce que c'est une fille très simple, très bonne, très courageuse.

— Écoute, non, ne dis rien, je t'en prie. Ce sont des sujets délicats; et moi, je ne veux rien savoir de tes affaires politiques, des secrets et tout ça. Je t'en prie.

— Ne fais pas l'idiot : qui irait te demander quelque chose, à toi, de mon genre d'affaire?

— On ne sait jamais, on peut m'interroger.

— J'ai confiance en toi. Toi, tu as confiance en moi, n'est-ce pas?

— Oui.

— Alors, ici tout doit être égal entre nous, ne te mets pas en position d'infériorité en face de moi.

— Ce n'est pas ça...

— Parfois, il devient nécessaire de parler; et je me sens très misérable, vraiment. Il n'y a rien de pire que de se repentir d'avoir fait du mal à quelqu'un. Et moi, cette petite, je lui en ai fait voir...

— Pas maintenant, non, tu raconteras à un autre moment. Ça te fait mal de remuer des choses aussi intimes. Il vaut mieux que tu boives le thé que je te prépare, ça te fera du bien. Crois-moi.

7

— « Mon chéri, je viens à nouveau te parler... La nuit nous apporte un silence qui m'invite à me confier... et je me demande s'il te souvient toujours... tristes songes d'un étrange amour... »

— Qu'est-ce que c'est que ça, Molina ?

— Un boléro : *Ma lettre.*

— Il n'y a que toi pour avoir une pareille idée.

— Pourquoi ? Qu'est-ce qu'il y a de mal ?

— C'est d'un romantisme gnangnan, mon pauvre.

— J'aime les boléros, et celui-ci me ravit. Excuse-moi si c'est déplacé. Je vois bien que depuis ce matin, depuis que tu as reçu une lettre, tu es abattu.

— Et qu'est-ce que ça a à voir ?

— Que je fredonne des lettres tristes. Tu ne m'en veux pas ?

— Non.

— Qu'est-ce qui te met dans cet état ?

— Ce sont de mauvaises nouvelles. Tu t'en es aperçu ?

— Je sais pas. Tu étais sérieux, ça oui.

— Vraiment de mauvaises nouvelles. Si tu veux, tu peux lire la lettre.

— Il vaut mieux pas...

— Ne recommence pas les histoires d'hier soir ; qu'est-ce que tu as à voir, pour eux, avec mes affaires ? On ne va certainement pas t'interroger. De toute façon, ils l'ont déjà ouverte et lue avant nous, gros malin.

— C'est vrai, ça.

— Si tu veux la lire, tu peux, la voilà.

— On dirait des pattes de mouche, il vaut mieux que tu me la lises.

— C'est d'une fille qui n'a pas beaucoup d'instruction.

— Tu vois quelle idiote je fais, je n'avais même pas pensé qu'ici on ouvre les lettres. Alors, ça fait évidemment rien que tu me la lises.

— « Mon très cher ami : Il y a longtemps que je ne t'ai pas écrit parce que je n'avais pas le courage de te dire tout ce qui est arrivé, tu le comprendras sûrement, toi qui es, c'est sûr, plus intelligent que moi ; je ne t'ai pas écrit plus tôt non plus pour t'annoncer la nouvelle du pauvre oncle Pedro : sa femme m'a dit qu'elle t'avait écrit. Je sais que tu ne veux pas qu'on parle de ces choses, la vie continue et il faut beaucoup de courage pour continuer la lutte pour la vie, c'est pourtant ce qui m'a le plus tracassée depuis que je suis vieille. » Tout ça, c'est un code, tu l'as compris, non ?

— Enfin ! C'est très embrouillé, ça je l'ai vu.

— Quand elle dit « depuis que je suis vieille », elle veut dire depuis son adhésion au Mouvement. Et quand elle dit « la lutte pour la vie », c'est la lutte pour la cause. Oncle Pedro, c'est terrible, un garçon de 25 ans, un camarade du Mouvement. Je ne savais pas qu'il était mort ; on ne m'a jamais remis l'autre lettre, ils ont dû la déchirer en l'ouvrant. Cette lettre-ci m'a foutu un coup.

— J'ai de la peine pour toi.

— Que faire ?

— ...

— ...

— Lis-moi la suite.

— Voyons .. « depuis que je suis vieille. Toi qui es fort, comme je voudrais être, tu dois t'être fait une raison. Moi, surtout, je regrette beaucoup l'oncle Pedro, maintenant, j'ai un peu la famille à ma charge, c'est une grande responsabilité. Tu sais, petite tête tondue, on m'a dit qu'on t'avait bien tondu, dommage que je ne puisse pas me tordre de rire en te voyant, toi qui avais une crinière d'or ; je me souviens toujours de tout ce que nous disions, ne pas nous laisser entraîner par les sentiments, et suivant ton conseil, j'ai essayé de m'arranger comme j'ai pu ». Quand elle dit qu'elle a la famille à sa charge, elle veut dire qu'elle est maintenant à la tête de notre groupe.

— Ah ! C'est ça !

— Je continue. « Je m'ennuyais de plus en plus de toi, aussi, après la mort d'oncle Pedro, j'ai autorisé ma nièce Mari à avoir des relations avec un garçon que tu n'as pas connu et qui vient à la maison, il gagne très bien sa vie. Mais j'ai dit à ma nièce qu'elle n'attache pas d'importance à ça, c'était inévitable, juste ce qu'il faut de camaraderie pour qu'elle ait aussi des forces dans sa lutte pour la vie. » La nièce Mari, c'est elle-même, et que le nouveau garçon gagne bien sa vie, ça signifie qu'il est un bon élément dans la lutte. Tu comprends ? dans le combat.

— Oui, mais ce que je ne comprends pas, c'est cette histoire de relations.

— Ça veut dire qu'elle s'ennuyait beaucoup de moi, et nous avons juré de ne nous attacher à personne, ensuite, ça te paralyse quand tu dois agir.

— Agir, comment ça ?

— Agir. Risquer ta vie.

— Ah !

— Nous, on ne peut pas penser que quelqu'un nous aime, parce qu'il nous aime vivant, alors ça donne peur de la mort, bon, pas peur, mais ça te donne du chagrin que quelqu'un souffre de ta mort. Bref, elle a des relations avec un autre camarade... Je continue. « Je me suis beaucoup demandé s'il fallait te le dire ou pas, mais je te connais, je sais que tu préfères que ce soit moi qui te le dise. Heureusement, les affaires vont bien et nous espérons enfin que notre maison prospérera. C'est la nuit, et je pense que peut-être toi aussi tu penses à moi. Je t'embrasse très fort, Inès. » Quand elle dit maison, elle veut dire pays.

– Hier soir, j'ai pas bien compris, tu m'as dit que ton amie n'est pas comme tu m'avais dit.

– Quelle saloperie ! la tête me tourne d'avoir lu.

– Tu dois être très faible...

– J'ai un peu de nausée.

– Étends-toi et ferme les yeux.

– Quelle merde ! je te jure que je me sentais bien.

– Calme-toi, c'est d'avoir trop lu. Ferme les yeux.

– On dirait que ça passe...

– Tu n'aurais pas dû manger, Valentin. Je te l'avais dit.

– J'avais une faim terrible.

– Hier tu étais bien, tu as mangé et ça t'a fait mal, et aujourd'hui tu t'es encore envoyé toute l'assiette. Promets-moi de ne pas avaler une bouchée demain.

– Ne me parle pas de manger, ça me dégoûte.

– Excuse-moi.

– Tu sais quoi ? Je me moquais de ton boléro, et la lettre que j'ai reçue dit à peu près la même chose.

– Tu crois ?

– Je crois que je n'ai pas le droit de me moquer du boléro.

– Ça te touchait de trop près, peut-être, et tu as ri... pour ne pas pleurer. Comme dit un autre boléro, ou un tango.

– Comment c'était, ton boléro ?

– Le début ou la fin ?

– Dis-le en entier.

– « Mon chéri, je viens à nouveau te parler... La nuit nous apporte un silence qui m'invite à me confier... Et je me demande s'il te souvient toujours... Tristes songes d'un étrange amour... Mon trésor, même si la vie... plus jamais ne nous réunit... si nous sommes – sinistre destin – à jamais séparés... je te le jure, mon âme reste à toi, et mes pensées... et ma vie, à toi, comme est à toi... cette douleur aux creux de ma voix... » cette douleur ou ce grand chagrin ? La fin, je ne me rappelle pas bien, je crois que c'est ça.

– C'est pas mal du tout.

— C'est divin*.

— Ça s'appelle comment?

— *Ma lettre*, c'est d'un Argentin, Mario Clavel.

* Dans sa *Théorie psychanalytique des névroses*, O. Fenichel affirme que la probabilité d'une tendance homosexuelle est d'autant plus grande que le garçon *s'identifie* davantage à sa mère. Cette situation se produit plus encore quand la figure maternelle est plus forte que celle du père, ou quand le père est totalement absent du cadre familial, comme dans les cas de mort ou de divorce, ou quand la figure du père, si elle est présente, provoque de la répulsion pour un motif grave, tel que l'alcoolisme, la sévérité excessive ou l'extrême violence du caractère. Le garçon a besoin d'un héros adulte qui lui serve de modèle. Par identification, le garçon intégrera les caractéristiques de conduite de ses parents, et bien que d'une certaine manière il répugne à obéir à leurs ordres, il adoptera inconsciemment les habitudes et même les manies de ses progéniteurs, perpétuant les traits culturels de la société où il vit. Une fois identifié à son père, l'enfant adopte la vision masculine du monde, et dans la société occidentale, cette vision a une composante d'agressivité qui aide l'enfant à s'affirmer. A l'inverse, l'enfant qui adopte pour modèle la figure maternelle et ne trouve pas à temps une figure masculine pour contrebalancer la fascination maternelle sera socialement méprisé pour ses traits efféminés : il n'arbore pas la rudesse propre à un petit garçon normal.

Pourtant, Freud lui-même indique, dans *De la transposition des pulsions*, que chez l'homosexuel, la masculinité mentale la plus complète peut parfois se combiner à la plus totale inversion sexuelle, entendant par masculinité mentale des traits tels que le courage, l'esprit d'aventure et d'expérimentation, la dignité. Dans un écrit postérieur, *Pour introduire le narcissisme*, il élabore un modèle plus complexe selon lequel l'homosexuel commencerait par une brève fixation maternelle, pour finalement s'identifier lui-même à la femme. Si l'objet de ses désirs devient un jeune homme, c'est parce que sa mère l'aima, lui, qui était un jeune homme. Ou parce qu'il voudrait que sa mère l'eût aimé ainsi. L'objet de son désir sexuel est donc sa propre image. Pour Freud, le complexe d'Œdipe et celui de Narcisse composent le conflit originel où se joue l'homosexualité. (De toutes les observations de Freud sur l'homosexualité, cette dernière a été la plus attaquée. L'objection principale étant que les homosexuels dont l'identification est hautement féminine sentent comme objet de désir sexuel des types très masculins, ou foncièrement plus âgés.)

Ailleurs, et déjà dans l'œuvre citée en premier lieu, Freud traite du *développement* de la sensibilité érotique et donne d'autres pistes sur la genèse de l'homosexualité. Il affirme que les commencements de la *libido* chez les bébés sont d'un caractère diffus, et que pour parvenir à l'éducation du désir de telle sorte que le plaisir s'obtienne au moyen de l'union génitale avec une personne du sexe opposé, l'individu devra passer par une série d'étapes. La première est la phase orale, où le plaisir ne s'obtient que des contacts buccaux, tels

— Je croyais que c'était d'un Mexicain, ou d'un Cubain.

— Je connais tous ceux d'Agustin Lara, ou presque tous.

— La nausée est un peu passée, mais les élancements recommencent en bas... il me semble.

— Détends-toi.

— C'est de ma faute, c'est d'avoir mangé.

— Ne pense pas à la douleur, ne t'énerve pas. Tout ça, c'est nerveux. Parle un peu de n'importe quoi.

— Je te disais, la petite dont je t'ai parlé, de famille bourgeoise, et de mœurs libérales, ce n'est pas la camarade qui m'écrit.

— C'est qui, elle ?

— Celle dont je t'ai parlé, elle est entrée avec moi au Mouvement, mais après elle a pris ses distances, et elle a tout fait pour que je m'éloigne aussi.

— Pourquoi ?

---

que la succion. Puis vient la phase anale, où l'enfant tire sa satisfaction de la défécation. L'ultime et définitive est la phase génitale. Freud la considère comme l'unique forme mûre de sexualité (affirmation qui, des années plus tard, allait être attaquée par Marcuse).

Freud développa encore ce commentaire dans *Caractère et Érotisme anal* : certains types anormaux de personnalité, dont les traits prédominants sont l'avarice et l'obsession de l'ordre, peuvent être influencés par des désirs anaux refoulés. Le plaisir suscité par l'accumulation des biens peut provenir de la réminiscence inconsciente du plaisir ressenti autrefois en retenant — ce qui est très fréquent chez les enfants — les matières fécales. Quant au rôle joué par la fixation anale dans le développement de l'homosexualité, Freud affirme que les blocages déjà énumérés — liés à Œdipe et à Narcisse — déterminent une interruption du développement de la *libido* une inhibition affective qui entraîne la fixation sur la phase anale, sans possibilité d'accéder à la dernière phase, génitale.

A cette affirmation, West répond déjà que les homosexuels, pour qui le chemin conduisant aux relations génitales normales est interdit, se voient obligés d'expérimenter des zones érotiques extragénitales, et dans la sodomie trouvent — après une adaptation progressive — un type de gratification mécaniquement directe, mais non exclusive. West ajoute que l'homme qui pratique la sodomie n'est pas nécessairement arrêté à la phase anale. En dernier lieu, il signale que la sodomie n'est pas un phénomène exclusivement homosexuel, puisque les couples hétérosexuels la pratiquent aussi, tandis que des individus de « caractère anal » (c'est-à dire des avares, des obsédés par la propreté et l'ordre, etc.), ne ressentent pas nécessairement des tendances homosexuelles.

— Trop attachée à la vie ; avec moi, elle était heureuse, nos rapports lui suffisaient. C'est là que ça a commencé à aller mal, parce qu'elle souffrait quand je disparaissais pour quelques jours, et chaque fois que je revenais elle pleurait, mais ce n'est encore rien, elle s'est mise aussi à me cacher les appels téléphoniques des camarades, et même à intercepter des lettres ; alors voilà ! ça s'est fini là.

— Tu ne l'as pas vue depuis longtemps ?

— Presque deux ans. Mais je me souviens toujours d'elle. Si elle n'avait pas évolué comme ça... Une mère castratrice. Tout nous destinait à nous séparer, au fond.

— Vous vous aimiez trop ?

— Ça aussi, on dirait un boléro, Molina.

— C'est sûr, idiot ! Les boléros disent des tas de vérités ; moi, c'est pour ça qu'ils me plaisent.

— Le mieux entre nous, c'est qu'elle me tenait tête, nous avions une véritable relation, elle ne devenait jamais soumise, comment dire ? Elle ne s'est jamais laissé manipuler, comme une quelconque femelle.

— Qu'est-ce que tu veux dire ?

— Aïe, vieux... je crois que je vais encore me trouver malade.

— Où as-tu mal ?

— En bas, aux intestins...

— Ne t'énerve pas, Valentin, ce serait pire. Reste calme. Couche-toi bien.

— Tu ne peux pas savoir la tristesse que j'ai...

— Qu'est-ce qui t'arrive ?

— Pauvre petit gars, si tu l'avais connu... Tu ne peux pas savoir quel bon petit gars c'était, le pauvre...

— Qui ça ?

— Le petit gars qui est mort.

— Il est au ciel, tu peux en être sûr.

— Ah ! si je pouvais y croire, il y a des fois où l'on voudrait croire que les braves types sont récompensés, mais je ne peux croire en rien. Ouille... Molina, je vais te casser les pieds encore... vite, fais-moi ouvrir la porte.

— Attends un tout petit peu... voilà.

— Aïe... aïe... non, n'appelle pas.

— Ne te tracasse pas, je te donne tout de suite de quoi te nettoyer.

— Aïe... tu ne sais pas comme c'est fort, une douleur comme si on me plantait un fil de fer dans les tripes...

— Laisse-toi aller complètement, lâche tout, ensuite je laverai le drap.

— S'il te plaît, mets bien le drap en boule, je fais tout liquide.

— C'est ça, reste bien tranquille... lâche tout, vas-y, moi j'emporte ensuite le drap à la douche, c'est mardi.

— Mais c'est pour ton drap !

— Je laverai aussi le tien, j'ai encore du savon heureusement.

— Merci... Tu sais, je me sens soulagé maintenant.

— Reste bien sage. S'il te semble que tout est parti, espèce d'emmerdeur, dis-le-moi, pour que je te nettoie.

— ...

— Ça se passe ?

— On dirait, mais j'ai très froid maintenant.

— Je te donne tout de suite ma couverture, ça te réchauffera. Mais retourne-toi d'abord que je te nettoie, si tu crois que maintenant c'est terminé.

— Attends encore. Excuse-moi de m'être moqué tout à l'heure, de ce que tu disais, de ton boléro.

— C'est bien le moment de parler de boléros.

— Je crois que c'est passé, mais je me nettoierai tout seul... Si la tête ne me tourne pas en me levant.

— Vas-y tout doucement.

— Non, je suis encore dans les vapes, rien à faire...

— Bon, je te nettoie, ne t'énerve pas. Reste tranquille. Voyons... comme ça, et un peu par là... Tourne-toi doucement... comme ça. Le matelas n'a pas été touché, c'est déjà ça. Heureusement que nous avons assez d'eau, je trempe le bout propre du drap et je te nettoie.

— Comment te remercier ?

— Ne sois pas bête. Allons... soulève un peu par là. Comme ça... très bien.

— Vraiment, je ne sais pas comment te remercier, je n'aurais pas eu la force d'aller aux douches.

— Sûr, et l'eau glacée t'aurait achevé.

— Ouille, cette eau-là aussi est froide.

— Écarte un peu les jambes... comme ça.

— T'es pas dégoûté ?

— Tais-toi. Je trempe un autre bout du drap... comme ça. Te voilà bien astiqué... Et maintenant avec le bout sec... Dommage, il ne me reste plus de talc.

— Peu importe. L'essentiel, c'est d'être sec.

— Oui, et il y a un autre bout de drap pour t'essuyer. Comme ça... te voilà tout à fait sec... Encore... voyons... je t'enveloppe dans la couverture, comme une paupiette. Voyons... soulève-toi de ce côté.

— Comme ça ?

— Oui... Attends... de ce côté maintenant, comme ça tu n'auras pas froid. Ça va ?

— Oui, très bien... Merci encore.

— Et maintenant, ne bouge plus du tout, jusqu'à ce que tes étourdissements se passent. Si tu as besoin de quelque chose, je te le donne ; toi, tu ne bouges plus.

— Je te promets de ne plus rire de tes boléros. Les paroles... c'était pas mal.

— Moi j'aime quand il dit : « ... Et je me demande s'il te souvient toujours... tristes songes d'un étrange amour... », divin, non ?

— Tu sais quoi ?... Moi, une fois, j'ai nettoyé l'enfant de ce gars, ce pauvre petit gars qui a été tué. On a vécu un temps cachés dans le même appartement, avec sa femme et son bébé. Qu'est-ce qu'il va devenir ? Il ne doit même pas avoir trois ans, et adorable en plus. Et le pire, c'est que je ne peux écrire à aucun d'eux sans risquer de les compromettre, ou pire encore, ... de les brûler.

— A ton amie non plus ?

— Encore moins, elle est responsable du groupe. Je ne peux

communiquer avec elle ni avec personne. C'est comme dans ton boléro : « puisque la vie... plus jamais ne nous unira », le pauvre petit, jamais plus je ne vais pouvoir lui écrire une lettre, ni échanger avec lui un mot.

— C'est « ... même si la vie... plus jamais ne nous réunit... ».

— Jamais. Quel mot terrible. Jusqu'à maintenant, je l'avais pas réalisé... terrible... Excuse-moi.

— Mais non, soulage-toi, soulage-toi tant que tu peux, pleure tant que tu en as besoin, Valentin.

— J'ai tellement de peine. Ne pouvoir rien faire, enfermé ici, et ne même pas pouvoir m'occuper de la... femme, du... fils... Ah ! vieux, que c'est triste, ça... tout ça.

— On ne peut rien faire...

— Aide-moi à sortir le bras de... la couverture.

— Mais pourquoi faire ?

— Donne-moi la main, Molina, fort.

— Là. Serre bien.

— Je ne veux pas continuer à me secouer comme ça.

— Qu'est-ce que ça peut faire que tu te secoues, si ça te fait du bien ?

— Et il y a encore une chose qui me fait mal. C'est quelque chose de dégueulasse, de bas...

— Dis-moi, vas-y.

— Celle dont je... voudrais recevoir une... lettre, en ce moment, celle que je voudrais avoir tout près, et embrasser... ce n'est pas ma camarade, mais l'autre... dont je t'ai parlé.

— Et pourquoi pas ?

— Je... parle beaucoup mais... mais au fond ce qui... continue de me plaire, c'est... un autre type de femme, au fond, je suis pareil à tous ces fils de pute de réactionnaires qui ont tué mon camarade. Je suis comme eux, tout pareil.

— C'est pas vrai.

— Si, pas d'illusion.

— Si tu étais comme eux, tu serais pas là.

— « ... tristes songes d'un étrange amour... ». Tu sais pourquoi ça m'a gêné, quand tu as commencé à chanter ton boléro ? Ça m'a rappelé Marta, et pas ma camarade. Voilà. Je pense même que Marta ne me plaît pas pour elle-même, mais parce qu'elle a... de la classe comme disent ces salauds qui tiennent à leurs privilèges, tous les salauds... de ce monde.

— Ne te torture pas... Ferme les yeux et repose-toi.

— J'ai encore un petit peu la tête qui tourne, par là.

— Je te fais chauffer de l'eau, une tasse de camomille, il en reste encore, on avait oublié qu'il y en avait...

— Je ne te crois pas.

— Je te jure, elle était derrière mes revues, c'est ce qui l'a sauvée.

— Elle est à toi et tu aimes ça, toi.

— Ça te fera du bien, tais-toi donc un peu, tu vas voir quel bien ça te fera de te détendre un bon moment.

un garçon qui trame un plan, un garçon qui accepte l'invitation en ville de sa mère, un garçon qui ment à sa mère et l'assure de son opposition à la guérilla, un garçon qui promet à sa mère de rentrer à Paris, un garçon qui dîne aux chandelles en tête à tête avec sa mère, un garçon qui promet à sa mère de l'accompagner dans les stations de sport d'hiver européennes les plus mondaines comme il l'avait fait enfant, sitôt finie la guerre, une mère qui lui parle des filles à marier de l'aristocratie européenne, une mère qui lui parle héritage, une mère qui lui promet déjà de mettre à son nom des richesses considérables, une mère qui cache les raisons pour lesquelles elle ne peut pas l'accompagner en Europe, un garçon qui recherche l'ancien administrateur de son père, un garçon qui apprend que c'est le cerveau du ministère de l'Intérieur, un garçon qui apprend que l'ancien administrateur de son père est le chef des services secrets d'action contre-révolutionnaire, un garçon qui veut convaincre sa mère de partir avec lui en Europe, un garçon qui veut se voir reconnaître l'usufruit de ses biens et refaire son voyage d'enfance pour skier près de cette ravissante maman, un garçon qui décide de tout abandonner et de fuir avec sa mère, un garçon qui propose le voyage à sa mère, un garçon dont le projet est repoussé par la mère, une mère qui avoue avoir d'autres projets, une mère qui veut refaire sa vie sentimentale, une mère qui vient lui dire adieu à l'aéroport et là lui avoue son prochain mariage avec l'ancien administrateur de son père, un garçon qui fait semblant d'être enthousiasmé par cette nouvelle, un garçon qui descend à la première escale et monte dans un autre avion pour rentrer, un garçon qui rejoint les guérilleros dans la montagne, un garçon décidé à blanchir le nom de son père, un garçon qui retrouve la paysanne qui l'avait conduit la première fois au maquis, un garçon qui se rend compte qu'elle est enceinte, un garçon qui ne désire pas d'enfant indien, un garçon qui refuse de mélanger son sang avec celui de l'Indienne, un garçon qui a honte de sa lâcheté, un garçon qui ne peut caresser la future mère de son enfant, un garçon qui ne sait comment se laver de sa faute, un garçon qui prend la tête des guérilleros dans leur assaut contre la hacienda où se trouvent sa mère et l'ancien administrateur de son père, un garçon qui encercle la hacienda, un garçon qui ouvre le feu contre sa propre maison, un garçon qui ouvre le feu contre son propre sang, un garçon qui exige la reddition des occupants, un garçon qui voit sortir l'ancien administrateur derrière sa mère prise en otage, un garçon qui ordonne de faire feu, un garçon qui entend le cri déchirant de sa mère implorant sa clémence, un garçon qui commande d'arrêter l'exécution, un garçon qui exige l'aveu de ce qu'a été véritablement la mort de son père, une mère qui s'échappe des bras qui l'emprisonnent et avoue toute la vérité, une mère qui raconte comment son amant a tendu un piège pour que le père apparaisse comme l'assassin de son contremaître fidèle, une mère qui avoue que son mari était innocent, un garçon qui ordonne l'exécution de sa mère après avoir ordonné l'exécution de l'ancien administrateur, un garçon qui perd la raison et, voyant agoniser sa mère, empoigne la mitraillette pour tirer sur les combattants qui viennent de la cribler de balles, un garçon qui est exécuté sur-le-champ, un garçon qui sent brûler dans son ventre les balles des guérilleros, un garçon qui reconnaît dans le peloton d'exécution les yeux accusateurs de la paysanne, un garçon qui avant de mourir veut demander pardon et n'a plus de voix, un garçon qui perçoit dans les yeux de la paysanne une éternelle condamnation.

8

MINISTÈRE DE L'INTÉRIEUR DE LA RÉPUBLIQUE ARGENTINE.
Établissements pénitentiaires de la ville de Buenos Aires. Rapport à M. le Directeur du secteur III, préparé par le secrétariat privé.

Inculpé 3 018, Luis Alberto Molina.
Sentence du juge en correctionnel Dr Justo José Dalpierre, rendue le 20 juillet 1974, au tribunal de la ville de Buenos Aires. Condamnation à huit ans de réclusion pour délit de corruption de mineurs. Incarcéré au pavillon B, cellule 34, le 28 juillet 1974, avec les invertis Benito Jaramillo, Mario Carlos Bianchi et David Margulies. Transféré le 4 avril 1975 au pavillon D, cellule 7, avec le prisonnier politique Valentin Arregui Paz. Bonne conduite.

Prévenu 16 115, Valentin Arregui Paz.
Arrestation effectuée le 16 octobre 1972 sur la nationale 5, à la hauteur de Barrancas, peu après que la police fédérale eut surpris un groupe d'activistes qui cherchaient à provoquer des troubles dans les deux usines de fabrication d'automoteurs dont les ouvriers étaient en grève, usines situées sur cette même nationale. Mis à la disposition du pouvoir exécutif de la nation et en instance de jugement. Incarcéré au pavillon A, cellule 10, avec le prisonnier politique Bernardo Giacinti le 4 novembre 1974. A participé à une grève de la

faim, durant les interrogatoires de police pour protester contre la mort du prisonnier politique Juan Vicente Aparicio. Puni de cachot dix jours à partir du 25 mars 1975. Transféré le 4 avril 1975 au pavillon D, cellule 7, avec l'inculpé pour corruption de mineurs Luis Alberto Molina. Conduite condamnable pour rébellion; connu comme meneur de la grève de la faim suscitée et d'autres mouvements de protestation contre un prétendu manque d'hygiène au pavillon et la violation du courrier personnel.

BRIGADIER : Découvrez-vous devant monsieur le directeur.

INCULPÉ : Oui, monsieur.

DIRECTEUR : Ne tremblez pas comme ça, il ne va rien vous arriver.

BRIGADIER : L'inculpé a été fouillé, il n'a rien sur lui avec quoi il puisse attaquer monsieur le directeur.

DIRECTEUR : Merci, brigadier, laissez-moi seul avec l'inculpé.

BRIGADIER : Monsieur le directeur, je reste en faction dans le couloir. Avec votre permission, monsieur le directeur.

DIRECTEUR : C'est bien, brigadier, et maintenant sortez, je vous prie... Vous êtes maigre, Molina, qu'est-ce qui vous arrive?

INCULPÉ : Rien, monsieur. J'ai eu mal aux intestins; mais maintenant je vais mieux.

DIRECTEUR : Ne tremblez pas comme ça... Vous n'avez rien à craindre, nous avons fait comme si vous aviez de la visite aujourd'hui. Arregui ne peut se douter de rien.

INCULPÉ : Non, il ne se doute de rien.

DIRECTEUR : Hier soir, votre protecteur a dîné chez moi, et j'ai de bonnes nouvelles pour vous, c'est pourquoi j'ai voulu que vous veniez dans mon bureau dès aujourd'hui, bien qu'il ne se soit pas encore passé beaucoup de temps. Est-ce que vous savez déjà quelque chose?

INCULPÉ : Non, monsieur, je ne sais encore rien. Il faut avancer très prudemment, dans une chose comme ça... Et que vous a dit monsieur Parisi?

DIRECTEUR : De très bonnes nouvelles, Molina ; votre mère va mieux, depuis qu'on lui a parlé d'une possible remise de peine... elle semble quelqu'un d'autre, déjà.

INCULPÉ : Vraiment ?

DIRECTEUR : Bien sûr, mon ami ; c'était à espérer, non ?... Mais ne pleurez pas, allons, qu'est-ce que c'est que ça ? Vous devriez être content, vous...

INCULPÉ : C'est de joie, monsieur.

DIRECTEUR : Allons, allons... Vous n'avez pas de mouchoir ?

INCULPÉ : Non, monsieur, je m'essuie avec ma manche, ça fait rien...

DIRECTEUR : Prenez le mien.

INCULPÉ : Non, vraiment, ça y est, excusez-moi.

DIRECTEUR : Vous savez que Parisi et moi, nous sommes comme frères, et que, depuis qu'il m'a parlé pour vous, nous avons essayé de trouver une issue à votre affaire, mais Molina... nous espérons que vous saurez faire les choses. Est-ce que vous avez une petite idée, ou quoi ?

INCULPÉ : Je crois qu'il y a des possibilités.

DIRECTEUR : Est-ce que ça a servi ou pas, que nous l'affaiblissions physiquement ?

INCULPÉ : Le premier plat préparé pour lui, j'ai dû le manger, moi.

DIRECTEUR : Pourquoi ? Vous avez fort mal fait !

INCULPÉ : Il n'aime pas la polenta, lui, et comme une des assiettes était mieux servie que l'autre... il a insisté pour que je prenne la plus grande ; ça aurait semblé très suspect si j'avais refusé. Vous m'aviez dit que le plat « préparé » pour lui serait dans l'assiette de fer-blanc la plus neuve, mais on s'est trompé en la remplissant beaucoup plus que l'autre. Et c'est moi qui ai dû la manger.

DIRECTEUR : Ah ! très bien, Molina. Je vous félicite. Excusez notre erreur.

INCULPÉ : C'est peut-être pour ça que je suis maigre, j'ai été mal en point deux jours.

DIRECTEUR : Et Arregui, comment est-il moralement ? Sommes-nous parvenus à l'amollir un peu ? Qu'en pensez-vous ?

INCULPÉ : Oui, mais il vaudrait peut-être mieux maintenant le laisser se remettre.

DIRECTEUR : Bon, à ce stade je ne sais pas. Molina, laissez-nous nous charger de cela, nous avons ici les techniciens nécessaires.

INCULPÉ : Si ça s'aggrave, il ne pourra pas rester dans la cellule, et à l'infirmerie, moi je ne peux plus rien faire.

DIRECTEUR : Molina, vous sous-estimez la capacité de nos techniciens. Ils sauront quand s'arrêter et quand poursuivre. Je sais y faire, mon ami *.

* Dans les *Trois Essais sur la théorie de la sexualité*, Freud met l'accent sur la *répression* qui, d'une façon générale, provient de la domination d'un individu sur d'autres, en montrant que cet individu n'est autre que le père. A partir de là s'établit la forme patriarcale de la société, basée sur l'infériorité de la femme et la forte répression de la sexualité. En outre, Freud associe la thèse de l'autorité patriarcale à l'essor de la religion, et surtout au triomphe du monothéisme en Occident. Or, les impulsions naturelles de l'être humain sont beaucoup plus complexes que ce que la société patriarcale admet : du fait de la capacité indifférenciée des bébés à obtenir du plaisir sexuel de toutes les parties du corps, Freud les qualifie de « pervers polymorphes ». C'est dans le même mouvement que Freud fait l'hypothèse d'une nature essentiellement bissexuelle de nos pulsions originelles.

De même, Otto Rank considère le développement qui va de la domination paternelle au puissant système étatique administré par l'homme comme un prolongement de la répression originelle, dont l'un des buts est l'exclusion de plus en plus grande de la femme.

Un peu différemment, Dennis Altman, dans *Homosexualité, Oppression et Libération*, rattache la répression sexuelle à la nécessité, au commencement de l'humanité, de produire une grande quantité d'enfants à des fins économiques et de défense.

Sur ce dernier thème, l'anthropologue britannique Rattray Taylor signale dans *le Sexe dans l'histoire*, qu'à partir du IVe siècle avant notre ère, on assiste, dans le monde classique, à une répression croissante de la sexualité et à un développement du sentiment de culpabilité, facteurs qui ont permis le triomphe du concept hébreu plus répressif concernant le sexe que le concept grec. Selon les Grecs, la nature sexuelle de tout être humain contenait autant d'éléments homosexuels qu'hétérosexuels.

Revenons à Altman ; il montre bien que les sociétés occidentales se sont spé-

INCULPÉ : Excusez-moi, monsieur ; tout ce que je veux, moi, c'est coopérer avec vous, rien d'autre.

DIRECTEUR : C'est bon. Une chose maintenant, en regagnant votre cellule, ne donnez pas la plus légère idée d'une remise de peine en votre faveur, cachez toute euphorie. Qu'allez-vous dire de la visite que vous avez eue ?

---

cialisées dans la répression de la sexualité, une répression légitimée par la tradition religieuse judéo-chrétienne. Cette répression s'exprime de trois façons reliées entre elles, associant le sexe 1. au péché et au sentiment de culpabilité qui en découle ; 2. à l'institution familiale et à la procréation, comme son unique justification ; 3. au rejet de tout ce qui ne serait pas sexualité génitale et hétérosexuelle. Plus loin, il ajoute que les « libertaires » traditionnels luttent pour changer ce qui tient aux deux premiers points, mais oublient le troisième. Wilhelm Reich, par exemple, dans *la Fonction de l'orgasme*, affirme que la libération sexuelle s'exprime dans l'orgasme parfait, lequel ne pourrait s'obtenir qu'au moyen de l'accouplement génital hétérosexuel entre individus de la même génération. C'est sous l'influence de Reich que d'autres chercheurs ont développé leur méfiance à l'égard de l'homosexualité et des contraceptifs qui gêneraient la réussite dudit orgasme parfait et par conséquent seraient contraires à la totale « liberté » sexuelle.

Que serait donc la *libération* sexuelle ? Herbert Marcuse annonce, dans *Éros et Civilisation*, qu'elle implique davantage que la seule absence d'oppression ; la libération requiert une nouvelle moralité et une révision de la notion de « nature humaine ». Il ajoute que toute théorie réelle de la libération sexuelle devrait prendre en compte les nécessités essentiellement polymorphes de l'être humain. Par défi contre une société qui emploie la sexualité comme un moyen pour une fin utile, les perversions alimentent la sexualité en tant que fin en soi par conséquent, elles se placent en dehors de l'orbite du principe implacable de « performance » — terme technique peut-être traduisible par « rendement » —, c'est-à-dire d'un des principes répressifs fondamentaux dans l'organisation du capitalisme, et ainsi mettent en cause (sans se le proposer) les fondements mêmes de ce dernier.

Commentant ce point du raisonnement marcusien, Altman ajoute que lorsque l'homosexualité devient exclusive et établit ses propres normes économiques, en cessant de viser de façon critique les formes conventionnelles des hétérosexuels pour tenter au contraire de copier ceux-ci, elle devient une forme de répression aussi grande que l'hétérosexualité exclusive. Plus loin, commentant et un autre freudien aussi radical que Marcuse, Norman O. Brown, et Marcuse lui-même, Altman conclut qu'en dernière instance, ce que nous concevons comme « nature humaine » n'est que le résultat de celle-ci après des siècles de répression ; raisonnement qui implique, et là-dessus Marcuse et Brown sont d'accord, la mutabilité essentielle de la nature humaine.

INCULPÉ : Je ne sais pas, monsieur. Dites-le-moi, s'il vous plaît.

DIRECTEUR : Dites-lui que votre mère est venue vous voir, qu'en pensez-vous ?

INCULPÉ : Non, impossible, pas ça.

DIRECTEUR : Et pourquoi pas ?

INCULPÉ : Ma mère vient toujours avec un paquet de victuailles.

DIRECTEUR : Il faut donc inventer quelque chose pour justifier votre euphorie, mon vieux. C'est capital. Eh bien ! on va vous faire chercher des victuailles, et les faire empaqueter, que pensez-vous de cette idée ?

INCULPÉ : Bien, monsieur.

DIRECTEUR : Comme ça nous réparons un peu votre sacrifice pour l'assiette de polenta. Pauvre Molina !

INCULPÉ : Ma mère achète tout au supermarché qui se trouve à deux pas de la prison, comme ça elle n'est pas chargée dans le bus.

DIRECTEUR : Mais c'est plus facile pour nous de tout acheter ici, au foyer. Nous vous ferons le paquet ici.

INCULPÉ : Non, ça sera suspect. Je vous en prie, non, il faut aller au supermarché de l'avenue.

DIRECTEUR : Voyons, un moment... Hé ! Ho ! Hé ! Ho ! Gutierrez, venez par ici, s'il vous plaît.

INCULPÉ : Maman m'apporte toujours le paquet enveloppé dans du papier kraft, avec du carton à l'intérieur. On le lui prépare au supermarché, comme ça elle peut le porter.

DIRECTEUR : D'accord... Oui, entrez. Écoutez, Gutierrez, il faut m'apporter une liste de victuailles que je vais vous donner, et les envelopper d'une certaine façon. Le détenu va vous donner la liste, et tout doit être prêt disons... dans une demi-heure, faites-vous délivrer un bon et allez acheter, avec un sous-officier, la liste que vous donne ici l'inculpé. Molina, dictez-moi ce que votre mère pourrait vous apporter.

INCULPÉ : A vous ?

DIRECTEUR : Oui, à moi ! mais vite, car j'ai à faire.

INCULPÉ : De la confiture de lait[1], une grande boîte... deux boîtes, c'est mieux. Des pêches au sirop, deux poulets rôtis, qui ne soient pas déjà froids, bien sûr. Un grand paquet de sucre. Un paquet de thé noir, et un autre de camomille. Du lait en poudre, du lait condensé, du savon pour la lessive... Un demi-bâton, non, un bâton entier, du Suavisimo, et quatre savonnettes de toilette Palmolive... et quoi encore ?... oui, un grand pot de poisson en marinade et, laissez-moi penser un petit peu : j'ai comme un trou de mémoire...

1. Friandise typiquement argentine. *(N.d.T.)*

Deuxième partie

9

– Regarde ce que j'apporte !

– Ta mère est venue ? Elle va bien ?

– Un peu mieux... Regarde tout ce qu'elle m'a apporté. Pardon, ce qu'elle *nous* a apporté.

– C'est très gentil de penser à moi, Molina ; mais tout ça, c'est pour toi.

– Tais-toi, petit dégoûtant. A partir d'aujourd'hui commence une vie nouvelle. Touche ! Les draps sont presque secs. Regarde ! Deux poulets à la broche, deux ! Incroyable, non ? Les poulets sont pour toi, ça ne peut te faire que du bien, tu vas voir comme tu vas tout de suite aller mieux.

– Mais je ne peux pas accepter.

– Fais-le pour moi. Tu comprends, je préfère ne pas manger de poulet et échapper à tes odeurs, sale petit cochon... Maintenant, écoute-moi, je parle sérieusement : il faut que tu arrêtes de manger la nourriture dégueulasse qu'on te donne ici. Deux jours seulement, et tu verras, tu iras mieux.

– Tu crois ?

– Évidemment. Ferme les yeux, Valentin, j'ai une autre surprise, essaie de deviner. Tiens ! touche...

– Deux boîtes... elles sont lourdes... Je ne sais pas, je donne ma langue au chat.

– Alors, regarde.

– De la confiture de lait.

– Patience, quand tu iras mieux, alors là, nous le mangerons tous les deux. Tu sais, à nos risques et périls, j'ai laissé les draps sécher tout seuls... et on ne nous les a pas volés, c'est pas beau ? ils sont presque secs : ce soir on dormira tous les deux dans des draps.

— Génial !

— Voyons, je range tout ça... Après, je me fais une camomille, sinon je suis une boule de nerfs, et toi, mange une cuisse de poulet ; ou plutôt non, il est juste cinq heures... Il vaut mieux prendre une infusion avec moi, avec des gâteaux secs que j'ai là, très légers, des « Express », on m'en donnait enfant quand j'étais malade. Quand il n'y avait pas encore des « Criollitas ».

— Tu m'en donnerais pas un, maintenant ?

— Bien sûr, un, avec de la confiture et tout, mais uniquement celle d'orange ! Heureusement, tout ce qu'on m'a apporté est très digeste, tu peux goûter de tout ; mais pour le moment, pas de confiture de lait. J'allume le réchaud, on va se lécher les babines.

— Et la cuisse de poulet, tu ne me la donnes pas ?

— Attention, un peu de prudence, non ? Il vaut mieux la laisser pour plus tard, comme ça tu pourras te passer de leur ration, au lieu de te jeter dessus, malgré ton dégoût.

— Qu'est-ce que tu veux, après les douleurs, j'ai un de ces creux à l'estomac ; je meurs de faim.

— Écoute. Faisons un marché : tu manges le poulet, non, *les* poulets, tous les deux, mais à la condition que tu ne touches pas à ce que nous donne la prison, puisque c'est ça qui te fait mal.

— D'accord. Mais toi, tu n'en as pas envie ?

— Non, moi les repas froids, ça ne me dit vraiment rien.

— Eh bien ! Je me sens mieux. En plus, boire de la camomille juste avant, quelle bonne idée !

— Ça calme les nerfs, pas vrai ?

— Le poulet, c'était génial, Molina. Et dire qu'il y en a encore pour deux jours.

— Maintenant au dodo, comme ça tu finis de guérir.

— J'ai pas sommeil. Mais dors, toi, ne t'inquiète pas.

— Ne pense pas à des bêtises qui vont te faire mal au ventre.

— Tu as sommeil, toi?

— Entre les deux.

— Il me semble pourtant qu'il manque quelque chose au programme.

— Tiens! Tiens! Je croyais qu'ici, le pervers, c'était moi?

— Il manque un film, blague à part, voilà ce qu'il manque.

— Ah!

— Tu ne te rappelles pas d'un autre du genre de la femme-panthère? Celui-là m'a vraiment plu.

— Des films fantastiques comme ça, il y en a beaucoup.

— Par exemple?

— Voyons... *Dracula, l'Homme-Loup...*

— Quoi d'autre?

— *Le Retour de la femme zombi...*

— Celui-là! Celui-là, je ne l'ai jamais vu.

— J'ai oublié comment ça commence...

— C'est un film amerlo?

— Oui. Mais je l'ai vu il y a des siècles.

— Raconte.

— Laisse-moi me concentrer un peu.

— Et la confiture de lait, c'est pour quand?

— En tout cas, pas avant demain.

— Même pas une petite cuillerée maintenant?

— Non. Je te raconte le film à la place... Comment c'était?... Ah! oui. Ça me revient. C'est une fille de New York qui prend le bateau pour se rendre dans une île des Caraïbes où son fiancé l'attend: ils vont se marier. Une gentille fille, naïve; la nuit, elle se confie au joli capitaine du bateau. Lui, semble fasciné par l'eau noire de la mer; et s'il la regarde, elle, c'est comme pour dire: « Celle-là, elle ne sait pas ce qui l'attend. » Mais, pendant tout le voyage, il n'explique rien. Et puis quand ils sont en vue de l'île, on entend les tambours indigènes et, à les entendre, elle est comme ravie, mais lui la met en garde : parfois, ce qu'ils annoncent, ce sont des sentences de mort *arrêt cardiaque, une vieille femme malade, un cœur s'emplit de l'eau noire de la mer et se noie*

patrouille policière, cache, gaz lacrymogènes, la porte s'ouvre, les mitraillettes pointées, le sang noir de l'asphyxie monte aux lèvres — Continue, pourquoi t'arrêtes-tu ?

— La fille, donc, rejoint son mari ; car en fait, ils s'étaient épousés, par procuration ; ils ne se sont encore vus qu'à New York, et quelques jours. Lui : un veuf américain. L'arrivée dans l'île, quand le bateau jette l'ancre, ça c'est un morceau : divin ! le fiancé attend avec tout un cortège de chars décorés de fleurs, tirés par de petits bourricots ; dans plusieurs des chars, des musiciens jouent des airs très tendres sur ces instruments, tu vois, qui sont comme des tables, avec des lames de bois sur lesquelles on tape avec des maillets. Une musique, moi, qui me va droit au cœur : les notes explosent l'une après l'autre, comme des bulles de savon. Heureusement, on n'entend plus ces tambours, qui ne laissaient présager rien de bon. Tous deux arrivent dans leur maison, à l'écart du village ; c'est la pleine campagne, au milieu des palmiers. L'île elle-même est merveilleuse, vallonnée. Sur les collines poussent des bananeraies. Le garçon ? très agréable à regarder, mais on sent un drame chez lui, il sourit un peu trop, comme une personne de caractère faible. Et, là, il y a un détail qui te met sur la voie, qui t'indique que ça tourne pas rond dans sa tête, car la première chose qu'il fait c'est de présenter la fille au majordome, un quinquagénaire français. Et dans ce moment même, le majordome lui demande de signer des papiers, une affaire d'embarquement de bananes sur le bateau par lequel la fille est arrivée. Le garçon répond : plus tard, mais le majordome insiste, alors le garçon le regarde avec haine, et quand il va signer, sa main tremble, on s'aperçoit qu'il a à peine la force d'écrire. Il fait encore jour, et pendant ce temps, tout le cortège est arrivé, avec ses chars fleuris, dans le jardin, où il attend le couple pour boire à sa santé. On apporte plein de jus de fruits, une délégation de *péons* noirs des plantations de canne à sucre offre même un tonnelet de rhum au patron. Seulement, le majordome, quand il les aperçoit, entre en fureur, se saisit d'une hache, donne des coups sur le baril ; et voilà tout le rhum qui coule par terre.

— Je t'en prie, ne me parle ni de manger ni de boire.

— Et toi, te laisse pas impressionner, chochotte. Alors, la fille se tourne vers le garçon et l'interroge du regard : pourquoi cette furie et ce majordome désagréable ? Mais lui, justement, le garçon, fait au majodorme un signe de félicitation, lève son verre de jus de fruits et boit à la santé des insulaires qui l'entourent. Le lendemain, elle et lui seront mariés pour de bon ; ils iront signer des papiers dans le registre d'état civil de l'île. Mais avant, la fille va passer la nuit toute seule. Le garçon doit se rendre dans des bananeraies lointaines, une plantation très éloignée, pour, dit-il, saluer ses *péons* ; et par sa présence là-bas désarmer les mauvaises langues. Cette nuit-là, donc, la lune brille merveilleusement et donne aux plantes tropicales fabuleuses du jardin un aspect fantastique. Notre fille, qui est en chemise de nuit, satin blanc, avec par-dessus un négligé également blanc et transparent, a envie de faire un tour dans la maison. Elle entre dans le grand salon, dans la salle à manger. A deux reprises, elle remarque des cadres, mais chaque fois, il manque une photo à côté de celle du garçon : sans doute, celle de sa première femme, la morte. Elle continue sa visite, entre dans une chambre féminine : sur la table de nuit et la commode, des napperons de dentelle ; dans la penderie des vêtements fins, sûrement importés. Elle fouille les tiroirs, à la recherche d'une photo de la première femme ; elle ne trouve rien. Juste à ce moment, elle entend quelque chose bouger et voit passer une ombre devant la fenêtre. Elle a très peur ; elle sort dans le jardin, illuminé par la lune ; elle voit une grenouille sauter dans un bassin, elle pense : c'était donc ça, le bruit qu'elle avait entendu, et l'ombre était celle des palmiers agités par la brise. Elle s'enfonce dans le jardin, peut-être pour fuir la chaleur ; mais, là, elle entend à nouveau un bruit. Un bruit de pas. Elle se retourne : juste à ce moment, des nuages cachent la lune et le jardin s'obscurcit. Et voilà qu'on entend au loin... les tambours. On entend aussi, très distinctement cette fois, les pas s'approcher, des pas lents, très lents. La fille tremble de peur ; une ombre est entrée dans la maison par la porte restée ouverte. La pauvre ne sait pas ce qui lui fait le plus peur : rester dans ce jardin tout sombre, ou entrer à l'intérieur ? Elle se décide, elle s'approche de la maison et épie par une fenêtre, mais elle ne voit rien ; elle passe à une autre fenêtre, celle de la chambre de l'épouse morte. Il fait très sombre, elle ne distingue rien – rien sauf une ombre qui glisse dans la chambre, une haute silhouette qui avance la main tendue et qui caresse les objets. Une main très mince et pâle comme celle d'une morte qui caresse, tout près de la fenêtre, sur la commode aux dentelles, une superbe brosse et un miroir au manche d'argent ciselé. La jeune fille est paralysée par la peur ; elle n'ose bouger *la morte qui marche, la somnambule traîtresse, elle parle en dormant et raconte tout, le malade contagieux l'entend, de dégoût il ne la touchera pas, chair blanche de morte* L'ombre sort de la pièce et se dirige vers on ne sait quelle autre partie de la maison. Et la fille entend à nouveau les pas, là, tout près, dans la cour. Elle, alors, se fait toute petite, essaie de se cacher parmi les liserons qui grimpent le long du mur. Le nuage fuit, la lune apparaît ; la cour s'illumine et surgit devant la jeune fille terrorisée, quoi ? une haute silhouette enveloppée d'un peignoir sombre, au visage aussi pâle que celui d'une morte, avec des cheveux blonds emmêlés qui descendent jusqu'à la taille. La fille veut appeler au secours ; la voix lui manque, elle recule mollement, ses jambes ne la portent pas, la lâchent. La femme, qui se tient devant elle, a un regard fixe, un regard qui ne voit pas, un regard perdu, comme celui d'une folle. Elle tend les bras pour toucher l'autre, elle avance lentement, comme quelqu'un de très faible. La jeune fille essaie de fuir encore, sans voir derrière elle une rangée d'arbustes touffus. Elle se tapit là. Et quand elle comprend qu'elle est prise au piège, que l'autre, les bras toujours tendus, continue d'avancer lentement sur elle, elle pousse un cri terrible. Et elle tombe évanouie. Heureusement, quelqu'un va arrêter l'apparition. C'est la négresse si sympathique qui est arrivée au bon moment ; j'ai peut-être oublié de te parler d'elle ? *une infirmière de jour, noire, vieille, bonne, la nuit elle laisse une nouvelle infirmière blanche seule avec le malade gravement atteint, elle l'expose à la contagion*

– Non, tu n'en as pas parlé.

– Cette négresse, c'est en quelque sorte une gouvernante. Une douce grassouillette aux cheveux tout blancs ; dès son arrivée, elle a regardé la jeune fille d'un bon œil. Et quand l'autre revient à elle, la négresse l'a déjà emportée dans sa chambre. Elle lui explique qu'elle a eu un cauchemar. La jeune fille ne sait pas trop s'il faut la croire, mais elle s'apaise quand elle voit cette négresse si rassurante lui apporter une infusion pour dormir, une camomille ou autre chose, je ne m'en souviens plus exactement. Vient le lendemain. C'est le jour du mariage : ils doivent tous aller chez le maire, le saluer, signer les papiers. La fille est en train de s'habiller pour la circonstance ; elle a choisi un tailleur tout à fait simple, par contre la coiffure que lui fait la négresse est une splendeur, une sorte de tresse montée en chignon, comment pourrais-je t'expliquer ? A cette époque, en certaines occasions, on portait les cheveux ainsi, ça faisait suprêmement chic.

– Je ne me sens pas bien... encore la nausée.

– Tu es sûr ?

– Oui, toujours le même symptôme.

– Ce n'est pourtant pas ce que tu as mangé qui a pu te faire mal.

– Tu es fou, je ne me plains pas de ce que tu m'as donné à manger. C'est l'organisme, quelque chose qui m'arrive.

– Tu m'as l'air bien nerveux... N'y pense pas, ça te rend encore plus malade *.

* Freud introduit le terme de *sublimation* comme une variante du concept de refoulement, entendant par là l'opération au moyen de laquelle se canalisent des pulsions libidinales insocialisables. La sublimation serait l'activité – artistique, sportive, laborieuse – qui permet l'emploi d'une libido excessive selon les normes de notre société. Freud fait une différence fondamentale entre refoulement et sublimation, considérant que cette dernière peut être salutaire, dans le cadre du maintien de la civilisation.

Cette position a été attaquée par Norman O. Brown, auteur de *Vie contre*

— Je ne pouvais plus me concentrer sur ce que tu racontais.

— Écoute, pense à autre chose. Je suis sûr que ce repas, là, au moins, était bon. Peut-être que tu es resté sur l'idée des précédents.

— Raconte-moi encore un peu, peut-être que ça va me passer. Je me sens très faible aussi ; j'ai eu le ventre plein tout de suite, vraiment je ne sais pas ce que c'est...

---

mort, qui préconise un retour à la « perversion polymorphe » découverte par Freud, retour qui impliquerait, lui, une élimination totale du refoulement. Une des raisons données par Freud pour défendre un certain refoulement est la nécessité de maîtriser les pulsions destructrices de l'homme ; Brown et Marcuse réfutent cet argument en soutenant que les pulsions agressives n'existent pas comme telles dès lors que les pulsions proprement libidinales — préexistantes — trouvent le moyen de se réaliser, c'est-à-dire de se satisfaire.

Une critique contre Brown part de la supposition qu'une humanité sans garde-fou, c'est-à-dire sans refoulement, ne pourrait organiser aucune forme d'activité durable. C'est là que Marcuse intervient avec le concept de « surplus de refoulement », ce terme désignant la part du refoulement sexuel destinée à maintenir le pouvoir de la classe dominante, et d'aucune façon indispensable pour maintenir une société organisée couvrant les besoins humains. L'avantage des thèses de Marcuse par rapport à celles de Freud consiste dans le fait que Freud tolère un certain type de refoulement en vue de préserver la société contemporaine, alors que Marcuse considère comme fondamental le changement de cette société, sur la base d'une évolution qui tienne compte des pulsions sexuelles originelles.

Telle est la base de l'accusation que les représentants des nouvelles tendances formulent à l'égard des orthodoxes freudiens ; accusation selon laquelle ces derniers auraient cherché — avec une impunité qui s'est trouvée notablement entamée à la fin des années soixante — à faire assumer par les patients leur conflit personnel pour faciliter leur adaptation à la société répressive dans laquelle ils vivent, et non pour qu'ils prennent conscience de la nécessité de changer cette société.

Dans *l'Homme unidimensionnel*, Marcuse affirme qu'à l'origine l'instinct sexuel ne connaissait pas de limites temporelles et spatiales de sujet ou d'objet, la sexualité étant, de par sa nature, perverse polymorphe. En allant encore plus loin, Marcuse donne comme exemple de surplus de refoulement non seulement notre totale concentration sur la copulation génitale mais aussi des phénomènes tels que la répression de l'odorat et du goût dans la vie sexuelle.

Pour sa part, Dennis Altman, commentant favorablement dans le livre déjà cité les affirmations de Marcuse, ajoute que la libération ne devrait pas seulement éliminer la contention sexuelle, mais aussi procurer la possibilité pratique de réaliser les désirs. Il soutient que ce que l'on considérait naguère comme

— C'est ça, tu es très faible, tu as mangé beaucoup trop vite, sans presque mâcher.

— Depuis mon réveil, je pense toujours à la même chose, c'est ça qui fait mon malaise, ça ne m'arrive pas quand je peux étudier. Mais ça, je ne peux pas me l'enlever de la tête.

---

normal et instinctif, en particulier dans la structuration familiale et dans les relations sexuelles, est, en fait, acquis. Il serait donc nécessaire de désapprendre ce que jusqu'à maintenant on a considéré comme naturel, y compris les attitudes compétitives et agressives hors du champ de la sexualité. Dans cette même ligne, la théoricienne de la libération féminine, Kate Millet, écrit, dans *Politique sexuelle*, que le but de la révolution sexuelle devrait être une liberté sans hypocrisies, non corrompue par les bases économiques — le lien avec l'exploitation — des alliances sexuelles traditionnelles, c'est-à-dire du mariage.

Passant du négatif au positif, Marcuse préconise non seulement une libre réalisation de la libido, mais aussi la transformation de celle-ci : autrement dit, le passage d'une sexualité circonscrite à la suprématie génitale à une érotisation de la personnalité entière. Il croit à une expansion plus qu'à une explosion de la libido ; une expansion qui arriverait à couvrir d'autres sphères d'activités humaines, sociales et privées, par exemple les activités professionnelles. Il regrette que toute la force de la moralité civile ait été mobilisée contre l'usage du corps comme un pur objet, moyen et instrument de plaisir, cette chosification étant considérée comme un tabou et reléguée au privilège méprisable des prostituées, des vicieux et des pervers.

A l'inverse, J.C. Unwin, l'auteur de *Sexe et Culture*, après avoir étudié les règles de mariage de quatre-vingts sociétés non « civilisées », semble appuyer l'hypothèse très répandue selon laquelle la liberté sexuelle conduit à la décadence sociale ; il rejoint la psychanalyse orthodoxe selon laquelle, si l'individu ne succombe pas à la nécrose, la continence sexuelle imposée peut aider à canaliser les énergies sur des voies socialement utiles. Unwin conclut de son étude exhaustive que l'établissement des premières bases d'une société organisée, son développement ultérieur et son expansion, c'est-à-dire les caractéristiques historiques de toute société en essor, se présentent seulement à partir du moment où s'implante la répression sexuelle. Tandis que les sociétés où sont permises des relations sexuelles libres — prénuptiales, extraconjugales et homosexuelles — demeurent dans un sous-développement quasi animal. Mais en même temps, Unwin écrit que les sociétés strictement monogames et fortement répressives ne réussissent pas à survivre longtemps, et que si elles y parviennent en partie, c'est au moyen de la soumission morale et matérielle de la femme. C'est pourquoi finalement, Unwin estime qu'entre l'angoisse suicidaire qui naît de la minimisation des besoins sexuels et l'extrême opposé — le désordre social par incontinence sexuelle —, on devrait trouver une voie raisonnable qui constituerait la solution. C'est-à-dire l'élimination du surplus de refoulement dont parle Marcuse.

— Qu'est-ce que c'est ?

— De ne pas pouvoir répondre à la camarade... tandis qu'avec Marta, c'est possible. Et ça me ferait du bien de lui écrire ; mais je ne sais pas quoi lui dire. Peut-être ce serait mal, et puis, à quoi bon ?

— Je continue à raconter. Où en étions-nous ?

— On était en train d'habiller la jeune fille.

— Ah ! oui, et on la peigne, avec une coiffure...

— En chignon ! Je sais, mais qu'est-ce que ça peut me faire ? Tu me détailles des choses qui n'ont aucune importance *une figure de proue maquillée, un direct du droit, une figure de proue en verre qui se brise, éclate en morceaux, le poing n'est pas blessé*

la somnambule traîtresse et l'infirmière blanche, dans l'obscurité, fixement, le malade contagieux les regarde — C'est la meilleure ! Tais-toi et laisse-moi faire, je sais ce que je dis. En commençant par le chignon qui, tu entends, a son importance, parce que les femmes se le font, ou se le faisaient, à cette époque, seulement quand elles voulaient réellement donner l'impression qu'était venu un moment important pour elles, un rendez-vous important, parce que le chignon, découvrant la nuque et prenant tous les cheveux vers le haut, ça donne de la noblesse au visage de la femme, non ? Avec cette masse de cheveux en l'air, la négresse lui fait une tresse, et lui met sur le côté tout un ornement de fleurs. Quand la fiancée sort, bien que l'histoire se passe de nos jours, on la voit monter dans une petite calèche, divin, ça !, tirée par deux bourricots, et à son passage, tout le village lui sourit, comme si elle était sur le chemin du bonheur... Ça passe un peu ?

— J'ai l'impression que oui, mais continue.

— La négresse et elle sont dans la calèche ; sur le perron d'une maison, style colonial, qui est la mairie, le fiancé attend. Ensuite, il y a un très beau plan. C'est la nuit, elle est couchée dans un hamac et lui s'agenouille pour l'embrasser. On voit leurs deux têtes éclairées par la pleine lune qui glisse entre les palmes. L'expression ? celle de deux êtres profondément amoureux. Ah ! mais j'oubliais de te dire quelque chose d'important, c'est que tandis que la négresse peignait la fille...

— Encore le chignon ?

— Bon Dieu, ce que tu es nerveux ! Si tu n'y mets pas un peu du tien, tu ne pourras pas te calmer...

— Excuse. Continue.

— La jeune fille a interrogé la négresse. Elle lui demande où son fiancé a passé la nuit. La négresse dissimule mal une crainte ; elle explique bien qu'il est allé saluer les gens des bananeraies, jusque dans la plantation la plus éloignée ; là-bas, la majorité des *péons* croient... au vaudou. La jeune fille sait ce que c'est : une religion des Noirs, elle aimerait assister à leurs cérémonies, elles doivent être si belles, avec beaucoup de musique et de couleurs. A ces paroles, la négresse fait une grimace de peur et lui recommande de se tenir à l'écart de tout ça : c'est une religion si sanguinaire parfois. Et puis... Là, la négresse reste silencieuse. L'autre lui demande ce qu'elle a. Et la négresse enfin révèle une légende maléfique : elle n'est pas sûre que ça existe encore, mais elle en a réellement peur ; c'est la légende des zombis. Zombi ? répète surprise la fille. La négresse lui fait signe de ne pas prononcer ce mot à voix haute, à peine si on peut le murmurer. Elle lui explique que les sorciers, à l'aide d'un poison, tuent et ramènent à la vie les cadavres juste avant qu'ils ne deviennent complètement froids. Ça fait des morts-vivants qui n'ont plus de volonté, qui obéissent à tous les ordres que leur donnent les sorciers. Ils les font, par exemple, travailler. Les pauvres morts-vivants, les zombis, n'ont plus d'autre volonté que celle du sorcier. La négresse raconte qu'ici même, dans les plantations, il y a bien des années, de pauvres *péons* s'étaient révoltés contre leurs maîtres : ils étaient si mal payés. Alors les maîtres s'étaient mis d'accord avec le sorcier principal de l'île pour qu'il les tue et les transforme en zombis. Après les avoir tués, ils les ont fait travailler dans les bananeraies, mais pendant la nuit, afin que les autres ne s'en aperçoivent pas. Les zombis ne parlent pas, ne pensent pas, mais ils souffrent, bien sûr, car parfois, quand la lune les éclaire et qu'ils sont en plein travail, on voit tomber leurs larmes. Ils ne se plaignent pas, les zombis ne parlent pas, ils n'ont plus de volonté, la seule chose qu'ils peuvent faire, c'est obéir, et souffrir. Soudain, la fille demande, se rappelant le rêve qu'elle croit avoir eu la nuit précédente, s'il n'y a pas aussi des femmes zombis. La négresse répond sans conviction ; elle ne croit pas qu'il y ait des femmes zombis, elles n'auraient pas assez de force pour les rudes travaux des champs. La jeune fille demande encore si son fiancé prend tout ça, ou non, au sérieux. La négresse répond que non, mais explique qu'il convenait quand même, pour rester en bons termes avec les *péons*, que le garçon aille demander aux sorciers leur bénédiction. La conversation s'arrête là ; et comme je te disais, on voit ensuite le couple durant sa nuit de noces. Bonheur. Pour la première fois, il y a dans le regard du garçon une sorte de paix ; on entend les cri-cri des bestioles du jardin, et l'eau des fontaines. Ensuite, on les voit dans leur lit ; ils dorment. Mais quelque chose les réveille. C'est le tam-tam qu'ils entendent au loin et qui résonne de plus en plus fort. Elle tremble, un frisson parcourt son corps *ronde nocturne d'infirmières, température et pouls normal, coiffe blanche, bas blancs, bonne nuit au patient* Ça va mieux ?

— Un peu... mais j'arrive à peine à suivre le fil *la nuit longue, la nuit froide, longues pensées, froides, éclat des vitres brisées*

— Alors... je ne t'en raconte pas davantage *l'infirmière stricte, coiffe très haute, amidonnée, sourire léger un peu railleur*

— Si, tu me distrais et je vais mieux, continue, je t'en prie *la nuit longue, la nuit glacée, les murs verts d'humidité, attaqués de gangrène, le poing blessé*

— Où on en était, déjà ?... On entend au loin les tambours et le garçon change d'expression, il ne se sent pas tranquille, il ne peut pas dormir, il se lève. La fille ne dit rien, ne bouge pas, elle fait celle qui dort, mais elle écoute et entend le grincement d'une petite porte du buffet qui s'ouvre ; puis plus rien. D'abord, elle n'ose pas se lever pour aller voir ; mais comme lui tarde à revenir, elle se décide et le trouve affalé dans un fauteuil, complètement saoul. Elle regarde les meubles ; son attention est attirée par un petit secrétaire resté ouvert. A l'intérieur, tient juste une bouteille de cognac vide. Elle voit aussi sous la bouteille des choses entassées : des lettres et des photos. Le garçon a près de lui une autre bouteille à moitié pleine. La fille se demande d'où il l'a tirée, puisqu'il n'y a pas de boissons alcoolisées dans toute la maison. Elle ramène son mari à grand-peine dans sa chambre, se couche à côté de lui, le réconforte ; elle l'aime, il n'est plus seul. Lui, la regarde avec reconnaissance et s'endort. Elle essaie aussi de dormir ; mais elle n'y parvient plus. Elle, si contente auparavant, de le voir saoul, ça la préoccupe. Et elle se dit que le majordome a eu raison de briser le tonnelet de rhum. Elle enfile son peignoir et va vers le secrétaire, pour y regarder les photos. Elle est intriguée, curieuse, elle va voir enfin une image de la première femme. Mais en arrivant, surprise : le secrétaire est fermé à clé. Qui a bien pu le fermer ? Autour d'elle, tout est plongé dans la plus profonde obscurité, un grand silence règne, troublé pourtant par les tambours qu'on entend encore au loin. Elle ferme les fenêtres pour ne plus les entendre ; juste à ce moment, ils cessent de retentir, comme si l'on épiait ses gestes à des kilomètres de là. Arrive le lendemain : lui, on dirait qu'il ne se souvient de rien, il la réveille avec le petit déjeuner ; et souriant, lui annonce qu'il va l'emmener faire un tour dans l'île. Elle se sent gagnée par tant de bonheur, et les voici roulant en décapotable, sous les tropiques. On entend une joyeuse musique de fond, genre calypso, tandis qu'ils parcourent des plages divines, des palmeraies avec des rochers qui surplombent la mer, des jardins naturels aux fleurs gigantesques. Là arrive la scène sexy : après la promenade, elle a envie de se baigner. Le soleil chauffe, mais elle a oublié d'apporter un maillot de bain. Il la rassure : elle peut se baigner nue. Ils s'arrêtent ; elle se déshabille derrière des rochers et on la voit, au loin, courir nue vers la mer. Ensuite, tous deux s'étendent sur la plage, sous les palmiers, elle est vêtue d'une sorte de paréo fait avec la chemise du garçon. Lui en pantalon, rien d'autre, pieds nus. Tu vois, au cinéma, c'est toujours comme ça : on ne sait pas d'où ni pourquoi, mais on entend une chanson, qui dit que l'amour ça se gagne, que derrière un sentier obscur, semé d'embûches, l'amour attend tous ceux qui luttent jusqu'au bout. La jeune femme et son mari, à nouveau enchantés, ont tout oublié. Au crépuscule, ils rentrent. Lorsqu'ils gravissent la pente d'un chemin, on découvre en contrebas, éclairée par le soleil déjà rouge feu, une vieille maison coloniale, charmante, mais mystérieuse, presque cachée par des plantes envahissantes. La femme dit qu'elle aimerait un jour visiter cette maison, et demande si elle est abandonnée. Le garçon devient très nerveux et répond brusquement ; elle ne doit jamais s'approcher de cette maison, sous aucun prétexte ; un autre jour, il lui dira pourquoi *l'infirmière de nuit n'a pas d'expérience, l'infirmière de nuit est somnambule, est-elle endormie ou éveillée ? le tour de nuit est long, elle est seule, il ne sait à qui demander secours* Ce que tu es silencieux ! tu ne fais pas de commentaires ?

— Je suis inquiet, continue, penser à autre chose me fait du bien.

— Attends, j'ai perdu le fil.

— Comment peux-tu avoir à l'esprit tous ces détails ? *le cerveau creux, le crâne de verre, plein d'images de saints et de putes, quelqu'un lance le cerveau de verre contre le mur, le cerveau de verre se brise, les images tombent par terre*

— Le garçon est resté nerveux depuis l'incident de la maison abandonnée. Malgré une si belle promenade, la fille est préoccupée de le voir dans un état pareil. Au retour, le garçon prend une douche. Pendant ce temps, elle cherche dans ses vêtements la clé du secrétaire qu'elle voulait fouiller. Dans une des poches du pantalon, elle trouve un porte-clés, se dirige à la hâte vers le secrétaire. L'étui ne contient qu'une seule clé, minuscule, elle l'essaie ; c'est bien celle-là. Elle ouvre. Il y a là une bouteille de cognac, pleine, qui a pu l'y mettre ? Depuis la veille, elle n'a pas quitté, fût-ce une minute, son mari, ce n'est donc pas lui qui l'a placée là, elle l'aurait vu. Sous la bouteille, il y a des lettres, des lettres d'amour, les unes écrites par lui, les autres sûrement par sa première femme ; au-dessous, plusieurs photos de lui et d'une femme ; la première ? Notre héroïne scrute ce visage : il ne lui est pas inconnu, elle croit même le reconnaître. Elle est sûre d'avoir vu ce visage auparavant, quelque part, mais où ? Les photos révèlent une femme qui attire d'emblée l'attention, une femme très grande, aux longs cheveux blonds. La fille feuillette le paquet de photos et tombe en arrêt sur un portrait, aux dimensions plus grandes : les yeux sont très clairs, le regard un peu perdu. Alors elle se souvient ! Elle se souvient : c'est la femme qui la poursuivait dans son cauchemar, la femme au visage de folle, habillée de noir jusqu'aux pieds... A ce moment, elle n'entend plus l'eau de la douche ; elle a peur que son mari la surprenne fouillant dans ses affaires ; en vitesse, elle essaie de tout ranger : les lettres sur les photos, la bouteille sur les lettres, elle ferme à clé et d'un pas rapide regagne la chambre. Il est déjà là ! enveloppé dans une immense serviette de bain, le sourire aux lèvres. Moment de panique, elle ne sait pas quoi faire, alors pour le distraire, détourner son attention, elle lui propose de lui sécher le dos *la pauvre infirmière n'a pas de chance, on lui donne le plus grand malade cette nuit, elle craint qu'il ne meure ou qu'il ne la tue, plus fort que jamais le danger de contagion* avant qu'il ne s'habille. Mais le plus terrible, c'est qu'elle a le porte-clés entre les doigts, il va s'en apercevoir. D'une main, elle lui sèche le dos ; en même temps, elle regarde le pantalon, qui est jeté sur une chaise, et elle ne sait comment faire pour y glisser la clé. Alors, elle a une idée ; elle aimerait bien le peigner. Lui n'est pas contre, mais le peigne est resté dans la salle de bains, il faut qu'elle aille l'y chercher. Elle s'en sort en disant que ce n'est pas du tout galant de lui demander ça, et bref c'est lui qui va chercher le peigne. Elle a juste le temps de remettre la clé à sa place. Quand il revient, elle le peigne et caresse son dos nu. Soulagée, la pauvre respire enfin. Les jours passent, et se répètent les mêmes scènes : le garçon n'arrive pas à trouver le sommeil, il se lève à minuit, la fille, qui a peur d'en parler avec lui, fait semblant de dormir, au petit matin elle se lève, le trouve affalé dans son fauteuil, ivre mort et le ramène au lit. Et chaque matin elle regarde : une nouvelle bouteille, pleine, se trouve dans le secrétaire. Qui donc, chaque fois, l'apporte là ? La fille n'ose rien lui demander ; quand chaque soir il rentre des plantations, il est si content de la retrouver, occupée à broder en l'attendant. Mais à minuit, on entend de nouveau les tambours. On dirait que quelque chose l'obsède, il ne peut trouver le sommeil qu'en se saoulant. La fille s'inquiète de plus en plus ; une fois où le garçon est dehors, elle essaie de parler avec le majordome, de lui tirer les vers du nez, de savoir pourquoi son mari est parfois si nerveux. Le majordome, avec un soupir de résignation, répond qu'il y a beaucoup de problèmes avec les *péons*, etc. ; et en fin de compte, il ne révèle rien. Un jour encore, le mari annonce à sa femme qu'il part toute la journée vers la plantation la plus éloignée avec le majordome et qu'il ne rentrera que le lendemain. Alors elle décide d'aller, seule, en marchant, jusqu'à la fameuse maison abandonnée ; elle y apprendra quelque chose, elle en est sûre. Après avoir pris le thé sur le coup de cinq heures, quand le soleil n'est plus trop chaud, le mari et le majordome partent. Aussitôt, elle sort aussi, cherchant le chemin de la maison abandonnée ; mais elle se perd. Il se fait tard, il fait déjà presque nuit quand elle parvient à la colline d'où l'on apercevait la maison. Elle hésite entre revenir ou poursuivre, mais la curiosité l'emporte, elle continue. A l'intérieur, il y a une lumière allumée, ça la rassure. En arrivant à la maison, qui est effectivement à moitié cachée par des plantes sauvages, c'est le silence total. Elle voit par les fenêtres, sur une table, une bougie. Elle se risque à ouvir la porte et jette un coup d'œil à l'intérieur : dans un coin, un autel vaudou, avec d'autres bougies allumées. Elle franchit le seuil et pour voir ce qu'il y a sur l'autel, elle s'en approche ; il y a là une poupée aux cheveux noirs, avec une aiguille plantée au milieu de la poitrine. La poupée est habillée d'un chiffon imitant la robe qu'elle-même portait le jour de son mariage. Du coup, elle manque s'évanouir d'épouvante, et veut s'enfuir. Mais qui voit-elle à la porte ?... un nègre immense, aux yeux exorbités, au regard de fou, qui la fixe et qui, vêtu seulement d'un pantalon râpé, lui barre la sortie. Tout ce qu'elle peut faire, pauvre petite, c'est pousser un cri d'horreur. Le nègre est un zombi ; un mort-vivant. Il approche d'elle, les bras tendus, comme faisait la femme l'autre nuit, dans le jardin. La fille hurle à nouveau, elle se précipite dans une autre pièce, ferme à clé derrière elle. La salle est dans une demi-obscurité, la fenêtre en partie masquée par des buissons laisse pénétrer juste un peu de lumière, celle du crépuscule. Lorsqu'elle s'habitue à la pénombre, la jeune femme aperçoit un lit. Et soudain elle tremble ; les sanglots et la peur l'étouffent ; elle a vu sur le lit quelque chose qui bouge... et c'est quoi ?... cette femme pâle, décoiffée, les cheveux tombant jusqu'à la taille, avec le même chiffon noir qui l'enveloppe, cette femme se lève, la regarde, et s'approche. La pièce est sans issue. Enfermée. La fille voudrait mourir de peur une fois pour toutes. Elle ne peut même plus crier. Et puis voilà, tout à coup, de la fenêtre, on entend une voix qui ordonne à la femme zombi de s'arrêter, de se recoucher : c'est la bonne négresse. Elle recommande à la fille de ne plus avoir peur ; elle va entrer, la protéger. La fille ouvre la porte, la négresse la prend dans ses bras, la rassure ; derrière, dans l'encadrement de la porte, à l'entrée de la maison, le géant noir obéit à tout ce que lui ordonne la vieille, de veiller sur la jeune femme, et surtout de ne pas l'attaquer. La femme zombi, celle aux cheveux ébouriffés, se recouche sur l'ordre de la négresse. Alors la négresse, affectueusement, prend la fille par les épaules, annonce qu'elle va l'accompagner chez elle. Chemin faisant, dans la carriole que tirent des ânes, elle va tout lui raconter. Ce que la fille a déjà compris, c'est que la morte-vivante aux cheveux blonds, longs jusqu'à la taille... est la première femme de son mari. Bref, la négresse commence son récit *l'infirmière tremble, le malade la regarde, lui demande-t-il de la morphine ? lui demande-t-il des caresses ? Peut-être veut-il que la contagion soit fulgurante, mortelle ?*

le crâne de verre et tout le corps également, facile à briser une poupée de verre, des bouts de verre aiguisés, froids, dans la nuit froide, humide, gangrène aux mains tailladées par un coup de poing – Tu ne m'en voudras pas si je te dis une chose ?

le patient se lève et marche la nuit, pieds nus, il prend froid, son état empire – Quoi ? Vas-y.

le crâne de verre plein d'images de saints et de putes, de vieilles images jaunies, visages morts dessinés sur du papier froissé, dans ma poitrine des images mortes, de verre, aiguisées, tailladent, infectent, gangrènent la poitrine, les poumons, le cœur – C'est de la déprime, j'arrive à peine à suivre ce que tu racontes. Il me semble que si nous continuions demain ce serait mieux, tu penses pas ? Comme ça, nous pouvons parler d'autre chose pour le moment.

– De quoi veux-tu que nous parlions ?

– Je suis si mal foutu... tu ne peux pas t'imaginer. Et troublé... Maintenant, j'y vois un peu plus clair : c'est ce que je te disais, j'ai très peur pour la camarade, celle qui est en danger... mais celle dont je veux avoir des nouvelles, celle que j'ai envie de voir, ce n'est pas elle. Pas elle non plus que j'ai envie de toucher, d'embrasser. J'ai mal, mon corps me fait mal de cette envie que j'ai... de la sentir près de moi. Il me semble qu'elle seule, Marta, pourrait me faire revivre. Je me sens mourir, je te jure. J'ai l'impression qu'elle, elle seule, pourrait.

– Continue, je t'écoute.

– Tu vas rire de ce que je vais te demander.

– Sûrement pas.

– Si ça ne te gêne pas, allume la bougie... J'aimerais te dicter une lettre pour elle, pour celle que tu sais. La tête me tourne dès que je fixe mon regard.

– Mais qu'est-ce que ça peut bien être ? Peut-être autre chose que tes maux de ventre...

– Non, je suis à bout, il faut que je me délivre. Tu comprends ? Je n'en peux plus. Cet après-midi, j'ai essayé de lui écrire, mais les lettres dansaient sous mes yeux.

– Attends que je trouve les allumettes.

– Tu es bon avec moi.

– Voilà. On fait d'abord un brouillon sur un bout de papier, ou comme tu voudras ?

— Oui, un brouillon d'abord, parce que je ne sais pas bien quoi lui dire. Prends mon stylo-bille.

— Attends que je taille mon crayon.

— Non, prends mon stylo-bille, je te dis.

— Bon ; mais ne t'énerve pas.

— Excuse-moi, ça va pas.

— Dicte.

— Chère... Marta : tu seras surprise... de recevoir cette lettre. Je me sens... seul, j'ai besoin de toi, je voudrais parler avec toi, je voudrais... être près de toi... que tu me dises... au moins un mot d'encouragement. Je suis dans ma cellule, qui sait où tu peux être, toi, à cette heure... et comme tu dois être, et à quoi tu dois penser, et de quoi tu auras besoin... Je vais t'écrire cette lettre, même si je ne te l'envoie pas, car qui sait ce qui se passera... laisse-moi te parler... j'ai peur... que quelque chose explose au fond de moi... si je ne me délivre pas un peu. Si nous pouvions parler, tu me comprendrais...

— ... « tu me comprendrais »...

— Pardon, Molina, comment c'était, là où j'ai dit que je ne lui enverrai pas la lettre ? Relis-moi, je t'en prie.

— « Je vais t'écrire cette lettre, même si je ne te l'envoie pas. »

— Ajoutes-y, je te prie : « ... Mais si, je vais te l'envoyer. »

— « Mais si, je vais te l'envoyer. » Continue. Nous en étions à « si nous pouvions parler, tu me comprendrais ».

— ... tandis qu'en ce moment, je ne pourrais pas me présenter devant mes camarades et leur parler, j'aurais honte d'être si faible... Marta, je sens que j'ai le droit de vivre un peu plus ; que quelqu'un passe un peu de... miel sur mes blessures...

— Continue.

— ... au fond de moi je ne suis que plaies, et toi seule peux me comprendre... parce que toi aussi, tu as été élevée dans une maison à toi, propre et confortable, pour jouir de la vie, et moi, comme toi, je ne me résigne pas à être un martyr, Marta, j'enrage d'être un martyr, je ne suis pas un bon martyr, et en ce moment je me demande si je ne me suis pas trompé en tout... On m'a torturé, et je n'ai rien avoué... bien sûr, cela m'aidait de n'avoir jamais su le vrai nom de mes camarades, je leur ai dit les noms de guerre, ça ne les avançait à rien du tout ; mais au fond de moi, il y a quelqu'un d'autre qui... depuis des jours, sans trêve, me torture... C'est que je demande justice, tu vois, c'est absurde ce que je te dis là, je demande qu'il y ait une justice, que la providence intervienne... parce que je ne mérite pas de pourrir pour toujours dans cette cellule, ou plutôt je sais, maintenant je vois plus clair, Marta, j'ai peur parce que je suis malade... et j'ai peur... une peur terrible de mourir... et que tout en reste là, que ma vie soit réduite à ce peu de chose, parce que je pense que je ne le mérite pas, que j'ai toujours agi avec générosité, que je n'ai jamais exploité personne... et que j'ai lutté, depuis que j'ai eu un peu de lucidité... contre l'exploitation de mes semblables... Et moi, qui ai toujours gueulé contre les religions, parce qu'elles égarent les gens et les empêchent de lutter pour l'égalité... j'ai soif de justice... divine. Je suis en train de demander qu'il y ait un Dieu... écris-le avec une majuscule, Molina, je te prie...

— Continue.

— Qu'est-ce que je disais ?

— « Je demande qu'il y ait un Dieu. »

— ... un Dieu qui me voie, et m'aide, parce que je veux me retrouver un jour dans la rue, et que ce soit bientôt, et ne pas mourir. Parfois, il me vient à l'esprit que jamais, jamais plus je ne toucherai une femme, et je ne peux pas m'y résigner... Et quand je pense aux femmes... je ne vois en imagination que toi, et ce serait presque un soulagement de croire qu'en ce moment, d'ici à ce que j'achève cette lettre, tu vas penser à moi... et promener ta main sur ton corps, que je me rappelle si bien...

— Attends, ne va pas trop vite.

— ... sur ton corps que je me rappelle si bien, et tu penseras que c'est ma main... et quelle grande consolation ce serait comme de te toucher moi-même, parce qu'un peu de moi est resté en toi, n'est-ce pas ? comme ton parfum est resté dans mes narines... et sous la pulpe de mes doigts, j'ai l'impression de conserver ta peau... comme mémorisée, tu me comprends ? Quoiqu'il ne s'agisse pas de comprendre... mais de croire, et parfois je suis convaincu d'avoir pris un peu de toi... et de ne pas l'avoir perdu, et parfois non, et dans ces cas-là, je sens que dans ma cellule il n'y a que moi tout seul...

— « ... que moi tout seul... ». Continue.

— ... et que rien ne laisse de trace, et que la chance d'avoir été si heureux près de toi, d'avoir passé ces nuits, ces après-midi, ces matins de jouissance, maintenant, cela ne me sert à rien, au contraire, tout cela se retourne contre moi... parce que je me languis de toi comme un fou, et la seule chose que j'éprouve c'est la torture de ma solitude, et dans mes narines je n'ai que l'odeur écœurante de la cellule, et de moi-même... je ne peux pas me baigner parce que je suis malade, affaibli, l'eau froide pourrait provoquer une pneumonie, et sous la pulpe des doigts ce que je sens, c'est le froid de la peur de mourir, et dans mes os je sens déjà ce froid-là... Que c'est terrible de perdre l'espoir ; et c'est ce qui m'est arrivé... Le bourreau que j'ai au fond de moi me dit que tout est fini, que cette agonie est ma dernière expérience sur terre... et voilà que je parle comme un chrétien, comme s'il y avait après une autre vie, alors qu'il n'y en a pas, n'est-ce pas, il n'y en a pas...

— Tu me permets de t'interrompre ?...

— Qu'est-ce qu'il y a ?

— Quand tu auras fini de me dicter ta lettre, rappelle-moi de te dire une chose.

— Quoi ?

— Qu'on pourrait faire une chose...

— Quoi ? Dis.

Tu dis que si tu prends une douche glacée, tu mourras, faible comme tu l'es.

— Et qu'est-ce qu'on peut y faire ? Merde !

— Je pourrais t'aider à te laver. Écoute, on chauffe de l'eau dans la casserole, il y a deux serviettes, on savonne l'une et tu te la passes par-devant, je te la passe dans le dos, et avec l'autre serviette humide tu t'enlèves le savon.

— Et comme ça, mon corps ne me piquerait plus ?

— Bien sûr. On peut procéder par petits bouts, comme ça tu ne prendras pas froid, d'abord le cou et les oreilles, puis sous les bras, les bras, la poitrine, ensuite le dos, et ainsi de suite.

— Vraiment, tu ferais ça ?

— Bien sûr, Valentin.

— Quand ?

— Tout de suite, si tu veux je mets l'eau à chauffer.

— Et après, je pourrai dormir tranquille, sans démangeaison ?

— Tranquille, sans démangeaison. L'eau chauffe en un instant.

— Mais l'essence est à toi, et on la gaspille.

— Peu importe. Finissons la lettre en attendant.

— Donne-la-moi.

— Pourquoi la veux-tu ?

— Donne-la-moi, je te dis, Molina.

— Tiens !

— ...

— Hé là ! Pourquoi tu la déchires ?

— C'est mal de se laisser aller au désespoir...

— Mais c'est bien de se libérer. C'est toi qui me le disais, non ?

— Mais moi, ça me fait mal. Moi, je dois résister...

— ...

— Tu es vraiment bon avec moi, merci de tout cœur. Peut-être un jour je pourrai te montrer ma reconnaissance. Mon Dieu... toute cette eau que tu vas gaspiller !

— Il faut... Ne sois pas bête, tu n'as à me remercier de rien.

— Molina ? Regarde l'ombre que fait le réchaud.

— Oui, je regarde toujours ça, pas toi ?

— Non, je ne m'étais pas rendu compte.

— Je passe mon temps à regarder ces ombres pendant que le réchaud est branché.

10

— Bonjour.

— Bonjour !

— Quelle heure est-il ?

— Dix heures dix. Tu sais, ma mère, la pauvre, je la surnomme parfois dix heures dix parce qu'elle marche les pieds en dehors.

— Il est si tard que ça ?

— Oui, Valentin. Quand ils ont ouvert pour nous apporter le maté, tu t'es retourné dans ton lit et tu as continué à dormir.

— Que disais-tu de ta vieille ?

— Tu vois bien que tu dors. Rien. As-tu bien dormi, cette fois ?

— Oui, je me sens mieux.

— La tête ne te tourne pas ?

— Non... Et j'ai dormi comme une souche. Je m'assois sur mon lit et je te jure que je ne sens rien, aucun vertige.

— Formidable... Pourquoi n'essaies-tu pas de marcher un peu, pour voir ?

— Non, parce que tu vas rire.

— De quoi ?

— Il m'arrive quelque chose.

— Quoi ?

— Quelque chose qui arrive à un homme en bonne santé, voilà tout. Quand il se réveille le matin et qu'il a un excès... d'énergie.

— Tu bandes ? Formidable...

— Regarde de l'autre côté, ça me gêne...

— D'accord, je ferme les yeux.

— C'est grâce à ta nourriture. Sinon, je ne me serais jamais rétabli.

— Et à part ça ? des vertiges ?

— Non... rien du tout, j'ai les jambes molles, mais aucun vertige.

— Formidable...

— Tu peux regarder maintenant. Je reste encore un moment allongé.

— Je mets de l'eau à chauffer pour te faire du thé ?

— Réchauffe-moi le maté et c'est tout.

— Tu es fou, je l'ai jeté en allant aux toilettes, si tu veux te rétablir tu ne dois absorber que des produits de qualité.

— Tu sais, j'ai honte de gaspiller ton thé, et tout le reste. Cela ne peut pas continuer ; maintenant, je suis bien.

— Tais-toi. Maintenant il n'y a plus de problèmes, puisque ma mère m'apporte des choses, de nouveau.

— Mais c'est trop.

— Il faut savoir recevoir, tu crois pas ? Tu es trop compliqué. Va aux toilettes pendant que je fais le thé. Mais avant que tu te lèves, je demande qu'on nous ouvre, comme ça tu ne prendras pas froid. Quand tu reviendras je continue, si tu veux, le film des zombis ; tu n'as pas envie de savoir comment ça continue ?

— Je vais d'abord étudier un peu, essayer de reprendre la lecture, je me sens mieux maintenant.

— Déjà ? Ce ne sera pas un trop gros effort ?

— On verra bien.

— Eh bé, toi, on peut dire que tu es fana.

— Pourquoi soupires-tu comme ça ?

— Il n'y a pas moyen, les lettres dansent devant moi, Molina.

— Ah ! tu vois que j'avais raison ?

— De toute façon, ça ne coûte rien d'essayer.

— Tu as des vertiges ?

— Non, c'est seulement en lisant : je n'arrive pas à fixer le regard.

— Tu sais ce que c'est ? c'est la fatigue du matin, tu n'as bu que du thé, c'est de ta faute, tu n'as pas voulu manger le jambon et le pain.

— Tu crois ?

— Bien sûr, tu verras, après avoir déjeuné, tu feras la sieste, et ensuite tu pourras étudier.

— Je suis très fatigué, tu ne peux pas t'imaginer. J'ai envie de me remettre au lit.

— On dit que le lit affaiblit. Il faut que tu essaies de te fortifier en restant debout, ou du moins assis.

— Continue le film.

— Tu sais ce que je vais faire ?... Je mets déjà les pommes de terre à bouillir, ça prend des siècles.

— Que vas-tu faire ?

— Nous avons déjà du jambon ; j'ouvre la petite boîte d'huile d'olive, et nous mangeons des pommes de terre bouillies, avec un filet d'huile d'olive et du sel, en plus du jambon : plus sain, ce n'est pas possible.

— On en était restés au moment où la négresse allait raconter à la fille toute l'histoire de la zombi, la morte-vivante.

— Ça te plaît, avoue.

— Oui, celui-là est amusant.

— Oh, quel mec ! Amusant ? Extra... tu veux dire.

— Raconte.

— Attends, ça ne chauffe pas ? Ça y est... Bon, voilà. Où on en était déjà ? Oui, la négresse ramène à la maison la fille et lui raconte toute l'histoire. Il se trouve, donc, que le garçon était assez heureux avec sa première femme, mais aussi très tourmenté par un secret qu'il ne pouvait avouer. Enfant, il avait été témoin d'un crime horrible. Son père, venu dans l'île pour faire fortune, était un homme sans scrupules, un salaud fini, surtout avec les *péons* des plantations. Alors les *péons* ont préparé une révolte, mais le père a manigancé avec le sorcier du coin, qui avait ses autels et ses instruments dans la plantation la plus éloignée. Et une nuit, le sorcier a appelé tous les chefs des *péons* rebelles pour, soi-disant, leur donner sa bénédiction. Mais c'était une embuscade ; on les a tués avec des flèches dont la pointe était imprégnée d'un poison que le sorcier avait préparé. De là, on les a emmenés et cachés dans la forêt vierge. Quelques heures plus tard, les morts rouvraient les yeux : c'étaient des morts-vivants. Le sorcier leur a ordonné de se mettre debout, et les morts, tous, les uns après les autres, se sont levés, les yeux écarquillés, tu sais comment ils sont, les yeux des Noirs, grands comme des œufs frits, mais là ils avaient un regard absent, presque sans pupille, des yeux presque tout blancs. Le sorcier leur a donné l'ordre de prendre leur machette, de se mettre en file indienne, de marcher jusqu'à la bananeraie. Une fois là, il leur a ordonné de travailler, de couper des régimes de bananes toute la nuit, et les pauvres morts-vivants ont obéi et coupé toute la nuit. Le père du garçon était très satisfait ; il a fait bâtir des baraquements, des espèces de cabanes en tiges de canne à sucre séchée, pour les cacher pendant le jour : tous étaient entassés là, comme un tas d'ordures, et chaque nuit on leur donnait l'ordre de sortir pour travailler, pour couper des régimes, et c'est comme ça que le père de notre garçon a accumulé tant de biens. Le garçon avait assisté à tout ça ; mais il était très jeune. Arrive le jour où, jeune homme, il se marie avec une grande fille blonde qu'il a connue à l'université, aux États-Unis. Elle vient dans l'île, exactement comme le fera quelques années plus tard la jeune fille, l'autre, la brunette, avec laquelle il va se marier aussi. Avec la première femme, au début, il est heureux. Meurt le vieux : son fils veut en finir avec le sorcier, il l'appelle, et pendant que le sorcier vient chez lui, lui va tout là-bas, dans la plantation la plus éloignée, celle où se trouvent les zombis. Aidé par des gens qui lui sont fidèles, il fait clouer des planches aux portes des baraques des zombis, jette de l'essence dessus et y met le feu avec tous les zombis à l'intérieur. Ainsi prend fin le tourment des pauvres nègres morts-vivants, qui ne sont plus que cendre. Mais le sorcier, qui attend le garçon en compagnie de sa première femme, reçoit grâce au tam-tam qui est comme le télégraphe de la forêt, le message de ce qui est en train de se passer. Le sorcier, du coup, annonce à la femme qu'il va tuer son mari sur le chemin du retour ; la pauvre blonde est désespérée, elle lui donnera n'importe quoi, de l'argent, ses bijoux, pourvu que l'autre s'en aille et laisse le jeune homme tranquille. La reluquant de haut en bas et la déshabillant du regard, le sorcier convient qu'il y a une chose pour laquelle il épargnerait la vie du garçon. Puis il montre une dague empoisonnée, la pose sur la table et menace : si elle le dénonce, lui, le sorcier, à l'aide de cette dague, tuera le jeune homme. Elle est donc déjà à moitié nue quand le garçon arrive et, par la fenêtre, les voit ensemble. Et elle, lui déclare qu'elle l'abandonne, qu'elle s'en va avec le sorcier, et lui, aveuglé par la jalousie, voit la dague, s'en saisit et, dans une crise de folie, poignarde sa propre femme. Alors, qu'est-ce que lui dit le sorcier ? que personne ne l'a vu, que lui seul est témoin, que s'il jure de ne plus empêcher le déroulement de ses rites, de ses sorcelleries, il mentira à la police et qu'il est prêt à déclarer avec lui qu'ils ont vu un inconnu tuer la femme, quelqu'un de la forêt, n'importe qui, qui est entré là pour voler. Voilà toute l'histoire que la bonne négresse raconte à la fille, qui est bouleversée d'entendre ça. Bon. Pour le moment, elle a échappé à la mort, là-bas dans la maison blanche abandonnée, entre les deux zombis, le nègre gigantesque et la blonde ébouriffée *les infirmières du tour de jour, leurs plaisanteries avec les bons patients qui obéissent à tout, mangent et dorment, mais s'ils guérissent s'en vont pour toujours*

cortex cérébral de chien, d'âne, de cheval, de singe, d'homme primitif, de fille de faubourg qui entre au cinéma pour ne pas aller à l'église — Et voilà comment votre première femme devient zombi.

— C'est maintenant qu'arrive le moment qui m'a le plus impressionné. La fille et la négresse rentrent à la maison, pour l'instant sorties d'affaire, mais...

— Dis, quelle gueule a le sorcier ?

— Ah ! J'ai oublié de te dire qu'on ne le voit jamais. Lorsque la négresse commence son récit, une spirale de fumée avertit que le temps revient en arrière et l'on voit tout ce qu'elle raconte, mais avec en *off* la voix, la grosse voix douce et tremblante de la négresse.

— Au fait, la négresse, comment sait-elle tout cela ?

— Eh bien, justement, la fille lui pose la même question que toi, comment se fait-il, madame, que vous en sachiez tant ? La négresse baisse la tête et avoue : le sorcier était son mari. Mais le visage du sorcier, on ne le voit jamais.

cortex cérébral de bourreau cultivé, roulent les têtes d'ouvrières, de zombis, le regard froid du bourreau cultivé sur un pauvre cortex innocent de fille de faubourg, de tapette de faubourg — Qu'est-ce qui t'a le plus impressionné au juste ?

— Eh bien, quand la fille et la négresse sont arrivées dans la grande maison, on revient à l'autre maison, celle qui est abandonnée. Le nègre zombi est en sentinelle devant la porte, et une ombre s'avance dans les buissons, et s'approche du nègre zombi. Lui s'écarte et laisse passer l'ombre. L'ombre de celui qui entre dans la maison continue jusqu'à la chambre où est couchée la pauvre blonde : immobile, les yeux démesurément écarquillés, sans regard pour personne, et une main blanche, sûrement pas celle du garçon, car elle ne tremble pas, commence à la déshabiller. Et la pauvre femme ne bouge pas, ne peut rien faire pour se défendre *l'infirmière la plus jeune, la plus belle, seule dans un grand pavillon, avec le malade jeune, s'il se précipite sur elle la pauvre novice ne peut échapper*

— Continue *pauvre tête qui roule, tête de la tapette de faubourg, plus rien à faire, on ne peut la recoller à son corps, morte, il faut fermer ces yeux restés ouverts, et caresser ce front étroit, embrasser son front ? ce front étroit qui cache le cerveau de la fille de faubourg, qui a donné l'ordre de la guillotiner ? le bourreau cultivé obéit à un ordre dont il ne sait d'où il vient*

— Quand la fille rentre à la maison, son mari est déjà de retour et fort préoccupé. Soulagé de la voir arriver, il l'embrasse, mais il se met bientôt en colère et lui interdit de sortir sans sa permission. Ensuite, ils s'assoient pour dîner. Naturellement, il n'y a pas d'alcool à table, même pas une goutte de vin. Le garçon cache mal sa nervosité ; elle lui demande comment va la récolte, il répond qu'elle va bien, et puis, tout à coup, il jette sa serviette, se lève de table, se précipite dans le bureau, là où il y a le secrétaire, s'enferme à clé, et se met à boire comme un trou. Avant de se coucher, elle l'appelle ; elle a vu sous la porte un rai de lumière ; mais lui, d'une voix d'ivrogne fini, lui crie de s'en aller. La fille va dans sa chambre et se change, elle se met en chemise de nuit, non, elle prend un peignoir et se dirige vers la salle de bains, la chaleur est insupportable, elle se met sous la douche. Elle a laissé les portes ouvertes, et elle entend des pas lourds, des pas d'homme dans le salon. Toute mouillée, elle court à la porte de sa chambre et s'enferme. Collée contre la porte, elle entend quelqu'un ouvrir le bureau et rejoindre son mari. Elle pousse à fond le verrou de sa chambre, ferme les fenêtres. Et finalement, s'endort. Mais le lendemain matin dès son réveil, quand elle cherche le garçon, il n'est nulle part. Affolée, elle passe sa robe de chambre, demande à un domestique où se trouve son mari ; il est sorti sans dire où il allait, mais le sûr c'est qu'il a pris le chemin de la plantation la plus éloignée. Et elle, alors, se souvient que c'est le repaire du sorcier. Elle appelle le majordome et lui demande son aide, il est le seul en qui elle a confiance. Le majordome l'assure qu'il avait mis tout son espoir dans son arrivée, il croyait que le garçon connaîtrait enfin le bonheur, mais il voit bien qu'il s'est fait des illusions. La jeune femme demande si un médecin de l'île, au moins, a examiné le garçon, le majordome répond que oui, mais que le garçon ne suit pas ses recommandations : il ne reste qu'une seule chose à tenter, et là il regarde la fille droit dans les yeux. Elle comprend ce que le majordome suggère : qu'ils aillent ensemble trouver le sorcier de l'île ; et immédiatement, elle répond non. Lui, cependant, insiste, explique qu'il est nécessaire d'influencer, de renforcer la volonté du garçon, que cette mesure extrême s'impose dans un cas comme celui-là, et qu'elle seule peut en prendre la décision. Il dit aussi que le jeune homme est parti ce matin en l'insultant, qu'il ne peut plus tolérer toute cette situation, que l'autre est devenu un monstre, que si sa première femme est morte, c'est de chagrin à cause de lui, et qu'elle, la brune, devrait l'abandonner, chercher un homme, bon, qui la mérite. La fille trouve bizarre le regard perçant du majordome. Il continue : une belle femme comme elle ne mérite pas pareil sort. Elle, troublée, veut partir à la recherche de son mari, elle a peur que quelque chose lui soit arrivé, qu'il ait besoin d'elle. Mais la négresse refuse catégoriquement de l'accompagner, et l'avertit qu'il y a un très grand danger, surtout pour elle qui est blanche. La fille ne peut faire autrement que de demander aide au majordome, bien qu'il lui ait paru bizarre lors de la conversation. Le majordome, lui, accepte, il attelle les chevaux les plus rapides à une carriole légère, il prend une carabine et les voilà partis. Quand la bonne négresse, qui cueille ce matin-là des fleurs dans le jardin, les voit s'en aller, elle tremble de la tête aux pieds, et comme une folle crie à la fille de ne pas partir. Mais la fille n'entend que le déferlement des vagues qui se brisent avec un bruit de tonnerre assourdissant. La fille prie le majordome de ralentir, les chevaux ont l'air de s'emballer, mais le gars fait la sourde oreille. Tout ce qu'il lui dit, c'est qu'elle va bientôt se rendre compte de la bassesse de son mari. La suite du voyage se fait en silence, la fille meurt de peur à chaque tournant du chemin, la carriole roule souvent sur une seule roue et il y a quelque chose de bizarre dans la façon dont les chevaux obéissent au majordome. A un endroit, la forêt paraît plus épaisse ; le majordome explique qu'il doit demander quelque chose à quelqu'un dans une chaumière, il descend. Le temps passe, il ne revient pas. Elle commence à avoir peur, là, toute seule. Et soudain, c'est bien la pire des choses qui pouvait arriver, les tambours retentissent, là tout près. La fille descend de voiture, va vers la chaumière : elle a peur qu'on ait attaqué le majordome ; elle l'appelle, personne ne répond. Elle entre ; la chaumière est déserte, tout est envahi par des buissons. A l'évidence, plus personne n'habite ici depuis longtemps. Là-dessus, la fille entend des chants de sorcellerie, et comme elle a encore plus peur d'être seule, elle préfère aller du côté d'où viennent les voix. Je continuerai une autre fois.

— Ne fais pas l'imbécile.

— L'imbécile ! Moi, j'ai faim, et si tu ne veux pas t'empoisonner à nouveau avec ce qu'on nous donne ici, il faut préparer quelque chose. Les pommes de terre vont être à point.

— Si l'histoire n'est plus très longue, termine-la maintenant.

— Il en manque encore pas mal.

— Bonjour.

— Comment ça va ? Bien dormi ?

— A merveille.

— Tu as encore trop lu. Puisque la bougie m'appartient, la prochaine fois je l'éteins.

— Ça me semblait incroyable, de pouvoir lire de nouveau.

— Bien sûr, mais ç'aurait été mieux de le faire l'après-midi, tu pouvais lire tout ce que tu voulais. Après l'extinction de la lumière, tu as encore lu deux heures à la bougie. Tu crois pas que tu exagères ?

— Je suis assez grand, non ? Laisse-moi organiser ma vie comme je l'entends.

— Nous aurions pu continuer les zombis la nuit, tu ne crois pas ? Ça te plaisait, ne dis pas non.

— Quelle heure est-il ?

— Huit heures et quart.

— Et pourquoi le gardien n'est pas venu ?

— Il est passé, mais tu ne t'es pas réveillé, tu dors comme une souche, toi.

— Ça alors... qu'est-ce que je peux dormir ! Mais où se trouvent les pots ? Tu me fais marcher, ils sont là où tu les as laissés hier soir...

— Bien sûr que je te fais marcher, j'ai dit au gardien de ne plus apporter le maté du matin.

— Écoute, pour toi, tu décides ce que tu veux ; mais moi, je veux qu'on m'apporte du maté, même si c'est de la pisse.

— Tu comprends rien. Tout ce que tu prends ici te rend malade, ne t'occupe pas, tant que j'aurai des provisions elles sont pour toi aussi. Et aujourd'hui, je reçois la visite de mon avocat, maman va sûrement venir avec lui et elle m'apportera un autre gros paquet.

— Écoute, je n'aime vraiment pas qu'on règle tout pour moi.

— Aujourd'hui, ce que l'avocat va me dire est important. Les « appels » et tout le reste, je n'y crois pas ; mais si j'ai un bon piston, comme on me l'a promis, alors oui, j'ai de l'espoir.

— Espérons.

— Écoute, si je sors... Dieu sait qui on te mettra comme compagnon.

— Tu as déjà pris ton petit déjeuner, Molina ?

— Non, je ne voulais pas faire de bruit, pour ne pas te réveiller.

— Je mets de l'eau pour deux, alors ?

— Reste au lit ; tu es convalescent. Moi, je prépare. Et l'eau est déjà prête à bouillir.

— C'est la dernière fois que je permets cela.

— Dis-moi ce que tu as lu hier soir.

— Qu'est-ce que tu prépares ?

— Une surprise. Alors qu'est-ce que tu as lu hier soir ?

— Rien. De la politique.

— Eh bien ! Tu n'es pas communicatif...

— A quelle heure vient ton avocat ?

— Il a dit à onze heures. Et maintenant... on ouvre le petit paquet secret... celui que je tenais caché... avec quelque chose de très bon... pour accompagner le thé... du cake !

— Merci, je n'en veux pas.

— Comment ça, tu n'en veux pas ?... Et l'eau qui bout déjà ! Fais-toi ouvrir la porte et reviens vite, c'est bientôt prêt.

— Ne me dis pas ce que je dois faire, s'il te plaît...

— Allons, quoi ! Je peux bien te dorloter un peu ?

— Ça suffit ! Merde !

— Tu es fou! Il y a rien de mal à ça?

— Tais-toi!

— Le cake ! Regarde ce que tu as fait... Si nous restons sans réchaud, nous voilà frais. Et la soucoupe... Et le thé...

— Excuse-moi. Je n'ai pas pu me contrôler. Vraiment, je te demande pardon... Le réchaud n'est pas cassé. Mais l'alcool s'est renversé. L'essentiel c'est que la plaque de feu ne soit pas brisée... Molina, pardonne-moi ma colère. Est-ce que je peux remettre de l'alcool de ta bouteille?

— Oui...

— Pardonne-moi, vraiment, je te le demande.

— Il n'y a rien à pardonner.

— Quand j'étais malade, si toi tu n'avais pas été là, qu'est-ce que je serais devenu?

— Tu ne me dois rien.

— Si, j'ai à te remercier. Et beaucoup.

— Oublie tout ça, il ne s'est rien passé.

— Si, il s'est passé quelque chose, et j'ai honte. Je suis une brute... Écoute, Molina, je vais faire ouvrir la porte et j'en profiterai pour remplir le cruchon, parce qu'on va rester sans eau. Et regarde-moi, je t'en prie, lève la tête... J'apporte tout de suite l'eau. Dis-moi que tu me pardonnes. Pardonne-moi, Molina*.

* Le sociologue J.L. Simmons cite, dans *Déviations*, une enquête dans laquelle il est montré que la majorité des sujets rejette plus facilement les homosexuels que les alcooliques, les joueurs invétérés, les anciens bagnards et les anciens malades mentaux.

Dans *Homme, Morale et Société*, J.-C. Flugel écrit à ce sujet que ceux qui, dans leur enfance, se sont complètement identifiés avec des modèles paternels ou maternels très sévères, embrasseront en grandissant des causes conservatrices et seront fascinés par les régimes autoritaires. Plus le leader commandera, plus grande sera la confiance qu'il éveillera en eux, et ils se sentiront des patriotes loyaux, luttant pour le maintien des traditions et les différences de classe, ils préféreront les systèmes d'éducation à discipline rigide et les institutions religieuses, et condamneront impitoyablement les déviances sexuelles. En revanche, ceux qui dans leur enfance ont repoussé de quelque façon — au niveau inconscient, émotif ou rationnel — les règles de conduite des parents, favoriseront les causes radicales, rejetteront les différences de classe et comprendront ceux qui ont des tendances peu conventionnelles, par exemple les homosexuels.

Pour sa part, Freud, dans sa « Lettre à une mère nord-américaine », dit que l'homosexualité, s'il est vrai qu'elle n'est pas un avantage, ne doit pas non plus être considérée comme un motif de honte, étant donné qu'elle ne constitue ni un vice, ni une dégradation, ni même une maladie ; elle n'est qu'une variante des fonctions sexuelles, produite par un arrêt déterminé du développement. Freud jugeant que le dépassement du stade de la perversion polymorphe – où se trouvent impliquées des impulsions bissexuelles –, dépassement dû, nous l'avons dit, aux pressions socio-culturelles, est un signe de maturité.

Actuellement, quelques écoles de psychanalyse diffèrent sur ce point, entrevoyant dans la répression de la perversion polymorphe une des raisons principales de la déformation du caractère, en particulier l'hypertrophie de l'agressivité. Quant à l'homosexualité elle-même, Marcuse affirme que la fonction sociale de l'homosexuel est analogue à celle du philosophe critique, puisque sa seule présence constitue un signal constant de ce qu'il existe une part réprimée de la société.

Sur la répression de la perversion polymorphe en Occident, Dennis Altman estime que les deux composantes principales en sont la désexualisation de toutes les activités humaines, et la négation de la bissexualité inhérente à l'être humain : la société, sans s'interroger, admet que l'hétérosexualité constitue la sexualité normale. Altman observe que la répression de la bissexualité prend appui sur des concepts historico-culturels artificiels et prestigieux, tels que ceux de « masculinité » et « féminité ». Ils réussissent à étouffer ce qui peut émerger de notre inconscient et s'imposent à la conscience comme unique forme de conduite, en même temps qu'ils ont réussi à maintenir au long des siècles la suprématie masculine. En d'autres termes, ils imposent la notion bien établie de *rôles* sexuels qu'on nous inculque dès l'enfance. De surcroît, être mâle ou femelle s'établit, avant tout, au travers de l'autre : les hommes sentent que leur masculinité dépend de leur capacité à conquérir des femmes, et les femmes sentent que leur réalisation peut s'obtenir seulement en s'unissant à un homme. Altman et l'école marcusienne condamnent d'ailleurs le stéréotype viril fort que l'on présente aux hommes comme le modèle le plus désirable, étant donné que ce stéréotype propose tacitement l'affirmation de la masculinité par le moyen de la violence, ce qui explique la vigueur constante du syndrome d'agressivité dans notre monde. Enfin, Altman signale le manque d'une forme d'identité pour le bissexuel, dans la société actuelle, et les pressions qu'il endure des deux côtés, puisque la bissexualité menace autant les formes embourgeoisées d'une vie homosexuelle à rôle exclusif que les formes hétérosexuelles ; cette caractérisation expliquerait pourquoi la bissexualité assumée est si peu courante. Quant au parallélisme souhaitable mais seulement idéal – jusqu'à il y a peu d'années – entre les luttes de libération de classes et celles de libération sexuelle, Altman rappelle que, malgré les efforts de Lénine en faveur de la liberté sexuelle en U.R.S.S. – par exemple son rejet d'une législation antihomosexuelle –, ces lois ont été réintroduites en 1934 par Staline, et le préjugé contre l'homosexualité comme une « dégénérescence bourgeoise » s'est installé ainsi dans presque tous les partis communistes du monde.

Theodore Roszak commente en d'autres termes, dans *la Naissance d'une contre-culture,* le mouvement de libération sexuelle : pour lui, la femme la plus désespérément avide de libération, est la « femme » que chaque homme porte enfermée dans le cachot de sa propre psyché. Roszak pose que c'est cette forme de répression, et non une autre, qu'il faut éliminer ; de même en ce qui concerne l'homme entravé qu'il y a dans toute femme. Et Roszak ne doute pas que cela signifie la plus étonnante réinterprétation de la vie sexuelle dans l'histoire de l'humanité, puisqu'elle établirait à nouveaux frais tout ce qui ressortit aux rôles sexuels, et au concept de normalité sexuelle, en vigueur actuellement.

11

DIRECTEUR : C'est bien, brigadier, laissez-nous seuls.

BRIGADIER : A vos ordres, monsieur le directeur.

DIRECTEUR : Alors, Molina ? Comment ça va ?

INCULPÉ : Bien, monsieur. Merci...

DIRECTEUR : Qu'avez-vous de nouveau à me dire ?

INCULPÉ : Pas grand-chose, il me semble.

DIRECTEUR : Ah ! Ah !

INCULPÉ : Mais je remarque qu'il est de jour en jour plus en confiance, ça oui...

DIRECTEUR : Ah ! Ah !

INCULPÉ : Oui, monsieur, ça c'est sûr...

DIRECTEUR : Le *hic*, Molina, c'est qu'on me presse beaucoup. Je dois vous faire savoir une chose, Molina, mettez-vous à ma place. La pression vient de la présidence. Là-bas, ils veulent avoir des nouvelles très vite. Et ils me disent de recommencer à interroger Arregui, et de l'interroger fort. Vous me comprenez.

INCULPÉ : Oui, monsieur... Mais donnez-moi encore quelques jours, ne l'interrogez pas, dites-leur qu'il est très faible ; c'est vrai. Ce serait pire s'il vous claquait pendant un interrogatoire, dites-leur ça.

DIRECTEUR : C'est ce que je dis. Mais ils n'en sont pas convaincus.

INCULPÉ : Donnez-moi une semaine encore, sûr que je vais obtenir quelques informations.

DIRECTEUR : Toutes les informations, Molina, toutes les informations possibles.

INCULPÉ : Moi... j'ai une idée.

DIRECTEUR : Laquelle ?

INCULPÉ : Je ne sais pas ce que vous allez en penser...

DIRECTEUR : Dites.

INCULPÉ : Arregui est très dur, mais il a aussi un côté sentimental...

DIRECTEUR : Ah bon ?

INCULPÉ : Par exemple, si un gardien venait me dire que dans une semaine on me change de cellule, que je suis passé dans une catégorie spéciale, à cause de la grâce, ou bien, même si c'est plus lent, à cause de l'appel, alors il croira qu'on va nous séparer et il se ramollira davantage. Il me semble qu'il s'est pris un peu d'amitié pour moi, il risque donc de parler davantage...

DIRECTEUR : Vous croyez ?

INCULPÉ : Oui, je crois que ça vaut la peine de tenter l'expérience.

DIRECTEUR : Ce qui m'a toujours semblé une erreur, c'est que vous lui ayez parlé de la possibilité d'une grâce. Si ça se trouve, il a fait le rapprochement.

INCULPÉ : Je ne crois pas.

DIRECTEUR : Pourquoi ?

INCULPÉ : Eh bien, il m'a semblé...

DIRECTEUR : Non, dites-moi pourquoi. Vous devez avoir vos raisons.

INCULPÉ : Bon... Je me suis couvert un peu, moi aussi.

DIRECTEUR : Dans quel sens ?

INCULPÉ : Dans le sens que, quand je m'en irai, il ne se doute de rien, et ne me lâche pas sur le dos ses amis, et qu'ils usent de représailles.

DIRECTEUR : Vous savez bien qu'il n'a aucun contact avec ses camarades.

INCULPÉ : C'est ce que nous croyons, nous.

DIRECTEUR : Il ne peut écrire à personne sans que nous voyions la lettre. De quoi avez-vous peur, alors, Molina ? Vous agissez en dehors de ce qui avait été convenu.

INCULPÉ : Je vous assure qu'il vaut mieux qu'il pense que je vais être mis en liberté... Parce que...

DIRECTEUR : Parce que ?

INCULPÉ : Rien.

DIRECTEUR : Je vous en prie, Molina. Parlez.

INCULPÉ : Je ne sais pas.

DIRECTEUR : Parlez, Molina, parlez clairement. Si vous ne parlez pas clairement avec moi, nous n'allons plus nous entendre.

INCULPÉ : Je vous jure, monsieur, il n'y a rien. J'ai une intuition, s'il pense que je vais sortir, il aura davantage besoin de s'ouvrir à moi. Les prisonniers, monsieur, ils sont comme ça. Quand un compagnon de cellule s'en va... Ils se sentent plus désemparés que jamais.

DIRECTEUR : C'est bon, Molina. Nous nous verrons dans une semaine.

INCULPÉ : Merci, monsieur.

DIRECTEUR : Mais alors, nous aurons à parler en d'autres termes, je le crains.

INCULPÉ : Oui, bien sûr.

DIRECTEUR : Fort bien, Molina.

INCULPÉ : Monsieur, je dois abuser une autre fois... de votre patience.

DIRECTEUR : Que se passe-t-il ?

INCULPÉ : Il serait bien que je retourne à ma cellule avec un paquet ; je vous ai établi la liste, si vous êtes d'accord. Je l'ai préparée moi-même pendant que j'attendais dehors, excusez l'écriture.

DIRECTEUR : Vous croyez cela nécessaire ?

INCULPÉ : Je vous assure que c'est vraiment nécessaire, je vous assure, vrai de vrai.

DIRECTEUR : Laissez-moi voir...

Liste pour le paquet de Molina, s'il vous plaît tout en un paquet, comme ceux de ma mère :

Deux poulets rôtis
Quatre pommes au four
Salade russe, une boîte
Jambon cru, 500 grammes
Jambon cuit, 500 grammes
Quatre pains ronds
Thé, en paquet ; café instantané, 200 grammes
Un paquet de pain de seigle, en tranches
Confiture de lait, deux grandes boîtes
Confiture à l'orange, une boîte
Un litre de lait et une petite boule de hollande
Un petit paquet de sel
Quatre grands morceaux, différents, de fruits confits
Deux cakes
Beurre, un paquet
Un petit tube de mayonnaise, et des serviettes en papier.

— Ça c'est le paquet de jambon cru, et ça celui de jambon cuit. Je vais me faire un sandwich pour profiter du pain frais. Toi, prépare-toi ce que tu voudras.

— Merci.

— La seule chose que je vais me faire, c'est le pain rond coupé par le milieu, avec un petit peu de beurre, et le jambon cuit dedans. Et un peu de salade russe. Et ensuite la pomme au four. Et du thé.

— Que c'est bon !

— Toi, si tu veux, coupe un des poulets, profite tant qu'il est encore tout chaud, vas-y. Te gêne pas.

— Merci, Molina.

— C'est mieux comme ça, pas vrai ? Chacun se prépare ce qu'il veut, et je ne te les casse pas.

— Comme tu préfères.

— J'ai mis de l'eau sur le feu pour le cas où tu voudrais quelque chose. Tu pourrais te faire ce que tu veux, du thé ou du café.

— Merci. Que de bonnes choses, Molina !

— Il y a aussi des fruits confits. Tout ce que je te demande, c'est de me laisser le bout de melon, c'est ce que je préfère. Il y a un petit bout d'ananas confit, et un de figue, et ce morceau tout rouge, je me demande à quoi il est ?

— C'est peut-être de la pastèque, qui sait, moi je ne m'y reconnais pas...

— On va bien voir au goût.

— Molina... j'ai encore honte.

— Honte de quoi ?

— De ce que j'ai fait ce matin.

— Idiot !

— Celui qui ne sait pas recevoir... est mesquin. Parce qu'il n'aime rien donner non plus.

— Tu crois ?

— Oui, j'y ai pensé, et c'est bien cela. Si ça m'a rendu nerveux que tu sois... généreux, avec moi... c'est que je ne voulais pas me voir obligé d'en faire autant avec toi.

— Tu crois ?

— Oui, c'est cela.

— Bon, écoute... moi aussi, j'ai pensé, et je me suis souvenu de choses que tu m'avais dites, Valentin, et j'ai compris parfaitement... pourquoi tu t'es mis dans cet état.

— Qu'est-ce que je t'avais dit ?

— Que vous autres, dans une lutte comme celle-là, vous ne vous attachez à personne. S'attacher, c'est peut-être trop dire ; mettons : être amis.

— C'est une interprétation très généreuse de ta part.

— Tu vois que parfois je comprends ce que tu dis...

— Oui, mais ici, nous sommes tous les deux enfermés, il n'y a aucune lutte, aucun combat à remporter sur personne, tu me suis ?

— Oui, vas-y.

— Est-ce que nous sommes tellement opprimés... par le monde du dehors, que nous ne pouvons plus agir de façon civilisée ? Comment est-il possible qu'il ait tant de pouvoir... l'ennemi du dehors ?

— Là, je ne te comprends plus bien...

— Écoute, tout ce qui fait le mal dans ce monde, et que je veux changer, est-ce possible qu'il ne me laisse pas agir... humainement, même pas un moment ?

— Qu'est-ce que tu vas boire ? L'eau bout.

— Fais du thé pour tous les deux, je t'en prie.

— Bon.

— Je ne sais pas si tu me comprends... mais nous sommes ici tous les deux seuls, et notre relation, comment pourrais-je te dire ? nous pouvons la modeler comme nous voulons, notre relation, personne ne peut faire pression.

— J'écoute.

— D'une certaine façon, nous sommes parfaitement libres d'agir comme nous voulons l'un par rapport à l'autre, tu comprends ? C'est comme si nous étions dans une île déserte. Une île où nous serons peut-être seuls des années. Ceux qui nous oppriment sont hors de notre cellule, pas à l'intérieur. Ici personne n'opprime personne. La seule chose qui perturbe mon esprit... fatigué, ou conditionné, ou déformé... c'est que quelqu'un me veuille du bien, sans rien demander en échange.

— Bon, ça alors, je ne sais pas...

— Comment tu ne sais pas ?

— Je ne sais pas m'expliquer.

— Allons, Molina, ne dis pas ça. Fais un effort, tes idées vont s'éclaircir.

— Ne pense à rien de louche, si je te traite bien... c'est parce que je veux ton affection, pourquoi ne pas le dire ? ta tendresse. Tout comme je traite bien ma mère parce que c'est une personne bonne, qui n'a jamais fait de mal à personne, parce qu'elle est bonne, et je veux qu'elle m'aime... Toi aussi, tu es une personne très bonne, très désintéressée, tu as risqué ta vie pour un idéal... Ne regarde pas de l'autre côté : ça te fait honte ?

— Oui, un peu. Mais je te regarde en face, tu vois ?

— Voilà... je te respecte, j'ai de l'affection pour toi, et je veux que tu aies aussi de l'affection pour moi... Tu sais, la tendresse de maman, c'est la seule chose de bon que j'ai éprouvée dans ma vie, elle m'accepte comme je suis, elle m'aime comme ça, sans plus, comme je suis. Et ça, c'est un don du ciel. C'est la seule chose qui m'aide à vivre. La seule.

— Je peux me couper un bout de pain ?

— Bien sûr.

— Mais enfin... tu n'as pas eu de bons copains, qui ont aussi beaucoup compté pour toi ?

— Si, mais tu sais, mes amis ont toujours été... des tantouzes, comme moi, et entre nous, comment te dire ? nous n'avons pas tellement confiance, parce que nous nous savons très... peureux, nous. Et ce que nous attendons toujours... c'est l'amitié, ou quelque chose comme ça, d'une personne plus sérieuse, d'un homme, bien sûr. Mais cela ne peut jamais être, parce qu'un homme... c'est une femme qu'il veut.

— Pour tous les homosexuels, c'est ainsi ?

— Non, il y en a qui tombent amoureux entre eux. Mais moi et mes amies, nous sommes femmes. Ces petits jeux ne nous plaisent pas, ce sont des choses d'homosexuels. Nous autres, nous sommes des femmes normales, qui couchons avec des hommes.

— Tu veux du sucre ?

— Oui, merci.

— Ce qu'il est bon, ce pain frais, une merveille !

— C'est vrai, il est très bon... Je dois te raconter une chose.

— Bien sûr : la fin des zombis.

— Oui, cela aussi. Mais il y a autre chose...

— Qu'est-ce qui se passe ?

— L'avocat m'a dit que l'affaire pour moi tourne bien.

— Je suis une brute de ne pas t'avoir demandé de nouvelles. Et qu'est-ce qu'il t'a dit d'autre ?

– Tout semble aller bien, et quand un recours est examiné, je veux dire quand il est pris en considération, enfin quand il est accepté, eh bien ! le détenu passe dans une autre partie de la prison. C'est-à-dire que dans une semaine, on me fait sortir de cette cellule.

– Vraiment ?

– Il semblerait que oui.

– Et lui, comment il le sait ?

– On le lui a dit dans le bureau du directeur, quand il présentait ses papiers pour les démarches.

– C'est bien... Tu dois être content.

– Je ne veux pas trop penser à ça. Je ne veux pas me bercer d'illusions... Prends de la salade russe.

– Tu crois ?

– Oui, elle est fameuse.

– Je ne sais pas, cette nouvelle me noue l'estomac.

– Écoute, fais comme si je ne t'avais rien dit, parce que ce n'est pas du tout sûr. Moi, je vais faire comme si on ne m'avait rien dit.

– Non, les choses se présentent bien, nous devons nous réjouir.

– Il vaut mieux pas.

– Je me réjouis beaucoup pour toi, bien que tu t'en ailles... mais qu'y faire ?

– Mange une pomme au four, c'est bon pour la santé.

– Il vaut mieux la laisser pour plus tard ; ou plutôt je la laisse, moi. Mange, si tu en as envie.

– Non, moi non plus je n'ai pas très faim. Tu sais une chose ?... Si je termine les zombis, peut être on aura plus faim. On laisse ça pour un peu plus tard.

– Comme tu veux.

– C'est un film amusant, pas vrai ?

– Très amusant.

– Au début je ne me souvenais pas bien, mais maintenant tout me revient.

— Attends encore un peu. Tout d'un coup... je ne sais pas ce qui m'arrive, Molina... tout se brouille dans ma tête.

— Pourquoi ? Tu as mal quelque part ? Le ventre ?

— Non, c'est dans la tête que ça se brouille.

— Ça se brouille pourquoi ?

— Je ne sais pas, c'est peut-être parce que tu m'as dit que tu allais partir, je n'en sais rien.

— Ah !

— Laisse-moi un moment ; je m'étends.

— Bon.

— A bientôt.

— A bientôt*.

* La perversion polymorphe que Freud repère dans la libido infantile – et qui est liée chez le bébé à l'absence de discernement entre la jouissance de son corps propre et de celui des autres – est un élément important pour des chercheurs des générations plus récentes, tels que Norman O. Brown et Herbert Marcuse. La différence, déjà signalée, entre ces derniers et Freud, consiste en ce que Freud considère comme positive la sublimation partielle de la libido et sa réalisation par des voies exclusivement hétérosexuelles et génitales, tandis que les penseurs les plus récents préconisent un retour à la perversion polymorphe et à des tendances érotiques échappant à la sexualité purement génitale.

De toute façon, la civilisation occidentale, comme le note Fenichel, impose à la fillette ou au petit garçon les *modèles parentaux*, comme uniques identités sexuelles possibles. La probabilité des tendances homosexuelles est alors d'autant plus grande que l'enfant s'identifie avec le parent du sexe opposé. La fille qui ne trouve pas satisfaisant le modèle proposé par sa mère, et le garçon qui ne trouve pas satisfaisant le modèle proposé par son père, seraient ainsi portés à l'homosexualité.

Il convient ici de signaler les travaux récents d'une doctoresse danoise, Anneli Taube, tels que *Sexualité et Révolution* ; elle y soutient que l'opposition d'un enfant très sensible à un père oppresseur – symbole de l'attitude masculine autoritaire et violente – est de nature consciente. L'enfant, au moment où il décide de ne pas adhérer au monde que lui propose ce père – la pratique des armes, les sports à caractère compétitif, le mépris de la sensibilité comme attribut féminin, etc. –, prend une décision libre, et plus encore, révolutionnaire, puisqu'il refuse le rôle du plus fort, de l'exploiteur. Cela dit, ce dont l'enfant ne pourra s'apercevoir, c'est que la civilisation occidentale ne lui propose aucun autre modèle de conduite, hors du monde du père, en ces premières années décisives – de trois à cinq ans surtout –, que celui de la mère. Le monde de la

— Molina, quelle heure est-il ?
— Sept heures passées. J'entends les gardiens apporter le dîner.
— Je ne peux rien faire... Et il faudrait que j'en profite avant

---

mère — la tendresse, la tolérance, les arts — deviendra donc pour lui le plus attirant, surtout du fait de l'absence d'agressivité ; mais le monde de la mère, et c'est ici que l'intuition de l'enfant le trompe, est aussi celui de la soumission puisque cette mère constitue un couple avec un homme autoritaire, lequel ne conçoit l'union conjugale que comme une subordination. Quant à la fillette qui décide de ne pas adhérer au monde de sa mère, son attitude est due justement à ce qu'elle refuse le rôle de la femme soumise, qu'elle devine humiliant et antinaturel, sans imaginer que si elle refuse ce rôle, la civilisation occidentale ne lui en proposera pas d'autre que celui de l'oppresseur. Reste que l'acte de rébellion de la fillette comme du garçon constitue une marque de courage et de dignité indiscutable.

Le docteur Taube se demande pourquoi ce dénouement n'est pas plus courant, le couple occidental étant, en général, un exemple manifeste d'exploitation. Elle introduit ici deux éléments qui font exception et qui nuancent en quelque sorte sa thèse : le premier se présenterait quand, dans un foyer, l'épouse est — par manque d'éducation, d'intelligence, etc. — réellement inférieure au mari, ce qui ferait apparaître plus justifiable l'autorité incontestée de celui-ci ; le second serait constitué par un développement tardif de l'intelligence et de la sensibilité du garçon ou de la fillette, qui ne lui permettrait pas de comprendre la situation. D'après cette observation, il va sans dire que si, au contraire, dans un foyer le père est primaire et la mère raffinée mais soumise, un garçon très sensible et précocement intelligent choisira presque par force le modèle maternel. Pour sa part, la fillette le rejettera, le trouvant sans cohérence.

Quant à la question de savoir pourquoi, dans un même foyer, on trouve des enfants homosexuels et hétérosexuels, le docteur Taube fait remarquer que dans toute cellule sociale on tend au partage des rôles, de sorte qu'il arrive qu'un des enfants prenne en charge le conflit des parents, et laisse ses frères et sœurs dans un cadre plus ou moins neutralisé.

Cela dit, le docteur Taube, après avoir valorisé les causes premières de l'homosexualité et en avoir signalé le caractère de non-conformisme révolutionnaire, observe que l'absence d'autres modèles de conduite — et en cela, elle est d'accord avec Altman et sa thèse touchant la rareté de la pratique bissexuelle en raison d'un manque évident de modèle — fait que le futur homosexuel, après avoir rejeté les défauts du père répresseur, se sent angoissé par la nécessité d'identification avec d'autres formes de conduite, et « *apprend* » ainsi à être

qu'ils éteignent, j'ai encore une heure de lumière. Mais je n'ai pas ma tête à moi.

— Alors repose-toi.

— Tu n'as toujours pas fini le film.

— C'est toi qui n'en as pas voulu.

— C'est dommage de le gaspiller, quand je ne peux pas le savourer.

---

soumis comme sa mère. Le processus de la fillette sera le même ; elle refuse l'exploitation et pour cela déteste être soumise comme sa mère : les pressions sociales font alors que peu à peu « elle apprend » un autre rôle, celui du père répresseur.

De l'âge de cinq ans jusqu'à l'adolescence, il se produit, chez ces garçons et fillettes « différents », une oscillation de la bissexualité originelle. Par exemple, la fillette « masculinisée » par son identification avec le père, bien qu'elle se sente attirée sexuellement par un homme, n'acceptera pas le rôle de poupée passive que lui imposerait un mâle conventionnel ; elle se sentira mal à l'aise et cultivera, comme seule façon de surmonter son angoisse, un rôle différent, où ne sera admis de jeu qu'avec des femmes. Quant au garçon « féminisé » par son identification avec la mère, bien qu'il se sente attiré sexuellement par une fille, il n'acceptera pas le rôle d'assaillant intrépide que lui imposera une femelle conventionnelle, il se sentira mal à l'aise et cultivera un rôle différent, où ne sera admis de jeu qu'avec des hommes.

Anneli Taube interprète ainsi le mimétisme pratiqué naguère encore par un haut pourcentage d'homosexuels, à l'égard des défauts inscrits dans l'hétérosexualité : il était caractéristique de trouver chez les homosexuels un esprit soumis, conservateur, aimant par-dessus tout la paix, fût-ce au prix de la perpétuation de leur propre marginalité, tandis qu'il était caractéristique de trouver chez les homosexuelles un esprit anarchiste, violemment en désaccord, et fondamentalement inorganisé. Les deux attitudes n'étaient pas délibérées mais compulsives, imposées par un lent lavage de cerveau où intervenaient les modèles de conduite hétérosexuelle bourgeois, vus durant l'enfance et l'adolescence, et postérieurement les modèles « bourgeois » de l'homosexualité.

Ce préjugé, ou cette juste observation, sur les homosexuels, ont fait qu'on les a marginalisés longtemps dans des mouvements de libération de classe et, en général, dans toute action politique. La méfiance des pays socialistes envers les homosexuels est notoire. Bien des choses ont commencé à changer dans les années soixante, avec l'irruption du mouvement de libération féminine ; la mise en cause des rôles d'« homme fort » et de « faible femme » a fait perdre tout prestige, aux yeux des marginaux sexuels, à des modèles aussi inaccessibles qu'obstinément imités.

La constitution postérieure de fronts de libération homosexuelle allait être la preuve de ce dépassement.

— Tu ne voulais même pas bavarder.

— Quand je ne sais plus ce que je dis, je n'ai pas envie de parler. Je ne veux pas raconter n'importe quoi, tu comprends.

— Alors, repose-toi.

— Et si tu finissais de raconter le film?

— Maintenant?

— Oui.

— Comme tu voudras.

— J'ai étudié un peu, et je ne sais même pas ce que j'ai étudié.

— Et moi, je ne sais plus où nous en étions. Où en étions-nous. en fait?

— Quoi, Molina?

— Je parle du film.

— Eh bien! la fille est toute seule dans la forêt; et elle entend les tambours.

— Ah! oui... La forêt et le plein soleil de midi. La fille s'approche de l'endroit où jouent les tambours si funèbres. Elle avance, elle perd un soulier, elle tombe, son chemisier se déchire, son visage est barbouillé, elle passe entre des plantes épineuses, sa jupe est en lambeaux. A mesure qu'elle s'approche de l'endroit où sont réunis les sorciers, il fait de plus en plus sombre, bien que ce soit midi, la seule lumière vient de toutes ces bougies qui sont allumées. Il y a là un autel plein de bougies, des bougies et des bougies, et, au pied de l'autel, une poupée en chiffon, avec une aiguille plantée dans le cœur. Une poupée faite à la ressemblance du garçon. Les Noirs, les négresses à genoux prient et de temps à autre poussent un cri de chagrin, de grand chagrin, c'est quelque chose que chacun a au fond de lui. La fille regarde et cherche le sorcier, elle a terriblement peur de le voir et, en même temps, elle en meurt d'envie. La frénésie des tambours monte, les Noirs hurlent de plus en plus fort. La fille, couverte de boue, dépeignée, ses vêtements inutile d'en parler, reste là au bord du cercle que forment ceux qui prient. Soudain les tambours cessent de jouer, les gens de se plaindre, un vent glacé s'élève dans la forêt tropicale. Et apparaît le sorcier. Avec une espèce de tunique blanche qui descend jusqu'aux pieds, mais s'ouvre sur la poitrine, une poitrine jeune, couverte de poils frisés. Le visage est celui d'un vieil homme... le majordome. Avec une expression méchante et fourbe, il donne sa bénédiction à tous les Noirs. Et d'une main il fait un signe aux tambours. Un autre rythme commence, carrément diabolique, et lui, regarde la fille avec un désir qu'il ne dissimule même plus. De la main, il fait des gestes magiques et la regarde fixement, pour l'hypnotiser. La fille détourne le regard pour ne pas tomber sous son pouvoir, mais ne peut résister à l'attraction, et peu à peu elle tourne la tête, jusqu'à regarder le sorcier en face. Et voilà : elle est hypnotisée, tandis que les tambours attaquent un nouveau rythme, plus sensuel. Elle avance vers le sorcier, tous les Noirs entrent en transe, ils sont agenouillés, leur tête rejetée en arrière touche presque terre. Quand la fille est à portée de main du sorcier, voilà que le vent souffle en tempête et toutes les bougies s'éteignent. C'est l'obscurité totale en plein midi. Le sorcier saisit la fille par la taille, ses mains montent vers la poitrine, il lui caresse les pommettes et du bras il l'entraîne vers l'intérieur de la cabane. Et là... Comment c'était au juste après? Excuse-moi, mais je ne me rappelle plus très bien l'affaire. Ah! oui, la bonne négresse qui a vu passer la fille dans la voiture, va chercher le garçon et l'entraîne, en lui disant que le sorcier l'appelle. Car ce qui s'est passé, c'est qu'elle, la négresse, a été la femme du sorcier, autrement dit du majordome. Bref, la fille était sur le point d'entrer dans la cabane quand elle voit arriver le garçon et entend crier la négresse. Et le maléfice est rompu.

— Continue *le pauvre fait l'aumône au riche, le riche demande la charité au pauvre et il rit, il se moque et insulte le pauvre qui n'a rien d'autre à lui donner, une fausse pièce*

— La fille et le garçon regagnent en jeep la grande maison. Sans rien dire. Bien sûr, le garçon sait, est au courant de tout. Ils arrivent à la maison. Elle, pour lui montrer que les choses peuvent s'arranger et qu'elle y met du sien, lui prépare à manger, comme s'il ne s'était rien passé. Mais, dans son va-et-vient, elle tombe sur le garçon une fois de plus accroché à sa bouteille. Elle le supplie de ne pas être faible, de ne pas la laisser lutter seule pour sauver leur ménage, elle dit qu'ils s'aiment, qu'ils vont affronter ensemble tous les obstacles. En vain : il lui donne une bourrade terrible, qui te la jette à terre. Pendant ce temps, le sorcier arrive à la maison abandonnée. Il y trouve la zombi en compagnie de la bonne négresse, qui s'occupe d'elle. La négresse a été sa femme, mais maintenant, elle est vieille et il la méprise. Il lui ordonne de sortir de là, mais la négresse proteste qu'elle ne va pas le laisser user de la zombi pour d'autres méfaits. Et elle tire un poignard, pour frapper le sorcier. Mais lui, parvient à saisir par le poignet la main qui tenait l'arme, il la lui enlève et il la lui plante en plein cœur. La zombi ne bouge pas, mais on lit dans ses yeux une douleur très grande, bien qu'elle n'ait aucune volonté pour agir. Le sorcier lui ordonne de le suivre, il lui débite les plus terribles mensonges, que son mari est un malfaiteur, que c'est lui qui a ordonné de la transformer en zombi, qu'il veut maintenant en faire autant avec sa seconde épouse, qu'il la maltraite, et qu'elle doit, armée de ce couteau, aller tuer le garçon, qu'on en finisse avec toutes ses cruautés. Dans les yeux de la zombi on voit bien qu'elle ne croit pas un seul mot de ce que lui dit le sorcier. Mais elle ne peut rien faire, elle n'est pas maîtresse de sa volonté, elle ne peut qu'obéir aux ordres. Au crépuscule, donc, ils arrivent à la grande maison, ils entrent lentement, par le jardin, qui se trouve maintenant dans une demi-obscurité. Par la fenêtre, la zombi voit que le garçon est ivre, qu'il traite de tous les noms la jeune fille, qu'il la saisit par les épaules, la secoue et la lance sur le côté. Le sorcier met le poignard dans la main de la pauvre zombi. Le garçon cherche de l'alcool, la bouteille est vide, il la secoue pour en tirer une dernière goutte. La zombi ne peut qu'obéir. Le majordome lui commande d'entrer, de tuer le garçon. La zombi avance. On voit dans le fond de ses yeux qu'elle l'aime encore, qu'elle ne veut pas le tuer, mais l'ordre est implacable. Le garçon ne la voit pas. Le majordome appelle la fille, lui dit madame avec respect. La fille s'enferme à clé dans sa chambre, mais là elle entend les gémissements de son mari, qui vient d'être mortellement poignardé par la zombi. Elle sort en courant et le trouve étendu sur le divan où il cuvait son vin, agonisant, avec un des regards les plus tragiques qu'on puisse imaginer. Entre le majordome, il ameute les domestiques pour qu'ils soient témoins du crime, et que lui se lave les mains de tout. Mais pendant ce temps, le jeune homme, dans son agonie, murmure à la zombi qu'il l'a beaucoup aimée, que tout vient de la méchanceté du sorcier, qui a toujours voulu devenir le maître de l'île, et de tous ses biens à lui. Il dit à la zombi de regagner sa cabane, de s'y enfermer, de mettre le feu à la maison, pour n'être plus l'instrument de la perversité de qui que ce soit. Le ciel est devenu noir mais, par instants, des éclairs illuminent tout : une tempête approche. Le garçon, déjà presque sans force, explique aux domestiques, qui sur ces entrefaites sont entrés, que les parents de plusieurs d'entre eux ont été sacrifiés par le sorcier infâme qui les a transformés en zombis. Alors, tous regardent le sorcier avec haine. Le sorcier recule, il sort dans le jardin, il veut s'échapper dans cette nuit de tempête où souffle un vent démentiel, et que des éclairs soudain illuminent, comme si c'était le jour. Le sorcier brandit un revolver, les domestiques s'arrêtent, mais, là, dans le jardin, quand le sorcier se croit déjà hors de danger, juste quand il va s'échapper, une foudre assourdissante tombe et le frappe. Peu après, la pluie cesse. Nul n'a vu la zombi partir sur le chemin de la vieille maison. On entend la sirène d'un bateau qui va prendre le large. La fille met ses affaires dans une valise et rejoint le bateau. Elle laisse tout aux domestiques, elle ne désire qu'une seule chose : oublier. Elle arrive au bateau juste quand on retire la passerelle. Le capitaine la voit du haut du pont, c'est le même capitaine joli garçon qu'on avait rencontré au début. Le bateau lâche ses amarres, les lumières de la côte s'éloignent, la fille est installée dans sa cabine, on frappe à sa porte : elle ouvre, c'est le capitaine, qui lui demande si elle a été heureuse dans l'île. Non, elle dit, et il lui rappelle alors ces tambours qu'on entendait le jour de l'arrivée, qui annoncent toujours des souffrances, quand ce n'est pas la mort. Elle lui répond que peut-être on n'entendra jamais plus ces tambours-là. Le capitaine lui demande de faire silence, parce qu'il lui semble percevoir quelque chose d'étrange : ils sortent tous deux sur le pont, et ils entendent un chant très beau. Ce sont des centaines d'insulaires qui sont venus sur le môle chanter en l'honneur de la fille, lui dire adieu dans un chant de tendresse et de reconnaissance. La fille tremble d'émotion. Le capitaine, pour la protéger, passe un bras autour de ses épaules. Dans l'île, loin du village, là-bas dans la campagne, on voit un immense brasier. La fille embrasse le capitaine, pour calmer le tremblement, les frissons qui parcourent son corps. Elle sait que la pauvre zombi brûle vive, là, dans ce brasier. Le capitaine lui demande de ne pas avoir peur, le passé est derrière eux, la musique d'amour de tout un peuple lui dit adieu pour toujours, et ce qu'elle annonce, ce sont des lendemains de bonheur. Et f-i-fi n-i-ni, c'est fini. T'a plu ? *le malade le plus grave du pavillon est à présent hors de danger, l'infirmière veillera toute la nuit sur son sommeil tranquille*

— Beaucoup *le riche dort tranquille s'il donne son or au pauvre*

— Ahh...

— Quel soupir !

— Ah, quelle drôle de vie...

— Qu'est-ce que tu as, Molinita ?

— Je ne sais pas, j'ai peur de tout, j'ai peur de me faire des illusions quand je crois qu'ils vont me libérer, j'ai peur qu'ils ne me libèrent pas... Et ce dont j'ai le plus peur, c'est qu'ils nous séparent et me mettent dans une autre cellule où je resterai pour toujours, avec Dieu sait quel salopard...

— Mieux vaut ne pas penser à ça. Après tout, rien ne dépend de nous.

— Tu vois, là, je ne suis pas d'accord, il me semble qu'en y pensant, peut-être que nous trouverions une issue, Valentin.

— Quelle issue ?

— Au moins... qu'on ne nous sépare pas.

— Écoute... pour ne pas te tourmenter, pense à une seule chose : que ce que tu veux, c'est sortir pour t'occuper de ta mère.

Rien d'autre. Ne pense à rien d'autre. Parce que sa santé est ce qui t'importe le plus, pas vrai ?

— Oui...

— Concentre-toi là-dessus, un point c'est tout.

— Non, je ne veux pas me concentrer là-dessus... non !

— Eh ?... Qu'est-ce qu'il y a ?

— Rien...

— Allons, ne te mets pas dans ces états... sors ton visage de ton oreiller.

— Non... laisse-moi.

— Mais qu'est-ce qu'il y a ? Il y a quelque chose que tu me caches ?

— Non, te cacher non... Mais c'est que...

— C'est que quoi ? En sortant de là, tu seras libre, tu vas connaître des gens, si tu veux tu pourras même entrer dans un groupe politique.

— Tu es fou, on ne va pas faire confiance à une tapette.

— Je peux te dire qui voir...

— Non, sur ce que tu aimes le plus, jamais, jamais, tu entends ? ne me dis rien de tes camarades.

— Pourquoi ? qui penserait que tu iras les voir ?

— Non, on peut m'interroger, n'importe quoi, et si je ne sais rien je ne peux rien dire.

— De toute façon, il y a beaucoup de groupes d'action politique. Et si l'un d'eux te convient, tu peux y entrer, même s'il s'agit de groupes où l'on ne fait que parler.

— Je n'entends rien à ces choses...

— C'est vrai que tu n'as pas d'amis, de vrais amis ?

— Bon, j'ai pour amis des folles comme moi, des amis pour passer un moment, pour rigoler un peu. Mais dès que nous devenons dramatiques... nous nous fuyons. Je t'ai déjà raconté comment c'est, chacune se voit reflétée dans l'autre, et est épouvantée. Nous nous déprimons comme des chiennes, tu ne peux pas savoir.

— Les choses peuvent changer en sortant.

— Elles ne vont pas changer...

— Allons, ne pleure pas... ne sois pas comme ça... Combien de fois déjà je t'ai vu pleurer ? Bon, moi aussi j'y suis allé de ma petite larme... Mais ça suffit, quoi... Cela me rend... nerveux, que tu pleures.

— C'est que je n'en peux plus... J'ai tant... tant de malchance...

— On éteint déjà la lumière ?

— Oui, qu'est-ce que tu crois ? Il est huit heures et demie. Et tant mieux, comme ça tu ne vois pas mon visage.

— Le temps est passé bien vite avec ce film, Molina.

— Cette nuit, je ne vais pas pouvoir dormir.

— Alors écoute-moi, je peux t'aider en quelque chose. L'important c'est de parler. Avant tout, tu dois penser à entrer dans un groupe, ne pas rester seul, cela sûrement t'aidera.

— Me mettre dans un groupe avec qui ? Je n'entends rien à ces choses, et je n'y crois pas beaucoup plus.

— Alors, résigne-toi.

— N'en parlons... plus.

— Allons... ne sois pas comme ça... Molinita.

— Non... je t'en prie... ne me touche pas.

— Ton ami ne peut donc pas te tripoter ?

— Je me sens encore plus mal.

— Pourquoi ?... allons, parle ; il est temps que nous ayons confiance l'un en l'autre. Vraiment, je veux t'aider, Molinita, dis-moi ce que tu as.

— Tout ce que je demande, c'est de mourir. C'est tout ce que je demande.

— Ne dis pas ça. Pense à la tristesse que tu causerais à ta mère... et à tes amis ; à moi.

— Qu'est-ce que cela pourrait te faire, à toi ?

— Comment donc ! Eh bien ! quel type...

— Je suis très fatigué, Valentin. Je suis fatigué de souffrir. Tu ne sais pas, j'ai mal tout au fond de moi.

— Où as-tu mal ?

— Dans la poitrine, dans la gorge... Pourquoi la tristesse nous serre-t-elle toujours là ?

— Vrai.

— Et maintenant toi... tu m'as coupé l'envie de pleurer. Je ne peux pas continuer. Et c'est pire, ce nœud dans ma gorge, qui me serre, c'est quelque chose d'affreux.

— C'est certain, Molina, c'est là qu'on sent le plus la tristesse. Tu le sens très fort ? Il te serre très fort, ce nœud ?

— Oui.

— C'est là que ça te fait mal ?

— Oui.

— Je peux pas te caresser ?

— Si.

— Ici ?

— Oui.

— Ça te fait du bien ?

— Oui... ça me fait du bien.

— Moi aussi, ça me fait du bien.

— Vrai ?

— Oui. Quel repos...

— Pourquoi repos, Valentin ?

— Pourquoi ? Je ne sais pas...

— Pourquoi ?

— Parce que je ne pense pas à moi...

— Tu me fais tellement de bien...

— Parce que je pense que tu as besoin de moi, et que je peux faire quelque chose pour toi.

— Valentin... tu cherches une explication à tout... Tu es fou...

— C'est sans doute que je n'aime pas me laisser conduire par les choses... Je veux savoir pourquoi les choses arrivent.

— Valentin... Est-ce que je peux te toucher, moi ?

— Oui.

— Je veux toucher... ce grain de beauté... un peu gros, que tu as au-dessus du sourcil... Et comme ça, je peux te toucher ? Et comme ça ? Cela ne te dégoûte pas, que je te caresse ?

— Non.

— Tu es très bon... Vraiment, tu es très bon avec moi...

— C'est toi qui es bon.

— Valentin... si tu veux, tu peux me faire tout ce que tu voudras... parce que moi, oui, je veux. Si je ne te dégoûte pas.

— Ne dis pas ces choses-là. En se taisant, c'est mieux.

— Je me glisse un peu contre le mur ? On ne voit rien, rien... dans cette obscurité. Lentement... Non, comme ça j'ai mal. Attends, non, comme ça c'est mieux, laisse-moi écarter les jambes. Très lentement, je t'en prie, Valentin. Comme ça... Merci... merci.

— Merci à toi aussi...

— A toi... Comme ça je t'ai en face, bien que je ne puisse te voir, dans cette obscurité. Aïe... ça me fait encore mal... Maintenant oui, ça me plaît, Valentin... Ça ne me fait plus mal.

— Tu te sens mieux ?

— Oui... Et toi ? Valentin, dis-moi...

— Je ne sais pas... Ne me demande pas... parce que je n'en sais rien.

— Ah ! que c'est bon...

— Ne parle pas... un petit moment, Molinita.

— C'est que je sens... des choses si étranges... Maintenant, sans le vouloir, j'ai porté ma main à mon sourcil, en cherchant le grain de beauté.

— Quel grain de beauté ?... C'est moi qui ai un grain de beauté, pas toi.

— Je sais. Mais j'ai porté ma main à mon sourcil, pour toucher le grain de beauté... que je n'ai pas. Ça te va si bien, à toi ; dommage que je ne puisse le voir. Ça te plaît, Valentin ?

— Silence... tais-toi un petit peu.

— Et tu sais quelle autre chose j'ai senti, Valentin ? mais l'espace d'une minute, pas plus.

— Quoi ? Parle, mais reste comme ça, ne bouge pas...

— L'espace d'une minute seulement, il m'a semblé que je n'étais pas là... ni là ni ailleurs... Il m'a semblé que je n'étais pas là, moi... que toi seul, tu étais là. Ou que je n'étais pas moi. Que maintenant, moi... j'étais toi.

12

— Bonjour.

— Bonjour... Valentin.

— Tu as bien dormi ?

— Oui. Et toi, Valentin ?

— Quoi ?

— Tu as bien dormi ?

— Merci. J'ai déjà entendu il y a un moment passer le maté ; tu n'en veux pas, pas vrai ?

— Non... Je n'ai pas confiance. Que veux-tu pour déjeuner ? Du thé ou du café ?

— Et toi, qu'est-ce que tu vas prendre, Molinita ?

— Moi, du thé. Mais si tu veux du café, je le fais. Ça ne me coûte rien. Comme tu voudras.

— Merci beaucoup. Alors, je prendrai du café.

— Tu veux d'abord demander qu'on t'ouvre, Valentin ?

— Oui, s'il te plaît. Fais ouvrir la porte.

— Tu sais pourquoi je veux du café, Molinita ?

— Non.

— Pour bien me réveiller, et étudier. Pas trop, disons deux heures, ou un peu plus, mais bien remplies. Jusqu'à ce que je puisse reprendre le rythme d'avant.

— Très bien.

— Et ensuite, un peu de repos, avant déjeuner.

— ...

— Molina ? Comment es-tu ce matin ?

— Bien.

— Ça t'a passé, la mauvaise humeur ?

— Oui, mais je suis comme abruti... Je ne pense pas, je ne peux penser à rien.

— Ça fait du bien... de temps en temps.

— Mais je suis bien, je suis content... Ça me fait peur de parler, Valentin.

— Ne parle pas... et ne pense pas. Si tu te sens bien, ne pense à rien, Molina. Tout ce que tu pourrais penser te gâterait la fête.

— Et toi ?

— Moi non plus, je ne veux penser à rien. Je vais étudier. Comme ça je me sauve.

— Tu te sauves de quoi ?... Du repentir pour ce qui s'est passé ?

— Non, je ne me repens de rien. Je me convaincs chaque fois davantage que le sexe, il n'y a rien de plus innocent.

— Je peux te demander quelque chose... très sérieusement ?

— ...

— Aujourd'hui, ne parlons... de rien, ne discutons de rien. C'est pour aujourd'hui seulement que je te le demande.

— Comme tu voudras.

— Tu ne me demandes pas pourquoi ?

— Pourquoi ?

— Parce que je me sens... je sens que je suis... bien, comment te dire, je suis très bien, et je ne veux pas m'enlever cette sensation.

— Comme tu voudras.

— Valentin... je crois que depuis mon enfance, je ne me suis pas senti aussi content. Depuis le temps où maman m'achetait un jouet, ou quelque chose comme ça.

— Tu sais quoi ? Pense à un joli film... Tu me le raconteras quand j'aurai fini d'étudier, pendant que le repas sera sur le feu.

— Et quel film veux-tu que je te raconte ?

— Un qui te plaise beaucoup, ne le cherche pas pour moi.

— Et s'il ne te plaît pas ?

— S'il te plaît à toi, Molina, il me plaira à moi aussi, même s'il ne me plaît pas.

— ...

— Ne reste pas muet. Je veux dire que si quelque chose te plaît, je m'en réjouis; tu comprends, je sens te devoir quelque chose; non, je sais pas ce que je dis. Voilà, tu as été bon avec moi, et je te suis reconnaissant. Et savoir que quelque chose peut te rendre heureux... ça me fait du bien.

— Vraiment ?

— Vraiment, Molina. Et tu sais ce que j'aimerais savoir ? C'est bête...

— Vas-y.

— Je voudrais que tu me dises si tu te souviens d'un jouet que tu as beaucoup aimé, ton préféré... de ceux que t'achetait ta mère.

— Une poupée.

— Une poupée !

— Pourquoi ris-tu comme ça ?

— Bon Dieu, qu'ils ouvrent la porte, vite, ça presse...

— Pourquoi ris-tu tellement ?

— C'est que... je n'en peux plus... j'ai été un fameux psychologue sans le savoir.

— Mais qu'est-ce qui t'arrive ?

— Rien... je voulais voir s'il y avait un rapport entre ce jouet... et moi.

— Tu l'as cherché.

— Tu es bien sûr que ce n'était pas un poupon ?

— Non, une poupée bien blonde, avec des tresses, en Tyrolienne, qui ouvrait et fermait les yeux.

— Aïe, qu'on m'ouvre la porte, je n'en peux plus, vite...

— Je crois bien que c'est la première fois que tu ris depuis que j'ai eu la malchance d'entrer dans ta cellule.

— C'est pas vrai !

— Je te jure, je ne t'avais pas vu rire : jamais.

— J'ai ri bien souvent... et de toi.

— Oui, mais c'était toujours quand la lumière était éteinte. Je te jure : toi, rire, jamais je ne l'avais vu.

– Ça se passe au Mexique, dans un port cent pour cent tropical. Ce matin-là, très tôt, les pêcheurs sortent dans leurs barques, le jour est sur le point de se lever. Une musique leur parvient de loin. La seule chose qu'ils voient, depuis la mer, c'est une maison somptueuse, tout illuminée, avec de grands balcons qui donnent sur un beau jardin, un jardin de jasmins ; suit une clôture de palmiers, et enfin c'est la plage. Il reste peu d'invités au bal masqué. L'orchestre joue un air très cadencé, avec maracas et bongos, mais lent, une sorte de habanera. Quelques couples dansent, un seul porte encore le masque. Le célèbre carnaval de Veracruz se termine, et, quel dommage, le soleil qui se lève annonce le mercredi des Cendres. Le couple aux masques ? la perfection : elle, déguisée en Gitane, très grande, avec une petite taille de guêpe, des cheveux bruns, raie au milieu, et descendant jusqu'à la ceinture ; lui, très fort, brun aussi ; des pattes, les cheveux sur le côté, un vague toupet, une grosse moustache. Elle a un tout petit nez, droit, un profil délicat mais qui révèle du caractère. Elle porte des pièces d'or sur le front, un ample chemisier, de ceux dont le décolleté tient avec un élastique, et qui permet de découvrir une épaule, ou les deux, un chemisier de Gitane, tu vois ?

– Plus ou moins, ça ne fait rien, continue.

– La taille très serrée. La jupe...

– Décris-moi le décolleté. Ne saute pas.

– C'est cette jolie époque où le décolleté était très ouvert et permettait de voir la naissance des seins, mais pas soulevés par le corsage, comme deux bouées. On voyait peu, mais on voyait qu'il y avait quelque chose, c'était comme si on voyait, ou mieux, ça permettait d'imaginer.

– Mais dans ce cas-là ? Beaucoup ou peu ?

– Beaucoup, et la jupe est énorme, avec des foulards, plein de foulards de gaze noués à la taille, de toutes les couleurs. Quand elle danse, on entrevoit les jambes, mais peu. Lui, déguisé en domino, c'est-à-dire avec une cape noire, rien de plus, costume et cravate par-dessous. Il lui dit que c'est le dernier morceau, l'orchestre va s'arrêter, il est l'heure de retirer son masque. Elle refuse, la nuit doit finir sans qu'il sache qui elle est, sans qu'elle sache qui il est. Ils ne se reverront jamais, ça a été la rencontre parfaite d'une nuit de carnaval, rien de plus. Il insiste pourtant et enlève son masque : divin, le type, il lui répète qu'il a passé toute sa vie à l'attendre et qu'il ne va pas maintenant la laisser échapper. Il regarde un brillant fabuleux qu'elle a au doigt et demande si ce bijou signifie quelque chose, un engagement sentimental. Elle répond oui, et le prie de l'attendre dehors, dans sa voiture, pendant qu'elle s'en va aux toilettes se repoudrer et refaire son maquillage. C'est un moment terrible : il sort, l'attend, l'attend encore et elle ne reparaît pas. L'action se transporte en ville, à Mexico, où le garçon travaille comme reporter, dans un grand journal du soir. Ah ! j'ai oublié ; pendant qu'ils dansaient, elle trouve que la musique est à rêver mais regrette qu'elle soit sans paroles, alors il lui confie qu'il est un peu poète, lui. Et un soir qu'il se trouve à la rédaction du journal, il y a un brouhaha terrible, des gens qui entrent, sortent, il comprend qu'on prépare un article à scandale, avec beaucoup de photos, sur une actrice, et chanteuse, qui s'est retirée depuis peu, protégée par un très puissant homme d'affaires, un magnat redoutable, à moitié mafioso, mais dont on ne donne pas le nom. En voyant les photos, le garçon est pensif : cette femme si belle qui a commencé sa carrière dans des théâtres de variétés pour devenir ensuite une star, mais pas longtemps puisqu'elle s'est retirée, cette femme ne lui semble pas inconnue ; et quand il voit sur une photo, tenant une coupe de champagne, cette main ornée d'un brillant étrange, il n'a plus aucun doute sur son identité. En faisant l'innocent, il parvient à savoir ce qui se trame : il s'agit d'un reportage à sensation, il n'y manque plus que quelques photos, qui ne vont pas tarder à arriver, du temps qu'elle se déshabillait sur scène. A la rédaction, on a son adresse, on l'a suivie ; alors, le garçon en profite, il se présente chez elle. Et là, il la regarde, ébloui, elle est en déshabillé de tulle noir. C'est un appartement supermoderne, avec des ampoules encastrées qui donnent une de ces lumières diffuses dont on ne sait d'où elles viennent, tout est en satin pâle, les rideaux, les fauteuils, les tabourets aussi, sans pieds, tout ronds. Elle s'étend sur un divan pour l'écouter. Il lui raconte ce qui se passe, et lui promet : il va cacher toutes les photos, avec ce qu'on a écrit sur son compte, ainsi, on ne pourra rien publier. Elle, le remercie, du fond du cœur. Il l'interroge : est-elle heureuse, dans cette cage dorée ? Mais elle, n'aime pas qu'il dise cela. Alors elle décide de lui raconter la vérité : épuisée par sa lutte au théâtre, où elle a atteint les sommets, elle s'est laissé convaincre par l'offre d'un homme qu'elle croyait bon. Un homme très riche, qui l'a emmenée en voyage partout à travers le monde ; seulement, au retour, il s'est montré de plus en plus jaloux, jusqu'à faire d'elle presque une prisonnière. Elle s'est bien vite fatiguée de cette vie, elle lui a demandé de la laisser remonter sur les planches : il a refusé. Le garçon s'émeut, il est prêt, lui, à faire pour elle n'importe quoi, et il n'aurait pas peur de l'autre ; elle le regarde fixement, de son divan, en prenant une cigarette. Il s'approche d'elle, pour lui donner du feu. Et voilà qu'il l'embrasse. Et elle l'étreint, l'espace d'un moment elle se laisse emporter par un élan, elle murmure qu'elle a besoin de lui... Il lui propose quoi ? de partir, de tout laisser, bijoux, fourrures, robes, magnat, et de le suivre. Mais elle, cela lui fait peur. Il la supplie de ne pas être lâche, ensemble ils peuvent aller loin. Elle demande quelques jours de délai. Il insiste : c'est maintenant ou jamais. Elle le prie de s'en aller. Il refuse, il ne partira pas sans elle, il lui prend les bras et la secoue, comme pour qu'elle n'ait plus peur. Alors elle réagit enfin, mais contre lui : elle lui déclare que tous les hommes sont pareils, qu'elle n'est pas un objet, une chose qu'on manipule selon son gré, par caprice, et qu'il faut lui laisser prendre sa décision. Lui, du coup, dit qu'il ne veut plus jamais la revoir et se dirige vers la porte. Et elle, dépitée, lui demande d'attendre un moment, va dans sa chambre, et revient avec une liasse de billets : pour le payer de la faveur qu'il lui a faite, en promettant de détruire l'article. Il jette l'argent à ses pieds, naturellement, et sort. Le voilà dans la rue : il se repent d'avoir été si impétueux. Il ne sait que faire, et s'en va boire dans une taverne enfumée où l'on entrevoit à peine le pianiste aveugle qui joue ce même air tropical, très lent, très triste, qu'il avait dansé avec elle le soir du carnaval. Le garçon boit, il boit, et compose sur la musique des vers, en pensant à elle ; et il les chante : un chanteur de charme. « Même si tu restes là, prisonnière de toi-même... ton âme, elle, me le dira :... je t'aime. » Voyons, comment ça continue ? Ah ! oui, un peu plus loin : « Je souffre de tes yeux, de tes mains, de tes lèvres... qui savent si bien mentir... et je demande à mon ombre, sans trêve... si ce baiser sacré... » quoi d'autre ? quelque chose comme « ... peut me trahir ». Et après : « Les fleurs noires... de la destinée... nous ont séparés sans pitié... mais il viendra le soir... mon aimée... où à moi tu seras... à moi... » Tu t'en souviens, de ce boléro ?

— Il me semble que non. Je ne sais plus... Continue.

— Le lendemain, au journal, on cherche partout l'article et on ne le retrouve pas. Évidemment, c'est le garçon qui l'a mis sous clé, dans son bureau. Le chef de la rédaction décide d'oublier l'affaire ; impossible de rassembler tout le matériel à nouveau. Le garçon respire, il est soulagé, et après un moment d'hésitation... il téléphone, il la rassure, elle peut être tranquille, on ne publiera plus l'article. Elle, bien sûr, le remercie ; lui, demande pardon pour tout ce qu'il a dit chez elle, il veut la voir et lui donne un rendez-vous. Elle accepte. Il demande l'autorisation de quitter le journal, le chef la lui accorde, et ajoute qu'il lui trouve mauvaise mine depuis quelques jours. Elle, pendant ce temps, se prépare à sortir. Elle a un de ces tailleurs noirs, en velours, qu'on portait dans ces années si belles, bien ajusté, sans chemisier dessous, avec une broche en brillants sur le revers, et un chapeau en tulle blanc, qui fait comme un nuage blanc derrière sa tête. Elle a ramassé ses cheveux en chignon. Elle passe déjà des gants blancs, assortis à son chapeau : elle pense au danger que représente ce rendez-vous. Ira-t-elle ou pas ? Et voilà justement que le magnat rentre. Le magnat, un homme mûr, à cheveux blancs, la cinquantaine passée, un peu gros mais très présentable ; il lui demande où elle va. Elle partait faire des courses ; il propose de l'accompagner ; elle répond qu'il va s'ennuyer, parce qu'elle doit choisir du tissu. Le magnat a bien l'air de se douter de quelque chose, mais il ne lui reproche rien. Elle en profite pour protester : il n'a pas le droit de faire la tête, elle agit en tout comme il veut, elle a renoncé à remonter sur scène, à chanter à la radio, ce serait maintenant le comble qu'il la voie faire des courses d'un mauvais œil. Le magnat déclare simplement qu'il s'en va : elle peut partir faire des courses tant qu'elle voudra, mais si par hasard il apprend qu'elle le trompe... il ne se vengera pas sur elle, sans elle, elle le sait bien, il ne peut pas vivre, mais il se vengera sur l'homme qui aura eu l'audace de s'approcher d'elle. Le magnat sort, et elle sort un moment après, mais elle ne sait que dire au chauffeur, parce que ses oreilles sont encore pleines de ces paroles du magnat : « Je me vengerai sur l'homme qui aura eu l'audace de s'approcher de toi. » Pendant ce temps, le garçon attend dans un bar somptueux, il regarde l'heure et se demande si elle va encore venir. Il commande un autre whisky, un double. Une heure, deux heures passent, il est complètement saoul, mais il le dissimule, il se lève et marche droit. Il va à la rédaction du journal, s'assied à son bureau, commande au planton un double café. Et il travaille, tâchant de tout oublier. Le lendemain, il arrive au bureau plus tôt que de coutume : le rédacteur en chef, surpris, le félicite de venir l'aider, c'est justement un jour très chargé. Il s'absorbe dans son travail, termine tout très rapidement, se lève, remet ce qu'il a rédigé à son chef, qui le félicite de ce qu'il vient d'écrire ; il peut, s'il veut, s'en aller maintenant pour la journée. Le garçon sort donc, boit un verre avec un collègue qui l'invite ; d'abord il refuse, mais l'autre lui demande de l'accompagner, ou plutôt, attends... c'est le chef qui l'invite à boire un verre dans son bureau, parce que le garçon a résolu le gros problème du jour, un article sur un trafic important au sein du gouvernement, et il faut fêter la chose. Après, le garçon gagne tristement la rue, il a le vin triste, et quand il reprend ses esprits, il se trouve où ? devant sa maison à elle. Il ne résiste pas, entre, appuie sur la sonnette de l'appartement. La bonne lui demande ce qu'il veut. Il veut parler à la maîtresse de maison, qui justement, c'est cinq heures de l'après-midi, prend le thé avec le magnat, venu lui apporter un bijou merveilleux, un collier d'émeraudes, pour se faire pardonner la scène de la veille. Elle donne l'ordre à la bonne de dire qu'elle n'est pas là. Mais le garçon est déjà entré. Comment arranger l'affaire ? Elle raconte au magnat ce qui s'est passé avec l'article, elle remercie le journaliste devant lui, elle ajoute même qu'il a refusé tout argent, elle ne sait réellement pas quoi dire d'autre pour arranger les choses ; mais lui, le garçon, furieux de la voir prendre le bras du magnat, lui lance que tout ça le dégoûte et que la seule grâce qu'il lui demande c'est qu'on veuille bien l'oublier pour toujours. Silence du magnat et d'elle. Le garçon s'en va, en laissant sur une table un papier : les paroles de sa chanson. Le magnat regarde la fille, elle a les yeux pleins de larmes, elle est amoureuse du garçon, elle ne peut plus le nier, elle ne peut se le cacher, c'est bien le pire. Le magnat la regarde fixement dans les yeux et lui demande ce qu'elle ressent pour ce journaliste de chiens écrasés. Elle ne peut répondre, elle a un nœud dans la gorge, mais elle voit que le type s'échauffe, alors bon, elle avale sa salive, ce journaliste de chiens écrasés n'est rien pour elle, elle s'est trouvée liée à lui à cause de cette histoire du journal. Le magnat veut savoir de quel journal il s'agit, il s'agit de ce journal qui entreprend d'implacables recherches sur la mafia, il veut alors le nom du ga-çon, pour d'une certaine façon le suborner. Mais la fille, terrifiée à l'idée que le magnat pourrait vouloir en réalité se venger du garçon... refuse de donner son nom. Le magnat, là, lui flanque une gifle terrible qui la fait tomber par terre, et s'en va. Elle reste étendue sur un tapis qui ressemble à de l'hermine, ses cheveux sont encore plus noirs que l'hermine est blanche, et ses larmes qui scintillent, on dirait des étoiles... Elle lève les yeux. Elle voit, sur un des tabourets de satin, le papier. Elle se lève et s'en saisit. Elle lit... « Même si tu restes là, prisonnière de toi-même... ton âme, elle, me le dira !... je t'aime. Les fleurs noires... de la destinée... nous ont séparés sans pitié... mais il viendra le soir... mon aimée... où à moi tu seras... à moi... » Alors elle serre ce papier tout froissé sur son cœur, son cœur peut-être aussi froissé que le papier, autant... ou davantage.

— Continue.

— Le garçon, de son côté, est brisé ; il ne retournera pas à son travail, il erre de bistrot en bistrot. On le demande au journal mais on le le trouve pas, on lui téléphone, mais en entendant la voix de son chef il raccroche. Les jours passent. Et un soir, il voit dans la rue un journal, celui justement où il travaillait, annoncer pour le lendemain un grand article sur l'intimité d'une étoile qui s'est retirée du monde de l'art. Il tremble, il enrage, il se rend au journal, tout est fermé, la nuit est déjà avancée, le veilleur de nuit le laisse entrer sans rien soupçonner, il monte à son bureau, voit qu'on a forcé ses tiroirs pour attribuer à un autre reporter la place abandonnée, et c'est là naturellement qu'on a retrouvé tout le dossier. Il se rend au marbre, qui se trouve en banlieue, très loin, et quand il arrive, la matinée est déjà très avancée, et le numéro du soir est placé sur les rotatives. Il est pris de désespoir, il arrête à coups de marteau les machines, tout le tirage du jour est perdu, parce que les encres se renversent et tout, tout est détruit, des dégâts pour des milliers et des milliers de pesos, des millions, un acte de sabotage. Il disparaît de la ville : on le chasse du syndicat, comme journaliste, il n aura plus jamais de travail. De cuite en cuite, il arrive à une plage, à la recherche de ses souvenirs : Veracruz. Dans une taverne mal famée, face à la mer, tout au bord de la plage, un orchestre typique du cru, avec cet instrument... une table à lames de bois...

— Un xylophone.

— Toi alors, Valentin, tu sais tout. Comment fais-tu ?

— Va, continue, tu m'intéresses.

— ... sur cet instrument, on joue une mélodie bien triste. Lui, avec un couteau, il écrit sur une table, qui est déjà couverte d'inscriptions, de cœurs, de prénoms, et aussi de grossièretés, il écrit des paroles pour l'air qu'on joue et puis il les chante, bien sûr. Ça dit : « ... Quand on te parle d'amour, et d'illusions... qu'on t'offre une chevauchée en plein ciel... même si tu penses à moi, ne redis pas mon nom... tu retrouverais l'amour, le seul qui fut réel... qui veut connaître ton passé... il te faut lui faire un mensonge... dis que tu viens d'un monde effacé... monde de songe... » Et il l'imagine, elle, ou plutôt il la voit au fond de son verre d'eau-de-vie, et elle grandit, jusqu'à reprendre sa taille normale : et elle s'avance dans cette misérable taverne, et elle le regarde, et elle lui chante la suite de son poème : « ... je n'ai jamais souffert, de l'amour je ne sais... je n'ai jamais pleuré... » et lui, son regard sur elle, chante parmi tous ces ivrognes qui n'entendent et ne voient rien « ... car partout où j'irai... je dirai mon amour... comme un songe doré... » mais elle reprend « ... dominant ta rancœur... tu ne diras pas, même aux cieux... ce qu'ont été mes adieux... ce que fut ton malheur... » et il caresse cette image diaphane qui est assise là, à ses côtés, et il continue à chanter : « ... qui veut connaître mon passé... il faudra lui faire un autre mensonge... dire que je viens d'un monde de songe... » et ils se regardent, des larmes dans les yeux, et ils continuent en duo à voix très basse, à peine un murmure : « ... je n'ai jamais souffert, et l'amour je le sais... je n'ai jamais pleuré... ». Il sèche ses larmes, il a honte : être un homme et pleurer, il voit les choses plus distinctement, et elle n'est plus à ses côtés. Désespéré, il saisit son verre, veut le lever et, au fond, il ne voit plus que son image à lui, hirsute... Alors, de toutes ses forces, il lance contre le mur le verre, qui se brise en mille morceaux...

— Pourquoi tu t'arrêtes ? Ne te mets pas dans cet état... Nom de Dieu ! je t'ai dit que la tristesse n'entrerait pas ici aujourd'hui, et elle n'entrera pas !

— Ne me secoue pas comme ça...

— Aujourd'hui, nous allons triompher de ceux qui sont dehors.

— Tu m'as fait peur.

— Ne sois pas triste à cause de moi. Et n'aie pas peur... la seule chose que je veux, c'est tenir ma promesse. Et te faire oublier tout ce qu'il y a de moche. Ce matin, je t'ai donné ma parole qu'aujourd'hui tu ne penserais à rien de triste. Et je vais la tenir : ça ne coûte rien. C'est si facile de te faire oublier ce qu'il y a de triste... tant que ce sera en mon pouvoir, au moins aujourd'hui... je ne t'y laisserai pas penser.

13

— Comment peut être la nuit dehors ?

— Va savoir, Molina ? Il ne fait pas froid, mais très humide. Ce doit être un temps couvert, avec de ces nuages très bas sur lesquels se reflète l'éclairage des rues.

— Oui, une nuit comme ça.

— Les rues doivent être mouillées, surtout les rues pavées, sans qu'il ait plu ; avec, au fond, un peu de brume.

— Valentin... moi, d'habitude, l'humidité, ça me rend nerveux, parce que tout le corps me démange. Aujourd'hui, non.

— Moi aussi, je me sens bien.

— Le repas t'a fait du bien ?

— Oui, le repas...

— Il ne reste pas grand-chose.

— C'est ma faute, Molina.

— Notre faute... Nous avons mangé plus que d'habitude.

— Cela fait combien de temps qu'on t'a apporté le paquet ?

— Quatre jours. Pour demain, il reste un peu de fromage, un bout de pain, de la mayonnaise...

— Et il y a de la confiture d'orange. Et un cake. Et la confiture de lait.

— Et c'est tout, Valentin.

— Un bout de fruit confit. Celui de melon, tu l'as mis de côté pour toi.

— Ça me fait de la peine de le manger, je me le réserve, et le moment n'arrive jamais. Demain, on le partagera.

– Non, c'est pour toi.

– Non, demain, il va bien falloir reprendre l'ordinaire de la prison ; comme dessert, au moins, on mangera le bout de melon confit.

– On verra ça demain.

– Oui, je ne veux penser à rien maintenant. Valentin, laisse-moi rester dans la lune.

– Tu as sommeil ?

– Non, mais je me sens si tranquille... Plus que tranquille... Ne te fâche pas si je dis une sottise : je suis heureux.

– C'est ce qu'il faut.

– Et ce qu'il y a de beau, quand on se sent heureux, tu sais... on dirait que c'est pour toujours : qu'on va jamais plus se sentir mal.

– Moi aussi, je me sens bien ; cette saloperie de grabat est encore tout chaud ; je sais que je vais bien dormir.

– Je sens une petite chaleur dans la poitrine, Valentin ; c'est ce qu'il y a de plus beau. La tête dégagée... non, c'est idiot... la tête comme pleine d'une petite vapeur tiède. Je suis tout entier plein de cela. Je ne sais pas, c'est peut-être que je... te sens encore... comme si tu me touchais.

– ...

– Cela te gêne de parler de ces choses ?

– Non.

– Quand tu es ici, je te l'ai déjà dit, moi je ne suis plus moi, et c'est un soulagement. Ensuite, jusqu'à ce que je m'endorme, et bien que tu sois, toi, sur ton bat-flanc, je ne suis toujours pas moi-même. C'est une chose bizarre... comment te dire ?

– Dis-le, allons.

– Ne me presse pas, laisse-moi me concentrer... Quand je reste seul dans mon lit, je ne suis pas toi non plus, je suis une autre personne, qui n'est ni homme ni femme, mais qui se sent...

– ... hors de danger.

– Oui, voilà. Comment le sais-tu ?

— C'est ce que je sens aussi.

— Comment se fait-il qu'on sente ça ?

— Je ne sais pas.

— Valentin...

— Quoi ?

— Je veux te dire une chose... mais ne ris pas.

— Vas-y.

— Chaque fois que tu es venu dans mon lit... ensuite... j'aurais voulu ne plus me réveiller après m'être endormi. Bien sûr, ça me fait de la peine pour maman, qui resterait toute seule... mais s'il n'y avait que moi, je ne voudrais plus me réveiller. Ce n'est pas une idée qui me passe comme ça par la tête... la seule chose que je demande, pour de vrai, c'est de mourir.

— Avant, tu as un film à me finir.

— Je l'ai échappé belle ! Il en manque beaucoup, je ne terminerai pas encore cette nuit.

— Si tous ces jours-ci, tu m'en avais raconté un petit bout, nous aurions pu finir cette nuit. Pourquoi n'as-tu plus voulu me raconter ?

— Je ne sais pas.

— Pense que c'est peut-être le dernier film que tu me racontes.

— C'est peut-être pour ça, va-t'en savoir...

— Raconte-m'en un petit bout, avant de dormir.

— Mais pas jusqu'à la fin, il en reste beaucoup.

— Jusqu'à ce que tu sois fatigué.

— D'accord. Où en étions-nous ?

— Il chante dans une taverne, pour elle, et elle apparaît au fond d'un verre d'eau-de-vie.

— Oui, et ils chantent en duo. En même temps, elle... a laissé le magnat, ça lui faisait honte de continuer de mener cette vie, et elle a décidé de reprendre son travail. Elle se présente dans un cabaret, comme chanteuse ; là, c'est déjà le jour de ses débuts, elle est nerveuse, ce soir elle va retrouver le contact avec son public, et cet après-midi est consacré à la répétition générale. Elle se présente dans une robe longue, comme le sont toutes ses robes ; pas de bretelles, bustier très serré, taille de guêpe, jupe amplissime ; le tout couvert de paillettes noires qui n'ont pas vraiment d'éclat : à peine une lueur. Les cheveux peignés simplement, raie au milieu, tombant sur les épaules. Elle est accompagnée par un pianiste. Le décor ? rien qu'un rideau de satin blanc retenu par un nœud du même tissu : partout où elle est, elle veut sentir le contact du satin ; à côté d'une colonne grecque en faux marbre blanc, le piano, blanc également, à queue, et le pianiste, en smoking noir. Dans la boîte de nuit, tout le monde s'affaire fiévreusement : on arrange les tables, on fait briller le plancher, on plante des clous ; mais quand elle apparaît, dès qu'on entend au piano les premières notes, là, tout le monde se tait. Et elle chante, ou plutôt non, pas encore, on entend la mélodie au piano, et la percussion presque imperceptible de maracas au loin ; pendant ce temps, ses mains tremblent, ses yeux s'emplissent de tendresse, elle tend sa cigarette à un régisseur qui se trouve dans les coulisses, elle prend une pose à côté de la colonne grecque, et commence d'une voix grave, mélodieuse, en pensant au jeune homme, à dire, sur le ton d'un récit : « ... On dit toujours : l'absence cause l'oubli... mais il n'en est rien, je t'assure... Sort cruel, que la vie m'est dure... depuis l'ultime instant, celui où tu partis... » Là, un orchestre invisible se met à jouer à plein volume et elle donne toute sa voix : « ... Tu l'as emporté sur tes lèvres, le baiser... que pour toi, oui pour toi, je gardais... dans tes yeux tu emportes la vie rêvée... que dans les miens tu as trouvée... » Intermède de l'orchestre ; elle fait quelques pas, s'arrête au milieu de la piste et reprend, à pleine voix : « ... Comment m'as-tu abandonnée... toi qui sais comme on s'est aimés !... il y avait au fond de moi... tant d'élan et tant de foi... Maintenant nous sommes éloignés... et tu vas pleurer comme un enfant... enfant qui trébuche en cherchant... la tendresse que j'avais donnée... »

— J'écoute, vas-y.

— Quand elle finit de chanter, elle a comme oublié tout ce qui l'entoure ; les ouvriers qui préparent la salle pour le soir éclatent en applaudissements. Elle regagne sa loge, satisfaite : il va sûrement apprendre qu'elle s'est remise à son métier, qu'elle s'est séparée du magnat. Mais ce qui l'attend, c'est une terrible surprise : le magnat a acheté la boîte de nuit et ordonné de la fermer, là, avant même la première. En plus, il y a un ordre de saisie sur les bijoux de la fille, le magnat a mis le bijoutier dans le coup, il prétend qu'elle ne les a pas payés, tout est comme ça. Elle se rend compte bien vite que le magnat est bien décidé à l'empêcher de travailler, à lui rendre la vie impossible, pour qu'elle revienne, bien sûr. Mais elle ne s'avoue pas vaincue et décide, avec son imprésario, de continuer coûte que coûte, jusqu'à ce qu'elle obtienne un bon contrat. Le garçon, de son côté, à Veracruz, voit ses économies s'épuiser et doit chercher du travail. Il ne peut plus être journaliste, puisqu'il est sur la liste noire du syndicat... Tenter d'autres travaux ? Sans recommandation, avec la mauvaise mine qu'il a à force de se saouler, et sa tenue négligée, on ne le prend nulle part. Finalement si, il est engagé comme ouvrier dans une scierie, il y travaille quelques jours, mais ses forces s'épuisent, son organisme est miné par l'alcool, il n'a plus d'appétit, il ne peut rien avaler. A la pause du déjeuner, un jour, un collègue insiste pour qu'il mange quelque chose, il goûte une bouchée, ça ne passe pas, tout ce qu'il ressent c'est la soif, la soif. Et le même après-midi, il tombe évanoui, on doit l'emmener à l'hôpital. Dans le délire de sa fièvre, il appelle la fille, alors son collègue fouille dans ses papiers, y cherche l'adresse de son amie, il veut l'appeler à Mexico : naturellement, il ne la trouve plus dans l'appartement somptueux mais la gouvernante, une très brave femme, fait parvenir le message à la petite, qui loge maintenant dans une pension bon marché. Elle se précipite à Veracruz, et c'est alors que se produit la scène la plus terrible ; elle n'a pas d'argent pour acheter un billet ; et le propriétaire de la pension, un gros vieux, dégoûtant, à qui elle demande de lui prêter la somme, refuse. Elle insiste : l'immonde gros répond que, bon, il veut bien lui prêter, mais en échange de... points de suspension. Et on le voit se fourrer dans la chambre de la fille, chose qu'elle ne lui avait jamais permise : un personnage immonde. Le jeune homme, lui, est à l'hôpital, le médecin entre avec une bonne sœur, il regarde la feuille où l'on note l'état du malade, il lui prend le pouls, lui regarde le blanc de l'œil, constate qu'il réagit assez bien, mais il doit prendre garde : jamais plus d'alcool, beaucoup manger, se reposer. Et le garçon se demande comment faire... dans la misère où il est. Juste à ce moment, il voit une silhouette incroyable dans l'encadrement de la porte, loin, à l'autre bout du pavillon. Elle avance en regardant chaque malade afin de retrouver son jeune homme, elle avance lentement, tous les malades la regardent comme si c'était une apparition. Simple, mais divine : toute vêtue de blanc, une robe sans apprêt mais vaporeuse, les cheveux ramassés, aucun bijou. Elle n'en a plus, bien sûr, mais pour le jeune homme cela a un sens précis, cela veut dire qu'elle a enfin rompu avec la vie de luxe que lui offrait le magnat. Quand elle le voit, elle n'en croit pas ses yeux : il a si mauvaise mine qu'elle pleure ; mais le médecin est là, justement, il annonce que le garçon est guéri et peut partir ; lui, répond qu'il n'a pas où aller ; mais elle dit que si, il a une maison avec un jardin, très petite, très modeste, mais à l'ombre des palmiers et caressée par l'air salé de la mer. Et ils s'en vont ensemble : elle a loué cette bicoque, presque dans la campagne, tout à la fin des faubourgs de Veracruz. Il tient mal sur ses jambes tant il est faible, elle lui prépare un lit, il lui demande d'installer plutôt un hamac dans le jardin, attaché à deux de ces palmiers qui entourent la maison. Et il s'étend là, ils se prennent les mains, ils ne peuvent se quitter des yeux ; il promet que la joie de l'avoir près de lui le remettra vite sur pied, qu'il trouvera un bon travail, il ne sera pas une charge pour elle ; elle lui répond de ne pas se tourmenter pour ça, elle a mis de l'argent de côté, et elle ne le laissera travailler que quand il sera tout à fait rétabli. Regards en silence, c'est de l'adoration, on entend les échos lointains de chants de pêcheurs, un orchestre de cordes, très délicat, on ne sait s'il s'agit de guitares ou de harpes... Et lui, dans une espèce de murmure, met des paroles sur la mélodie, il la lui parle presque plus qu'il la lui chante, sur un rythme très lent, celui que suivent les instruments qu'on entend là-bas, au loin : « ... Tu es en moi... je suis en toi... pourquoi pleurer ?... pourquoi souffrir ?... Je voudrais faire taire ma joie... qu'elle reste au monde cachée... mais elle doit trouver sa voie... car toute source doit jaillir... Désir de vivre... Désir d'aimer... Je suis heureux... et toi tu l'es... tu m'aimes tant... moi encore plus... au point que tout est oublié... aujourd'hui le passé est mort... c'est aujourd'hui que je t'ai vue... pour moi pleurer... »

— Ne t'arrête pas.

— Les jours passent, il se sent beaucoup mieux, mais ce qui l'étonne, c'est qu'elle ne lui permette pas de sortir, pas même de l'accompagner jusqu'à ce luxueux hôtel où elle va chanter tous les soirs. Alors, petit à petit, la jalousie commence à le ronger. Il lui demande pourquoi on ne voit pas dans les journaux l'annonce de son numéro de star : elle répond que c'est pour ne pas mettre le magnat sur sa piste, le magnat est capable de le faire tuer s'il le voit à l'hôtel. Le garçon, du coup, qu'est-ce qu'il se met en tête ? qu'elle rencontre le magnat. Un jour, il se rend jusqu'à cet hôtel de superluxe qui fait aussi boîte de nuit, où passent des attractions internationales. Elle n'est annoncée nulle part, et nul ne la connaît, on ne l'a jamais vue... enfin on se la rappelle, oui, c'était une vedette, voilà quelques années. Désespéré, il rôde dans le bas quartier du port, celui des tavernes. Et il ne peut croire ce qu'il voit : à un coin de rue, sous un lampadaire, elle est là qui fait le pied de grue, voilà comment elle gagnait de l'argent pour le nourrir ! Il se cache, il ne faut pas qu'elle le voie, et il rentre à la maison, effondré. Quand elle reparaît à l'aube, il semble dormir, ce qu'il n'a jamais fait avant. Le lendemain, il se lève de bonne heure, pour aller chercher du travail, il lui donne une excuse quelconque. Et il rentre à la nuit, sans avoir rien trouvé ; elle était inquiète. Il fait comme si tout allait bien mais quand vient l'heure pour elle d'aller dans la rue, d'aller chanter comme elle dit, il lui demande de ne pas sortir ; la nuit est lourde de dangers, il veut qu'elle reste près de lui, il a peur de ne plus jamais la revoir. Elle le supplie de se tranquilliser, il est absolument nécessaire qu'elle sorte, il faut bien payer le loyer. Le médecin, sans qu'il le sache, a proposé un nouveau traitement, mais très cher, et c'est demain même qu'ils doivent le voir, tous deux. Elle s'en va... Lui, alors, mesure la charge qu'il représente pour elle, jusqu'où elle s'abaisse pour le sauver. Il voit les bateaux des pêcheurs regagner la rade à la nuit, il marche jusqu'au bord de la mer, c'est la pleine lune – divin ! –, la lune se brise en petits morceaux, ce sont ses reflets dans la houle calme de la nuit tropicale. Il n'y a pas de vent, tout est paisible, sauf le cœur du jeune homme. Les pêcheurs font comme un chœur à bouche fermée, ils entonnent un air très triste, et le jeune homme chante, c'est son désespoir qui lui dicte les mots : « ... Lune, toi qui t'es brisée... sur les ténèbres de mon cœur... où donc t'en es-tu allée ?... Si cette nuit tu fais ta ronde... dis-lui que de l'attendre je meurs... qu'elle revienne enfin, qu'elle revienne... car les rondes portent malheur, font de la peine... et finissent toujours en pleurs... » A l'aube, quand elle revient, il n'est plus là ; il a laissé un petit papier qui dit qu'il l'aime à la folie, mais qu'il ne peut plus être une charge pour elle, qu'il lui demande de ne pas le chercher ; si Dieu veut à nouveau les réunir... ils se retrouveront, même sans se chercher... Elle voit là, tout près, de nombreux mégots et une boîte d'allumettes oubliée, une de ces petites boîtes qu'on donne dans les tavernes du port ; elle comprend alors tout : il l'a vue...

– Ça finit là ?

– Non, ça continue ; mais on laisse la fin pour un autre jour.

– Tu as sommeil ?

– Non.

– Alors ?

– Ce film me fout en l'air, je ne sais pas pourquoi je me suis mis à le raconter... Valentin, j'ai un mauvais pressentiment.

– Quoi ?

– On va me changer de cellule, c'est tout, on ne va pas me relâcher, et je ne vais plus te voir... Moi qui étais si content... en te racontant ce film, j'ai retrouvé le cafard.

– Tu as tort de vouloir devancer les événements ; comment savoir ce qui peut arriver ?...

— J'ai peur qu'il arrive quelque chose de mauvais.

— Par exemple ?

— Eh bien ! Sortir m'importe plus que tout à cause de la santé de maman. Mais je suis inquiet à l'idée que... personne ne s'occupera de toi.

— Et à toi, tu n'y penses jamais ?

— Non.

— ...

— ...

— Molina, il y a une chose que j'aimerais te demander.

— Dis.

— C'est compliqué. Bon... voilà : toi, physiquement, tu es un homme comme moi...

— Hum !

— Si, tu n'as aucune sorte d'infériorité. Pourquoi alors n'as-tu pas l'idée d'être... d'agir en homme ? Je ne te dis pas avec les femmes, si elles ne t'attirent pas. M..is avec un autre homme ?

— Ça ne me dit rien...

— Pourquoi ?

— Parce que non.

— C'est ça que je ne comprends pas bien... Tous les homosexuels ne sont pas comme ça.

— Oui, il y a de tout. Mais moi non, moi... ça me plaît que comme ça.

— Écoute, moi je n'entends rien à ça, mais je veux t'expliquer une chose, même si c'est difficile, je ne sais...

— Je t'écoute.

— Je veux dire que si tu aimes être femme... tu ne dois pas te sentir pour cela amoindri... Je ne sais pas si tu me comprends. Qu'est-ce que tu en penses ?

— ...

— Je veux dire que tu n'as pas à payer ça de quelque chose, rendre des services, demander pardon, parce que ça te plaît comme ça. Tu n'as pas à te... soumettre.

— Mais si un homme... est mon mari, c'est lui qui doit commander, pour qu'il se sente bien. C'est naturel, c'est lui... l'homme de la maison.

— Non, l'homme et la femme de la maison doivent être à égalité. Sinon, c'est une exploitation.

— Alors, ça n'a pas de charme.

— Quoi ?

— Bon, ça c'est très intime, mais puisque tu veux savoir... Le charme c'est que, quand un homme t'embrasse... tu as un peu peur de lui.

— Non, ça c'est mal. Qui t'a mis cette idée en tête ? c'est très mal, ça.

— Mais je le sens ainsi.

— Tu ne le sens pas ainsi, on t'a monté le bourrichon en te farcissant la tête avec ces stupidités. Pour être femme, il ne faut pas être... je ne sais pas, moi... martyre. Écoute... si ce n'était pas la peur que ça fasse très mal, je te demanderais de me le faire, à moi, pour te démontrer que ça, être mâle, ne donne droit à rien du tout.

— Ne parlons plus de ça, parce que c'est une conversation qui ne mène à rien.

— Au contraire, je veux discuter.

— Mais moi pas.

— Pourquoi ?

— Parce que, un point c'est tout. Je te le demande, s'il te plaît.

14

DIRECTEUR : Oui, mademoiselle, passez-moi votre chef, s'il vous plaît... Merci... Comment allez-vous ? Qu'est-ce qu'on raconte chez vous ?... Ici pas grand-chose de neuf... Oui, c'est justement pour cela que je vous appelais... Je le revois dans quelques minutes... Je ne sais si vous vous rappelez que j'avais donné à Molina une semaine de plus. Nous avons même fait en sorte qu'Arregui pense que nous allions changer Molina de cellule un jour ou l'autre, du fait qu'il est question de libération conditionnelle... Exact, ce fut une idée de Molina lui-même, oui... Sapristi... Oui, c'est le temps qui nous presse... Bien sûr, si vous voulez cette information avant de lancer la contre-offensive, je vous comprends, bien sûr... Oui, dans quelques minutes je le vois, mais c'est pour ça que je vous appelle avant. Disons, au cas où il n'aurait rien... absolument rien à déclarer, au cas où il n'y aurait pas le moindre progrès, qu'est-ce que je fais de Molina ?... Vous croyez ?... Dans combien de jours ? Demain même... Pourquoi demain ?... Oui, c'est sûr, il n'y a pas de temps à perdre... Oui, je comprends, aujourd'hui non, comme ça Arregui aura le temps de préparer quelque chose... Parfait ; s'il lui donne un message, Molina lui-même nous conduira à l'organisation... La difficulté, c'est qu'il ne se sente pas surveillé... Mais écoutez... il y a quelque chose de bizarre chez Molina, quelque chose qui me dit, je ne sais comment l'expliquer, il y a quelque chose qui me dit... que Molina ne joue pas franc-jeu avec moi... qu'il me cache quelque chose... Croyez-vous que Molina ait pu se mettre de leur côté ?...

Oui, par peur des représailles des gens d'Arregui, c'est bien possible... Et Arregui aussi peut l'avoir travaillé, allez savoir avec quelles méthodes... Ça aussi, c'est possible... Il est difficile de prévoir les réactions d'un type comme Molina, un amoral en fin de compte... Il y a une autre possibilité : que Molina tente de sortir sans se compromettre avec personne, ni avec nous ni avec Arregui. Que Molina soit du parti de Molina, et rien de plus... Oui, cela vaut la peine d'essayer... Et il y a aussi une autre possibilité... Oui, excusez-moi de vous interrompre... C'est la suivante : si Molina ne nous conduit à rien... c'est-à-dire s'il ne nous fournit aucune information aujourd'hui, ni demain avant de sortir... et ne nous conduit non plus à personne des gens d'Arregui, une fois en liberté... eh bien ! il nous reste encore une autre possibilité... C'est celle-ci : on peut publier dans un journal, ou le faire savoir de n'importe quelle manière, que Molina, ou pour mieux dire qu'un agent X, a fourni à la police des informations sur l'organisation d'Arregui, et que cet agent, l'agent X, a agi subrepticement comme détenu, à l'intérieur du pénitencier. En l'apprenant, les gens d'Arregui le chercheront pour lui régler son compte, et là, nous pourrons les surprendre. En somme, il y a beaucoup de possibilités, une fois que Molina sera en liberté... Ah ! je m'en réjouis... Merci, merci... Oui, je vous appelle sitôt Molina sorti... Parfait, nous nous en tenons à cela... D'accord... Je vous rappelle aussitôt... Enchanté. A bientôt.

DIRECTEUR : Entrez, Molina.
INCULPÉ : Bonjour, monsieur.
DIRECTEUR : C'est bien, brigadier, vous pouvez nous laisser.
BRIGADIER : A vos ordres, monsieur.
DIRECTEUR : Comment ça va, Molina ?
INCULPÉ : Bien, monsieur.
DIRECTEUR : Que me racontez-vous de neuf ?
INCULPÉ : Ça se maintient, monsieur.
DIRECTEUR : Y a-t-il quelque progrès ?

INCULPÉ : Il ne me semble pas, monsieur... Moi, vous pensez bien, qu'est-ce que je souhaiterais de plus ?

DIRECTEUR : Rien de nouveau ?

INCULPÉ : Rien.

DIRECTEUR : Écoutez, Molina, j'avais tout préparé pour vous faire mettre en liberté si vous nous apportiez quelque information. Je dirais mieux, les papiers pour votre libération conditionnelle sont prêts. Il n'y manque plus que ma signature.

INCULPÉ : Monsieur...

DIRECTEUR : C'est bien dommage.

INCULPÉ : J'ai fait tout mon possible, monsieur.

DIRECTEUR : Mais il n'y a même pas eu le moindre indice de quelque chose ? la plus petite piste ?... Parce qu'il suffirait d'un élément... pour que nous puissions agir. Et ce petit élément me justifierait d'apposer ma signature sur vos papiers.

INCULPÉ : Vous imaginez, monsieur, qu'est-ce que je peux vouloir plus que sortir d'ici ?... Mais ce serait pire si j'inventais quelque chose. Vraiment, Arregui est muet comme un tombeau. C'est un type secret, et d'une méfiance absolue ; qu'est-ce que je sais ; c'est impossible, il est... il n'est pas humain.

DIRECTEUR : Regardez-moi en face, Molina, parlons humainement, puisque, vous et moi, nous sommes des êtres humains... Pensez à votre mère, à la joie que vous allez lui donner. Et pensez que nous vous protégerons, qu'il ne vous arrivera rien une fois dehors.

INCULPÉ : Pourvu que je sorte, plus rien n'aurait d'importance pour moi.

DIRECTEUR : Vraiment, Molina, vous n'avez à craindre des représailles d'aucune sorte ; nous vous surveillerons continuellement, vous serez parfaitement protégé.

INCULPÉ : Monsieur le directeur, je le sais. Et je vous remercie beaucoup de penser à ça, de penser que j'ai besoin d'être gardé... Mais que puis-je faire ? Ce serait pire si j'inventais quelque chose qui ne soit pas vrai.

DIRECTEUR : Bon... je regrette beaucoup, Molina... Dans ces conditions, je ne peux rien faire pour vous.

INCULPÉ : Alors tout retombe à l'eau ?... au sujet de ma libération conditionnelle, je veux dire. Il ne reste aucun espoir ?

DIRECTEUR : Non, Molina. Si vous ne nous fournissez aucune information, je me vois dans l'incapacité de vous aider.

INCULPÉ : Aucune réduction de peine pour bonne conduite ? Rien ?

DIRECTEUR : Rien, Molina.

INCULPÉ : Et la cellule ? Vous allez me laisser dans la même cellule, au moins ?

DIRECTEUR : Pourquoi ? Ne préférez-vous pas être avec des gens... plus communicatifs qu'Arregui ? Cela doit être assez triste, de rester là avec quelqu'un qui ne parle pas.

INCULPÉ : C'est que... je ne perds pas l'espoir qu'il me raconte un jour quelque chose.

DIRECTEUR : Non, je crois que vous avez déjà fait assez pour nous aider, Molina ; on va vous transférer dans une autre cellule.

INCULPÉ : Je vous en prie, monsieur, pour l'amour du ciel...

DIRECTEUR : Mais qu'est-ce qu'il y a ?... Vous êtes attaché à Arregui ?

INCULPÉ : Monsieur... tant que je serai avec lui, j'aurai l'espoir qu'il me raconte quelque chose... et s'il me raconte quelque chose, j'aurai l'espoir de ma libération.

DIRECTEUR : Je ne sais pas, Molina, je dois y réfléchir. Mais je crois que ça ne servira à rien.

INCULPÉ : Monsieur, vraiment, pour l'amour du ciel...

DIRECTEUR : Contrôlez-vous, Molina. Nous n'avons plus rien à nous dire, vous pouvez sortir.

INCULPÉ : Merci, monsieur. Pour ce que vous pouvez faire pour moi, merci d'avance...

DIRECTEUR : Vous pouvez vous en aller.

INCULPÉ : Merci...

DIRECTEUR : A bientôt, Molina.

BRIGADIER : Vous avez appelé, monsieur ?

DIRECTEUR : Oui. Vous pouvez accompagner l'inculpé.

BRIGADIER : Très bien, monsieur.

DIRECTEUR : Quoique auparavant je veuille encore dire quelque chose à l'inculpé... Molina... demain soyez prêt avec vos affaires pour quitter la cellule.

INCULPÉ : Je vous en supplie... non, ne me privez pas de mon unique possi...

DIRECTEUR : Un petit moment, je n'ai pas fini de parler. Demain, tenez-vous prêt, parce que vous sortirez en liberté conditionnelle.

INCULPÉ : Monsieur...

DIRECTEUR : Oui, demain, aux premières heures de la matinée.

INCULPÉ : Merci, monsieur...

DIRECTEUR : Et bonne chance, Molina.

INCULPÉ : Merci, monsieur, merci.

DIRECTEUR : De rien, mon vieux, portez-vous bien.

INCULPÉ : Mais sérieusement ?

DIRECTEUR : Bien sûr, sérieusement.

INCULPÉ : Je n'arrive pas à y croire.

DIRECTEUR : Croyez-le... et tenez-vous bien, dehors. Il ne faut plus faire de bêtises avec des gosses, Molina.

INCULPÉ : Demain, donc ?

DIRECTEUR : Oui, demain à la première heure.

INCULPÉ : Merci.

DIRECTEUR : Bon, allez-vous-en maintenant, j'ai à faire.

INCULPÉ : Merci, monsieur.

DIRECTEUR : De rien.

INCULPÉ : Ah !... une chose...

DIRECTEUR : Qu'est-ce que vous avez ?

INCULPÉ : Bien que je sorte demain... si on est venu me voir, ou de chez moi, ou l'avocat...

DIRECTEUR : Parlez... ou préférez-vous que le brigadier sorte ?

INCULPÉ : Non, c'est-à-dire... si on est venu me voir, on ne pouvait pas être sûr que j'allais sortir demain...

DIRECTEUR : Que voulez-vous dire ?... Je ne vous comprends pas. Expliquez-vous : j'ai à faire.

INCULPÉ : Oui, si on est venu, on m'aura apporté un paquet... Et pour ne pas éveiller les soupçons d'Arregui...

DIRECTEUR : Cela n'a plus d'importance. Dites-lui qu'on ne vous a rien apporté, parce que l'avocat savait que vous alliez sortir. Et demain, vous mangerez chez vous, Molina.

INCULPÉ : Ce n'était pas pour moi, monsieur. C'était pour Arregui... par prudence.

DIRECTEUR : N'exagérons pas, Molina. C'est bien ainsi.

INCULPÉ : Excusez-moi, monsieur.

DIRECTEUR : Bonne chance.

INCULPÉ : Merci beaucoup. Pour tout...

— Pauvre Valentin : tu regardes mes mains...

— C'est malgré moi. Je l'ai fait sans le vouloir.

— Tes yeux te trahissent, pauvre trésor...

— Quel langage !... Et alors ? raconte, vite !

— On ne m'a pas apporté de paquet. Tu vas devoir me pardonner.

— En quoi c'est ta faute ?

— Hélas ! Valentin...

— Qu'est-ce qu'il y a ?

— Tu ne sais pas...

— Allons, qu'est-ce que c'est que ce mystère ?

— Tu ne sais pas...

— Allons... qu'est-ce qui est arrivé ? Vas-y !

— Demain, je pars.

— De la cellule ?... C'est con.

— Non, on me laisse sortir : en liberté.

— Non !

— Oui. Mise en liberté conditionnelle.

— Mais c'est merveilleux !

— Je ne sais pas.

— Mais ce n'est pas possible ! La chose la plus fantastique qui pouvait t'arriver !

– Mais toi ?... Tu vas rester tout seul.

– Non ce n'est pas possible, un tel coup de chance, Molinita ! C'est génial, génial... Dis-moi que c'est sûr, tu ne me fais pas une blague ?

– Non, vraiment.

– Génial !

– Tu es très bon de te réjouir tellement pour moi.

– Oui, je me réjouis pour toi ; mais aussi pour autre chose... c'est fabuleux, ça !

– Pourquoi ? qu'est-ce que ça a de si fabuleux ?

– Molina, tu vas servir à quelque chose de fabuleux, et je t'assure que tu ne courras aucun danger.

– Qu'est-ce que c'est ?

– Écoute... ces derniers jours j'ai eu l'idée d'un plan d'action extraordinaire, et je mourais de rage en pensant que je ne pouvais pas le faire parvenir aux copains. Je me creusais la tête à chercher une solution... et tu me la sers sur un plateau.

– Non, Valentin. Je ne suis pas fait pour ça, tu es fou.

– Écoute-moi un petit moment. Ça va être facile. Tu te le fourres dans ta mémoire, tout, et le tour est joué. Le problème est résolu.

– Mais tu es fou. On peut me suivre, faire n'importe quoi, pour voir si je ne suis pas de mèche avec toi.

– Ça, ça peut s'arranger. Tu laisses passer quelques jours, deux semaines. Et moi je te dis comment faire pour savoir si on te suit ou pas.

– Mais Valentin, je pars en liberté conditionnelle ; n'importe quoi et on m'enferme de nouveau.

– Je t'assure qu'il n'y aura pas le moindre risque.

– Valentin, je t'en supplie. Je ne veux pas savoir un mot de ça. Ni où ils sont, ni qui ils sont. Pas un mot.

– Tu n'aimerais pas qu'un jour, moi aussi, je puisse sortir ?

– D'ici ?

– Oui, libre.

– Comment je ne le voudrais pas ?

— Alors tu dois m'aider.

— Il n'y a rien au monde que je voudrais faire plus que ça. Mais, écoute-moi, c'est pour ton bien que je te le demande... ne me donne aucune information, ne me dis rien de tes camarades. Je ne suis pas expert en ces choses-là, et si l'on m'arrête je risque de tout lâcher.

— C'est moi, pas toi, le responsable des camarades. Si je te demande quelque chose, c'est parce que je sais qu'il n'y a pas de risque. Tout ce que tu dois faire, c'est laisser passer quelques jours, et donner un coup de téléphone depuis une cabine publique, pas de chez toi. Et donner rendez-vous à quelqu'un à un faux endroit.

— Comment à un faux endroit ?

— Oui, pour le cas où la ligne de téléphone des camarades serait sur une table d'écoute. C'est pour ça que tu dois leur donner un endroit en code : par exemple, tu leur dis au café Rio de Oro, et eux ils savent que c'est un autre endroit, parce que tout ce que nous disons au téléphone, nous le faisons comme ça, tu comprends ? Quand nous parlons d'un endroit, en réalité c'est un autre. Par exemple, le cinéma Monumental c'est la maison de l'un d'entre nous, et l'hôtel Plaza un coin de rue dans le quartier de Boedo.

— Ça me fait peur, Valentin.

— Quand je t'aurai tout expliqué, tu n'auras plus peur. Tu vas voir comme c'est facile de passer un message.

— Mais si la ligne est sur une table d'écoute, je me mouille ou pas ?

— En parlant d'une cabine publique, non, et en changeant ta voix, ce qui est la chose la plus facile du monde ; je vais t'apprendre. Il y a mille façons ; avec un bonbon dans la bouche, ou un cure-dents sous la langue... Regarde, c'est rien.

— Non, Valentin.

— On en reparlera après.

— Non !

— Comme tu voudras...

— ...

— Qu'y a-t-il ?

— ...

— Ne t'étends pas... Regarde-moi, je t'en prie.

— ...

— Ne cache pas ton visage dans l'oreiller, je t'en prie. Je t'en supplie.

— Valentin...

— Qu'y a-t-il ?

— J'ai de la peine de te laisser seul.

— Pas de peine. Sois content, tu vas voir ta mère, et tu vas pouvoir la soigner. C'est cela que tu voulais, non ?... Allons, regarde-moi.

— Ne me touche pas.

— Bon, c'est bien, Molinita.

— ... Je ne vais pas te manquer ?

— Bien sûr que tu vas me manquer.

— Valentin, j'ai fait une promesse, je sais pas à qui, à Dieu, bien que je ne croie pas beaucoup.

— Oui.

— Ce que je voulais le plus dans la vie, c'était pouvoir sortir d'ici pour m'occuper de maman. J'ai juré de sacrifier tout à ça, que tout ce qui me concernait venait après ; avant tout, j'ai demandé de pouvoir m'occuper de maman. Et mon désir s'est accompli.

— Sois content, alors. Tu es généreux d'avoir pensé d'abord à quelqu'un d'autre, et pas à toi. Tu peux être fier d'être comme ça.

— Mais c'est juste, ça, Valentin ?

— Quoi ?

— Que moi je reste toujours sans rien ? Que je n'aie rien à moi pour de vrai, dans la vie ?

— Tu as ta mère, c'est une responsabilité, et tu dois l'assumer.

— Oui, c'est sûr.

— Alors ?

— Écoute. Maman, elle a déjà eu sa vie, elle a déjà vécu, elle a eu son mari, son fils... Maintenant, elle est vieille, maintenant sa vie est presque accomplie...

— Oui, mais elle est encore vivante.

— Oui, mais moi aussi je suis vivant... Et ma vie, quand est-ce qu'elle commencera ? Quand est-ce que ce sera mon tour d'avoir quelque chose à moi ?

— Molinita, il faut s'y résigner. Tu as tiré le gros lot, on te laisse sortir. Sois content de ça. Dehors, tu vas pouvoir recommencer.

— Je veux rester avec toi. Maintenant, la seule chose que je veux, c'est rester avec toi.

— ...

— Tu as honte que je parle de ça ?

— Non... Eh bien ! oui.

— Oui, quoi ?

— Ça, j'ai un peu honte.

— Valentin... Si je passe ce message, tu crois que tu sortiras plus vite ?

— En tout cas, ce sera une façon d'aider notre cause.

— Mais ça ne veut pas dire qu'on va te laisser sortir tout de suite ? Tu veux dire que ça va rendre plus rapide la révolution.

— Oui, Molinita.

— Ça ne leur donnera pas une raison pour te laisser sortir ?

— Non, Molina. Ne te casse pas la tête, ne pense plus à ça. Nous en discuterons plus tard.

— Il ne reste plus beaucoup de temps pour discuter.

— Nous avons toute la nuit.

— ...

— Et tu dois finir le film, n'oublie pas. Ça fait des jours que tu ne veux rien me raconter.

— C'est que ce film me rend triste.

— Tout te rend triste.

— Tu as raison... tout sauf une chose..

— Ne dis pas de bêtises.

— C'est malheureux, mais c'est ainsi. Tout me rend triste,

qu'on me change de cellule ça me rend triste, qu'on me laisse sortir ça me rend triste. Tout, sauf une chose.

— Dehors, tu seras heureux, tu oublieras tout ce que tu as souffert en prison, tu vas voir.

— C'est que je ne veux pas oublier.

— Bon... assez de bêtises ! Ne m'emmerde plus, s'il te plaît !

— Pardonne-moi... je t'en prie, Valentin, dis-moi que tu me pardonnes. Je te raconte le film, je le termine, si tu veux. Et ensuite je te promets de ne plus t'emmerder avec mes histoires... Valentin ?

— Que veux-tu ?

— Je ne vais pas passer ton message.

— D'accord.

— J'ai peur qu'avant de sortir, on m'interroge sur toi.

— Comme tu voudras.

— Valentin ?

— Quoi ?

— Tu es fâché après moi ?

— Non.

— Tu veux que je termine le film ?

— Non, parce que tu n'as pas envie.

— Si tu veux que je le termine, vraiment.

— Ça ne vaut pas la peine, j'imagine bien comment ça se termine.

— Ça finit bien, pas vrai ?

— Je ne sais pas, Molina.

— Tu vois que tu ne sais pas. Je le termine.

— Comme tu veux.

— Où nous en étions ?

— Je ne m'en souviens pas.

— Voyons... Je crois que nous en étions restés au moment où il voit qu'elle se prostitue pour le nourrir, et où elle se rend compte, et quand elle rentre à la maison, le matin, elle ne le trouve plus.

— Oui, c'était ça.

— Pendant ce temps, le magnat l'a fait rechercher ; il a appris qu'elle était dans une misère noire, et ce type, il se repent de ce qu'il a fait. Donc, ce matin-là, une luxueuse voiture s'arrête devant la maisonnette, en face de la mer. C'est le chauffeur du magnat qui vient pour la remmener. Elle refuse ; arrive le magnat en personne. Il lui demande pardon, tout ce qu'il a fait, il l'a fait par amour, il était désespéré de la perdre. Elle lui raconte ce qui s'est passé, elle pleure toutes les larmes de son corps. Le magnat a de plus en plus de remords, si elle a été capable de pareils sacrifices c'est qu'elle aime cet homme et qu'elle l'aimera toujours. Il lui dit : « Ceci est à toi », il lui remet un coffret qui contient tous ses bijoux, il l'embrasse sur le front. Et il s'en va. Elle, alors, se met à chercher comme une folle le jeune homme partout ; en vendant les bijoux, elle aura plus d'argent qu'il n'en faut pour qu'il soit soigné par les meilleurs médecins, dans les meilleures cliniques. Mais elle ne le trouve nulle part. Elle se met à courir les prisons, les hôpitaux. Et finalement, c'est dans une salle de grands malades qu'elle le trouve. Son organisme est délabré : d'abord l'alcool, puis la faim et le froid. Le froid des nuits où il a dormi étendu au bord de la mer, sans avoir où aller. Quand il la voit, il sourit, il lui demande d'approcher, pour l'embrasser. Elle tombe au pied de son lit. Ils s'embrassent. La nuit précédente, il a eu peur de mourir, la maladie s'était beaucoup aggravée ; mais ce matin, il s'est senti hors de danger, il a pensé que dès qu'il irait mieux, il irait la chercher, parce que tout ce qui les a séparés n'a aucune importance, et qu'ensemble, par n'importe quels moyens, ils sauront repartir. La fille regarde la sœur infirmière qui se trouve au pied du lit, comme pour chercher une confirmation de ce qu'il dit, qu'il va guérir. Mais la sœur, presque imperceptiblement, secoue la tête. Et lui, il continue à parler, il dit qu'on lui a proposé du travail dans des journaux importants, on a même proposé de l'envoyer comme correspondant à l'étranger, ils vont pouvoir partir ensemble, loin de tout, et oublier leurs souffrances. Alors la fille s'aperçoit qu'il délire : c'est l'effet de la fièvre. Il lui raconte qu'il a composé les paroles d'une nouvelle chanson pour elle, qu'elle doit la chanter : il murmure et elle répète, on entend un fond musical, qui semble venir de la mer ; dans son délire, il imagine qu'il se trouve avec elle sur la jetée du port de pêche, dans la lumière dorée du crépuscule. Il dit, et elle répète : « ... Si j'ai de la tristesse, je me souviens de toi... Et si j'ai de la joie, je me souviens de toi... Je peux regarder d'autres yeux, embrasser d'autres lèvres, respirer un autre parfum... c'est de toi que je me souviens... » et de la jetée, ils regardent vers l'horizon, d'où un voilier s'approche : « ... Je te porte... au plus profond, profond de moi... Je te porte... et mon âme se souvient de toi... » et le voilier accoste là, au petit môle des pêcheurs, et le capitaine leur fait signe de monter, il va repartir aussitôt, profitant du vent favorable, et il les emportera loin, sur une mer calme, et les paroles continuent : « ... Jamais je n'aurais cru... connaître une telle, telle douceur... jamais je n'aurais cru... que tu t'emparerais de mon cœur... Voilà comment, ma vie... je me souviens de toi... comment proche ou lointain... de toi je me souviens... La nuit, le jour, ton air revient... je te porte en mon âme, je me souviens de toi... » à présent, ils sont réunis sur le pont du voilier d'où ils regardent, enlacés, l'infini. Il n'y a plus que la mer, le ciel, le soleil s'est couché derrière l'horizon. La fille lui dit que la chanson est belle. Mais lui, ne répond rien. Il est là, les yeux ouverts, peut-être est-ce la dernière chose qu'il aura vue : tous deux à bord de ce voilier, enlacés pour toujours, en partance pour le bonheur.

— Ça n'est pas gai.

— Mais ce n'est pas encore fini. Elle l'embrasse et pleure, désespérée. Et elle laisse tout l'argent des bijoux aux sœurs de l'hôpital, qui savent prendre soin des pauvres. Elle marche, elle marche, comme une somnambule, elle arrive à la maisonnette où ils auront vécu leurs quelques jours de bonheur ; elle marche au bord de l'eau, c'est déjà le crépuscule ; on entend les pêcheurs qui chantent les chansons du jeune homme ; ils les ont entendues et les ont apprises, des couples d'amoureux regardent le coucher du soleil et l'on entend les vers qu'il a composés pour elle au moment heureux de leurs retrouvailles. A présent, les pêcheurs les reprennent et les couples d'amoureux les entendent : « ... tu es en moi...

je suis en toi... pourquoi pleurer ?... pourquoi souffrir ?... Je voudrais faire taire ma joie... qu'elle reste cachée au monde... mais elle doit trouver sa voie... car toute source doit jaillir... Désir de vivre... ». Un vieux pêcheur lui demande des nouvelles du jeune homme, elle répond qu'il est parti, mais que ça ne fait rien, il restera toujours avec eux, même si c'est à travers le souvenir d'une chanson. Elle continue à marcher seule, le regard tourné vers le soleil qui déjà se cache, et on entend : « ... Je suis heureux... et toi tu l'es... tu m'aimes tant... moi plus encore... au point que tout est oublié... aujourd'hui le passé est mort... c'est aujourd'hui que je t'ai vue... pour moi pleurer... » Il fait presque nuit, à peine si l'on devine encore sa silhouette, au loin, qui continue à marcher sans but, comme une âme en peine. Et puis, soudain, l'on voit en grand, en très grand, au premier plan, son visage, les yeux pleins de larmes, mais elle a un sourire aux lèvres... Et f-i-fi n-i-ni, c'est fini.

— Oui.

— Une fin énigmatique, pas vrai ?

— Non, c'est bien ; c'est ce qu'il y a de mieux dans le film.

— Pourquoi ?

— Elle n'a plus rien, mais elle est contente d'avoir eu au moins une relation véritable dans la vie, même si elle s'est terminée.

— Mais elle ne souffre pas davantage, après avoir été heureuse, de se retrouver sans rien ?

— Molina, il y a une chose dont il faut tenir compte. Dans la vie de l'homme, qui peut être courte ou qui peut être longue, tout est provisoire. Rien n'est pour toujours.

— Oui, mais que cela dure un petit peu, au moins !

— Il faudrait savoir accepter les choses comme elles se présentent, et apprécier le bonheur qui t'arrive, bien qu'il ne dure pas. Rien n'est pour toujours.

— C'est facile à dire. Mais le vivre, c'est autre chose.

— Tu dois te raisonner, te convaincre.

— Oui, mais il y a des raisons du cœur que la raison ne comprend pas. Et ça, c'est un philosophe français parmi les meilleurs qui l'a dit. Tu vois que je t'ai eu. Je crois même que je me rappelle son nom : Pascal. Attrape celle-là !

— Tu vas me manquer, Molinita...

— Au moins pour les films.

— Au moins pour les films... Chaque fois que je verrai des fruits confits, je me souviendrai de toi... Et chaque fois que je verrai un poulet à la broche, dans une vitrine de rôtisseur... Un jour, moi aussi je sortirai d'ici.

— Je vais te donner mon adresse.

— Si tu veux.

— Valentin... si parfois il s'est passé quelque chose, je me suis bien gardé de commencer, je n'ai rien voulu te demander si ça ne venait pas de toi. Spontanément, je veux dire.

— Oui.

— Bon, en manière d'adieu, je voudrais te demander quelque chose...

— Quoi ?

— Quelque chose que tu n'as jamais fait, même si nous avons fait bien pire.

— Quoi ?

— Un baiser.

— C'est vrai.

— Demain, avant de m'en aller. N'aie pas peur, je ne te le demande pas maintenant.

— Comme tu voudras.

— ...

— ...

— Je suis curieux de savoir... cela te répugnait beaucoup, de me donner un baiser ?

— Hum... Ça doit venir de la peur que j'avais que tu te transformes en panthère, comme l'héroïne du premier film.

— Je ne suis pas la femme-panthère.

— C'est sûr, tu n'es pas la femme-panthère.

— C'est triste d'être femme-panthère, personne ne peut t'embrasser. Ni rien.

— Toi, tu es la femme-araignée, qui attrape les hommes dans sa toile.

— Que c'est joli ! Ça me plaît, ça... Valentin, toi et maman vous êtes les deux personnes que j'ai le plus aimées au monde... Et toi, tu te souviendras bien de moi ?

— J'ai appris beaucoup avec toi, Molinita...

— Tu es fou, je ne suis qu'un âne.

— Et je veux que tu t'en ailles content, et que tu aies un bon souvenir de moi, comme je l'ai de toi.

— Et qu'est-ce que c'est que tu as appris de moi ?

— C'est très difficile à expliquer. Mais tu m'as fait beaucoup penser, ça je t'assure...

— Tu as toujours les mains chaudes, Valentin.

— Et toi froides.

— Je te promets une chose, Valentin... chaque fois que je me souviendrai de toi, ce sera avec joie, comme tu me l'as appris.

— Et promets-moi une autre chose... tu vas faire en sorte qu'on te respecte, tu ne vas permettre à personne de te traiter mal ni de t'exploiter. Personne n'a le droit d'exploiter personne. Pardonne-moi de te le répéter, parce qu'une fois je te l'ai dit et ça ne t'a pas plu... Molina, promets-moi que tu ne vas pas te laisser marcher sur les pieds par personne.

— Je te le promets... Tu ranges tes livres, si tôt ?... Tu n'attends pas qu'on éteigne la lumière ? Tu n'as pas froid de te déshabiller ?... Que tu es beau !... Ah !

— Molinita...

— Quoi ?

— Rien... je ne te fais pas mal ?

— Non... aïe, oui, comme ça, oui.

— Ça te fait mal ?

— C'était mieux comme l'autre jour, laisse-moi lever les jambes. Comme ça, sur le dos... Comme ça...

— Tais-toi... tais-toi un peu.

— Oui... Valentin...

— Quoi ?

— Rien... Rien...

— ...

— Valentin... Valentin...

— Qu'est-ce qu'il y a ?

— Non, rien, une bêtise... je voulais te dire.

— Quoi ?

— Non, il vaut mieux pas.

— Molina, qu'est-ce que c'est ? Tu voulais me demander ce que tu m'as demandé aujourd'hui ?

— Quoi ?

— Le baiser.

— Non, c'était autre chose.

— Tu ne veux pas que je te le donne, maintenant ?

— Oui, si cela ne te dégoûte pas.

— Ne me mets pas en colère...

— Merci.

— Merci, toi.

— Valentin... Valentin... tu dors déjà ?

— Quoi ?

— Valentin...

— Dis.

— Tu dois me donner toutes les informations... pour tes camarades...

— Comme tu voudras.

— Tu dois me dire tout ce que je dois faire.

— Bon.

— Jusqu'à ce que je le sache bien par cœur...

— D'accord... C'était ça que tu voulais me dire, il y a un moment ?

— Oui... Mais une chose, et ça c'est très, très sérieux... Valentin, tu es sûr qu'on ne m'interrogera pas en sortant ?

— J'en suis sûr.
— Alors, je ferai tout ce que tu me diras.
— Tu ne sais pas la joie que tu me fais.

15

Rapport sur Luis Alberto Molina, inculpé 3 018, mis en liberté provisoire le 9 courant, pris en charge par le service de surveillance CISL en collaboration avec le service d'écoute téléphonique TISL.

Mercredi 9. L'inculpé a été mis en liberté à 8 h 30 et est arrivé à son domicile à 9 h 05 du matin, en taxi, seul. Il n'est de tout le jour pas sorti de son domicile, rue Juramento 5020 ; il s'est mis à la fenêtre plusieurs fois, regardant dans diverses directions, mais plusieurs minutes fixement dans la direction nord-ouest. L'appartement est situé au troisième étage et n'a pas de vis-à-vis.

Il a téléphoné à 10 h 16, demandé un nommé Lalo, et la communication établie, ils ont parlé plusieurs minutes, au féminin, en se donnant divers noms qu'ils échangeaient au long de la conversation, par exemple : Teresa, Chinoise, Perla, Caracola, Pepita, Carla et Tina. Le dénommé Lalo a insisté avant tout pour que le détenu lui fasse le récit de ses « conquêtes » en prison. L'inculpé a répondu qu'on ne racontait que des mensonges sur les relations sexuelles dans les prisons et qu'il n'y avait eu aucune « diversion ». Ils ont promis de se voir à la fin de la semaine, pour aller au cinéma. Chaque fois qu'ils s'appelaient par un nouveau nom, ils riaient.

A 18 h 22, l'inculpé a téléphoné à une dame qu'il a appelée tante Lola. Il a parlé longuement avec elle, évidemment une sœur de sa mère ; ils ont parlé avant tout de la santé de la mère de l'inculpé, et de l'impossibilité où se trouvait cette dame de venir la soigner, parce qu'elle était malade elle aussi.

Jeudi 10. L'inculpé est sorti dans la rue à 9 h 35 du matin, il s'est dirigé vers la teinturerie située à l'angle des rues Pampa et Triunvirato, à deux pâtés de maisons de chez lui. Il a déposé là un grand ballot de linge. Puis il s'est rendu au grand magasin proche, en tournant par la rue Gamarra. Au retour, il s'est arrêté à un kiosque pour acheter des cigarettes, celui qui se trouve dans la rue Avalos, presque au coin de la rue Pampa. De là, il est rentré chez lui.

A 11 h 04, il a reçu un coup de téléphone de parents qu'il a appelés oncle Arthur et tante Maria Esther, qui lui ont souhaité bonne chance. Aussitôt après, il a appelé une personne à la voix jeune, nommée Estela, probablement sa cousine, car elle a passé le combiné à sa mère, que l'inculpé a appelée parfois Chicha et parfois tante Chicha. On l'a félicité d'avoir été libéré pour bonne conduite avant l'accomplissement de sa peine. On l'a invité à déjeuner dimanche prochain avec d'étranges échanges de phrases, parce qu'on répétait des choses que l'inculpé avait l'habitude de dire lorsqu'il redemandait à manger, enfant. L'inculpé, à la question, formulée bizarrement, sur ce qu'il désirait manger, a répondu : « cannelle au lit ». Tout cela semble être un simple jargon enfantin, mais nous recommandons de faire attention. A 17 heures, malgré le froid, l'inculpé a ouvert la fenêtre, et il est resté un long moment à observer – comme la veille – en direction du nord-ouest. A 18 h 46, le même Lalo que la veille lui a téléphoné, l'a invité à faire un tour dans l'auto d'une amie, l'inculpé a accepté à condition d'être de retour chez lui à 21 heures pour dîner avec sa mère et sa tante. Celle-ci, du nom de Cuca, vit dans l'appartement et sort faire des courses chaque matin, à la boulangerie et à la crémerie, l'après-midi, parfois, au supermarché situé à six rues de là, à l'angle des avenues Triunvirato et Roosevelt. Quelques minutes après, l'inculpé est descendu, a attendu à la porte et ce sont deux individus, non pas un homme et une femme comme annoncé, qui sont arrivés dans une Fiat. L'un d'eux, d'environ quarante ans, a, dès sa descente de voiture, embrassé l'inculpé, l'a embrassé sur les deux joues avec une émotion visible. L'autre est resté au volant, donnant, à la façon dont ils se sont serré la main, l'impression qu'il ne connaissait pas l'inculpé. L'individu avait environ cinquante ans. Leur parcours a été direct jusqu'à l'avenue Cabildo par la rue Pampa. Ils ont remonté l'avenue jusqu'à Pacifico et emprunté les rues Santa Fe, Retiro, Leandro Alem, la place de Mayo, l'avenue de Mayo, Congreso, Callao, Corrientes, Reconquista, et diverses rues du quartier de San Telmo ; la voiture s'est arrêtée quelques instants devant chacun des nouveaux cabarets qui se sont ouverts ces dernières années dans cette zone. Devant les magasins d'antiquités également. L'inculpé s'est retourné à plusieurs reprises, comme s'il se doutait de quelque chose. Il s'est évidemment rendu compte qu'il était suivi. Du quartier de San Telmo, la voiture a roulé sans s'arrêter jusqu'au domicile de l'inculpé.

A propos de l'observation faite hier par des membres de la TISL et de la nécessité de vérifier attentivement si un code n'est pas caché dans les noms féminins utilisés par l'inculpé avec le sieur Lalo, on signale que le ton des conversations est blagueur et très désordonné. Quoi qu'il en soit, on prêtera à la question toute l'attention requise.

Vendredi 11. A 11 h 45, coup de téléphone d'un individu à la voix cassée, que l'inculpé a appelé « parrain ». La tension du ton a pu faire penser un moment à un appel téléphonique suspect, la voix paraissait déguisée ; mais il était question du comportement futur de l'inculpé. Le « parrain », dont tout porte à croire qu'il l'était réellement, a recommandé à son filleul une bonne conduite dans la rue et surtout dans le travail ; il lui a rappelé que son emprisonnement avait été dû aux relations qu'il avait eues avec un mineur dans la boutique même où il était étalagiste. La conversation s'est terminée froidement, presque avec rancune de part et d'autre. Quelques minutes plus tard, le susdit Lalo a appelé ;

comme d'habitude ils se sont donné divers noms féminins, cette fois des noms d'actrices, suppose-t-on, parce qu'ils s'appelaient Greta, Marlène, Marilyn, Merle, Gina, Medi (?). On n'avait pas l'impression, répétons-le, qu'il s'agissait d'un code, mais d'une plaisanterie habituelle entre eux. Le ton était animé ; son ami a appris à l'inculpé que des connaissances allaient ouvrir une boutique comportant plusieurs vitrines et qu'elles n'étaient pas parvenues à faire accord avec un autre étalagiste pour des raisons de budget. Il a donné leur numéro de téléphone et leur adresse à l'inculpé, pour qu'il les appelle lundi prochain, 42-5874 et Berutti 1805 respectivement.

A 15 heures, l'inculpé est sorti, il a marché jusqu'à Cabildo, plus de vingt pâtés de maisons. Il est entré au cinéma Général-Belgrano, il y avait très peu de monde dans la salle, il s'est assis seul, n'a parlé à personne. Avant de sortir, il est allé uriner aux toilettes, où nous ne l'avons pas suivi pour éviter les soupçons, vu l'étroitesse des lieux. Il en est ressorti rapidement. Il est rentré à pied chez lui, par une autre rue parallèle, en s'arrêtant à divers coins de rues, regardant attentivement les boutiques et les maisons. Il a pénétré dans son domicile quelques minutes après 19 heures.

Peu après, il a téléphoné à un endroit où l'on a répondu en disant « Restaurant ».

Il a été impossible de distinguer le nom, à cause des voix et du bruit de fond. L'inculpé a demandé à parler à Gabriel. Celui-ci est venu aussitôt au téléphone. Il avait l'air très surpris et étonné, mais ensuite s'est montré très affectueux. Sa voix était virile et son accent probablement celui d'un des bas quartiers de la capitale. Ils ont convenu de s'appeler à la même heure, si l'inculpé ne pouvait se rendre au restaurant quand le dénommé Gabriel prend son service. Nous supposons que c'est sans doute un garçon de l'établissement. Nous avons relevé des ambiguïtés dans la conversation : il sera fondamental d'établir par la suite l'identité de ce Gabriel. Aussitôt après, l'inculpé s'est mis à sa fenêtre sans l'ouvrir, sûrement à cause du froid, mais a tiré le rideau, et est resté plusieurs minutes à regarder fixement, comme d'habitude, non pas en bas vers la rue, mais plus haut. Comme les fois précédentes, il a regardé aujourd'hui encore dans la direction nord-ouest, à la jonction des rues Juramento et Bauness, autrement dit — pour donner une indication plus précise — vers le quartier de Villa Devoto, là où se trouve situé l'établissement pénitentiaire.

Samedi 12. Il est sorti avec sa mère et sa tante. Ils ont pris un taxi, sont arrivés au cinéma Gran Savoy de l'avenue Cabildo à 15 h 25. Ils sont restés assis ensemble et n'ont parlé à personne. Ils sont sortis à 17 h 40 et ont pris cette fois un autobus à l'angle de Monroe et Cabildo. Ils sont descendus au bout de leur pâté de maisons et ont marché en riant. Ils se sont arrêtés dans une boulangerie et ont acheté des massepains. A 19 heures, l'inculpé a rappelé le restaurant. Cette fois il a été possible d'entendre clairement « Restaurant Mallorquin ». Le dénommé Gabriel est venu au téléphone ; l'inculpé lui a expliqué qu'il ne pouvait pas venir le voir parce qu'il devait tenir compagnie à sa mère. Gabriel a dit que lundi, il serait de service le jour, mais que demain dimanche, le restaurant serait fermé, comme d'habitude. Il a semblé un peu contrarié par ce contretemps. Il a été procédé, grâce au service CISL de la zone, à une vérification d'identité de ce Gabriel. Cela figure dans un autre rapport qui sera envoyé au service dès demain, conformément aux dispositions prévues.

Dimanche 13. Le rapport ci-dessus annoncé précise ce qui suit. Le gérant du « Mallorquin », restaurant espagnol ouvert depuis presque cinquante ans, sis rue Salta, 56, a affirmé que Gabriel Armando Solé travaille chez lui depuis cinq ans comme garçon et qu'on ne peut avoir le moindre doute sur son honnêteté. On ne lui connaît pas d'idées politiques extrémistes, il n'assiste pas aux réunions syndicales et on ne lui connaît pas d'amis militants.

Un seul appel téléphonique chez l'inculpé, à 10 h 43. La même qui a appelé quelques jours auparavant, à savoir Tante Chicha, qui a recommencé à parler à demi-mots. Il n'en a pas moins été cette fois éclairci qu'elle les attendrait à 13 heures chez elle et qu'ils devaient arriver à l'heure parce qu'elle avait préparé quelque chose qu'elle a désigné d'abord d'un nom confus, mais qui s'est révélé ensuite être clairement des cannelloni. A 12 h 30 le détenu, sa mère et sa tante sont sortis, ont pris un taxi à l'angle de Triunvirato et Pampa. Ils sont descendus au numéro 1998 de la rue Dean Funes, une maison à un seul étage, dans le quartier de Patricios. Une grosse dame aux cheveux blancs les a accueillis sur le pas de la porte avec des démonstrations de grande tendresse. Ils sont ressortis à 18 h 55. Une jeune fille, d'âge indéterminé, les a reconduits dans sa Fiat 600 jusque chez eux. Il convient de le noter : s'apercevant qu'il était suivi, le chauffeur de taxi avait regardé plusieurs fois en arrière, ainsi que l'inculpé, qui s'était retourné plusieurs fois durant ce long parcours, mais pas les deux dames. Sur le chemin du retour, la conductrice de la Fiat ne s'est, semble-t-il, aperçue de rien.

Lundi 14. A 10 h 05, l'inculpé a appelé le numéro déjà indiqué de la boutique, dûment intercepté depuis le vendredi 11, et correspondant au local de la rue Berutti, non perquisitionné en attente de la suite des événements. Celui qui a répondu a déclaré qu'en effet on aurait besoin de ses services et a demandé qu'il passe lundi prochain 21 pour discuter de son salaire. Il s'est plaint que l'entrepreneur ait dépassé son devis pour les travaux de réfection qui se termineront dans une semaine et que, par conséquent, il ne puisse payer l'étalagiste comme cela se devrait. Ensuite, l'inculpé a appelé le garçon Solé au restaurant. Il lui a dit qu'il ne pourrait aller au centre, parce qu'il devait rester avec sa mère. Solé s'est montré désagréable, ils n'ont pas fixé de nouveau rendez-vous. L'inculpé a promis d'appeler au milieu de la semaine. On peut maintenant considérer Solé comme n'étant pas un contact, mais nous recommandons de conserver sur la table d'écoute le numéro du « Mallorquin ». A 15 heures, l'inculpé s'est mis à la fenêtre et est resté un moment le regard fixe dans la direction nord-ouest, comme d'habitude. A 16 h 18 il est sorti et s'est rendu au kiosque, a acheté deux revues, dont les gros caractères nous ont permis de reconnaître que l'une d'entre elles, en tout cas, était la revue de mode *Claudia.* Dans ce kiosque, on ne vent d'ailleurs pas de revues politiques.

Dimanche 20. Appel téléphonique de Lalo, à 11 h 48. Il a proposé de sortir en auto avec Mecha Ortiz, comme l'autre dimanche. On suppose que c'est le surnom de celui qui conduisait la Fiat pour la promenade précédente. Ils se sont donné divers noms, mais nous ne croyons pas qu'ils constituent un code. Ces noms, Delia, Mirta, Nini, Liber, Paulina, etc., se rapportent, comme celui de la susnommée Mecha Ortiz, presque sûrement à des actrices du cinéma argentin d'il y a quelques années. L'inculpé a refusé l'invitation, car il s'était déjà engagé avec sa mère. A 15 h 15, il s'est mis à la fenêtre, cette fois ouverte, peut-être à cause du soleil et de l'air relativement doux. Il est resté longtemps à regarder dans la direction habituelle. A 17 h 04, il est sorti avec sa mère, ils ont pris un autobus à l'angle de Pampa et de Triunvirato, ils sont descendus à l'angle de Mayo et Lima, ils ont marché deux pâtés de maisons jusqu'au théâtre Avenida, ils ont acheté des billets pour le spectacle d'opérette. En attendant l'heure du spectacle, 18 h 15, ils ont traversé pour regarder des vitrines. Dans l'intervalle, l'inculpé s'est rendu aux toilettes mais n'a parlé à personne. Après être restés à l'orchestre sans parler à personne, ils sont sortis à 20 h 40. Dans la confiserie de l'avenue Mayo, à l'angle de Santiago del Estero, ils ont consommé un chocolat avec des beignets, toujours sans parler à personne. Ils ont pris le même autobus pour rentrer, à l'angle de Mayo et Bernardo de Irigoyen.

Lundi 21. L'inculpé est sorti à 8 h 37. Il a pris un autobus jusqu'à l'avenue Cabildo, de là un autre jusqu'à l'angle de Santa Fe et Callao, puis il a marché le long des cinq pâtés de maisons qui le séparaient du 1805, rue Berutti. Là, il a parlé avec deux individus. Ils ont regardé les espaces consacrés aux vitrines, puis on leur a servi du café. Il est sorti et a refait le même voyage dans l'autre sens, prenant en tout deux autobus. A 11 h 30 il a appelé son ami Lalo, à la banque de Galicia où il travaille. Ils ont parlé avec sérieux, sûrement à cause du lieu de travail. L'inculpé a seulement fait savoir à son ami qu'il s'était mis d'accord pour commencer à travailler dès le lendemain, bien qu'ils n'aient pas encore fixé son salaire. L'autre appel téléphonique du jour a été celui de la tante Lola. Elle a parlé avec la mère de l'inculpé, elles se sont réjouies à la nouvelle que celui-ci avait trouvé un emploi.

Mardi 22. L'inculpé est sorti de chez lui à 8 h 05 et est arrivé à la boutique à 9 heures, ou presque, après avoir couru en arrivant tout le long de deux pâtés de maisons. A 12 h 30 il est sorti déjeuner dans une cafétéria de la rue Juncal, entre Ayacucho et Rio Bamba. Il y a là un téléphone public. Il a effectué un appel téléphonique. Il faut signaler qu'il a fait le numéro trois fois et qu'il raccrochait à chaque fois immédiatement. Puis il a parlé pendant trois minutes. Cela semble étrange, étant donné que dans le magasin où travaille l'inculpé, il y a un téléphone, et que dans la cafétéria il a dû faire la queue pour avoir accès au téléphone. On a contrôlé immédiatement les téléphones du domicile de l'inculpé, du restaurant « Mallorquin » et de la banque où travaille son ami, et on a constaté que ce n'était avec aucun d'eux qu'il parlait. L'inculpé a quitté son travail à 19 heures et est arrivé chez lui quelques minutes après 20 heures.

Mercredi 23. L'inculpé est sorti de chez lui à 7 h 45. Il a appelé de là son ami Lalo à son domicile, à 10 heures, l'a remercié de sa recommandation, puis a passé le combiné à l'un des patrons qui a parlé avec Lalo en l'appelant toujours Soraya. A un moment de la conversation, on a pu savoir le pourquoi de ce surnom, l'individu déclarant : « Tu t'appelleras toujours comme ça, parce que tu es une femme qui ne peut avoir d'enfants », paroles textuelles. L'autre, Lalo, à son tour, l'a appelé Reine Fabiola, pour la même raison. On doit signaler que la façon dont ils changent constamment de noms fait penser que c'est spontané, un jeu sans code. A 12 h 30, l'inculpé est sorti, a pris un taxi et s'est rendu à la maison mère de la banque Mercantil, il s'est adressé au guichet des comptes sur livret, il a retiré une somme et, de là, il a pris un taxi jusqu'à la rue Suipacha, n° 157. Il est entré ensuite chez un notaire où il a été impossible de le suivre, pour des raisons évidentes. Il est ressorti 18 minutes plus tard, et a pris un taxi jusqu'à la boutique de la rue Berutti. Là, il a sorti un sandwich qu'il avait apporté de chez lui le matin, et l'a mangé debout tout en prenant des mesures de tissus avec l'un des patrons. Il est sorti à 19 h 20 et est arrivé chez lui au moyen des transports habituels à 20 h 15. A 21 h 04, il est ressorti, a pris un autobus jusqu'à l'angle de Federico Lacroze et Alvarez Thomas. Là, il en a pris un autre jusqu'à l'angle de Cordoba et Medrano. Puis il a marché jusqu'à Soler et Medrano. Il s'est arrêté près du carrefour, côté Medrano, et a attendu près d'une heure. Il faut signaler que ce carrefour, par la jonction, peu de mètres plus loin, de la rue Costa Rica, permet une surveillance totale dans quatre directions différentes de la part de qui arrive à un rendez-vous, et par conséquent on déduit qu'il fut choisi par quelqu'un qui a une grande expérience des moyens d'échapper à une surveillance policière. L'inculpé a attendu, sans parler à personne. Plusieurs voitures sont passées, aucune ne s'est arrêtée. L'inculpé est rentré chez lui sans s'apercevoir, à ce qu'il semble, qu'il était surveillé. La supposition du Conseil est qu'il avait rendez-vous avec quelqu'un qui s'est aperçu de la surveillance.

Jeudi 24. Selon un autre rapport, l'inculpé a retiré de la banque toutes ses économies, en laissant la somme minimale requise pour que son compte reste ouvert. Il s'agit de l'argent qu'il possédait avant d'être emprisonné. A l'étude du notaire « José Luis Neri Castro », il a laissé une enveloppe cachetée au nom de sa mère, rien d'autre que l'argent retiré, selon la déclaration du titulaire de l'étude en question. Les activités de l'inculpé ont été minimes. Il est sorti le matin pour se rendre à son travail, a mangé un sandwich sur place et bu un café : ils en prennent tous plusieurs fois par jour et il est préparé dans la boutique. Il est rentré chez lui directement, à 20 h 10. Nous notons encore que, par ordre supérieur, il a été décidé de ne pas dévoiler par le canal de la presse la confession imaginaire d'Arregui à l'inculpé Molina et l'intervention de celui-ci comme agent de renseignements. La décision a été prise parce qu'on considère comme possible, et même imminent, un contact de l'inculpé avec les partisans d'Arregui.

Vendredi 25. L'inculpé est parti au travail le matin, est sorti à 12 h 30 et est allé déjeuner seul, à quelques rues de là, dans la pizzeria de Las Heras, n° 2476. Auparavant, il a téléphoné d'une cabine publique en refaisant trois fois le numéro et en raccrochant, comme la fois précédente. Il a parlé de brèves minutes. Il a mangé seul, mais a à peine touché à son repas, qu'il a laissé presque intégralement dans son assiette. Il est retourné à son travail. Il en est sorti à 18 h 40, a pris à Callao un autobus jusqu'à Congreso, où il a pris le métro jusqu'à la station José Maria Moreno. Il a marché jusqu'à l'angle de Riglos et Formosa. Là, il a attendu trente minutes, juste le temps fixé par la direction pour l'arrêter et procéder à son interrogatoire, sauf si c'était auparavant que quelqu'un venait à sa rencontre. Les deux agents de la CISL, qui se tenaient en contact avec la patrouille, ont procédé à son arrestation. L'inculpé a exigé qu'ils lui montrent leur mandat d'arrêt. A ce moment, on a tiré d'une voiture en marche, blessant l'agent Joaquin Perrone, du CISL, et l'inculpé. L'arrivée de la patrouille, quelques minutes plus tard, n'a pas permis de prendre en chasse le véhicule des extrémistes. Parmi les deux blessés, Molina a expiré avant que la patrouille puisse lui prodiguer les premiers soins. L'agent Perrone a reçu une blessure à la cuisse et s'est fait une sérieuse contusion dans sa chute. L'impression de Vasquez et des membres de la patrouille, d'après les événements, est que les extrémistes ont préféré éliminer Molina pour qu'il ne risque pas de parler. L'action préalable de l'inculpé concernant son compte bancaire indique qu'il redoutait lui-même que quelque chose puisse lui arriver. On peut, de plus, faire l'hypothèse suivante : qu'au courant de la surveillance, et au cas où il serait surpris dans une situation compromettante par les forces du CISL, son plan était celui-ci : ou bien s'échapper avec les extrémistes, ou bien être prêt à se faire éliminer par eux.

Le présent rapport a été rédigé en un original et trois copies, pour distribution aux services concernés.

16

— Toutes ces blessures ! Quelle est celle qui vous fait le plus mal ?...

— Ha !...

— Ne parlez pas, Arregui... Ça vous fatigue inutilement. Vous avez des brûlures au troisième degré... les brutes !

— Pitié...

— Combien de jours vous ont-ils laissé sans manger ?

— Trois...

— Quelle bande de salauds... Écoutez, promettez-moi de ne rien dire à personne... Remuez la tête si vous êtes d'accord. Ce qu'ils vous ont fait est une sauvagerie. Vous allez beaucoup souffrir pendant quelques jours... Écoutez-moi, il n'y a personne aux urgences, je vais en profiter pour vous donner de la morphine, comme ça vous vous reposerez. Si vous êtes d'accord, remuez la tête. Mais surtout, ne le leur dites jamais. On me flanquerait à la porte. Dans une minute, ça va passer... une petite piqûre et vous serez soulagé... Comptez jusqu'à quarante.

Un, deux, trois, quatre, cinq, six, sept, huit, neuf, dix, onze, douze, treize, quatorze, quinze...

— Les coups qu'on vous a donnés : incroyable. Et la brûlure à l'aine... la cicatrisation sera longue. Mais ne leur répétez pas ce que je viens de vous dire, je serais dans de beaux draps ! Dès demain, vous souffrirez moins.

... vingt-neuf, trente, trente et un, trente-deux, trente... trois... trente... quel numéro après ? je n'entends plus marcher, plus per-

sonne ne me suit, comment est-ce possible ? il fait si sombre, si vous n'étiez pas devant, vous qui connaissez le chemin, je n'avancerais pas, j'aurais trop peur de tomber dans un puits, et comment ai-je pu parcourir tant de chemin, moi qui suis si épuisé, et affamé ? comment se fait-il que je marche et ne tombe pas, moi qui à tout moment m'endors ? « n'aie pas peur, Valentin, l'infirmier est un brave type qui va prendre soin de toi », Marta ?... où es-tu ? quand es-tu arrivée ? je ne peux pas ouvrir les yeux, je suis endormi, je t'en prie, approche-toi de moi, Marta... parle-moi sans arrêt, touche-moi... « n'aie pas peur, je t'écoute, mais à une condition, Valentin » laquelle ? « ne me cache rien, dis-moi tout, parce qu'à ce moment j'ai beau vouloir écouter, je ne pourrai plus » personne ne nous écoute ? « personne », Marta j'ai été très mal... « je veux savoir comment tu vas maintenant », personne ne nous écoute, c'est sûr ? quelqu'un qui voudrait que je dénonce mes camarades ? « non », Marta chérie, je t'entends parler en moi, « mais je suis en toi », c'est vrai ? et ce sera vrai toujours ? « non, ce sera vrai tant que nous n'aurons pas de secrets l'un pour l'autre », je vais tout te raconter, le bon infirmier me conduit à la sortie par un tunnel très long, « il fait très sombre ? » oui, il me dit qu'au bout il y a de la lumière, très loin, mais je ne sais pas si c'est vrai ; je suis endormi, malgré tous mes efforts, je ne peux pas ouvrir les yeux, « à quoi penses-tu en ce moment ? » mes paupières sont si lourdes, je ne peux pas les ouvrir, j'ai terriblement sommeil, « tu n'entends pas couler de l'eau ? » de l'eau pure court entre les pierres, si je pouvais la toucher de mes mains, je tremperais le bout des doigts, et ensuite mes cils pour les décoller, mais j'ai peur, Marta, « tu as peur de te réveiller et de te retrouver dans ta cellule ? » mais alors, ce n'est pas vrai que quelqu'un va m'aider à m'échapper ? je ne me souviens plus du soleil, mais cette chaleur dans les mains et au visage y ressemble, « peut-être le jour se lève » je ne sais si l'eau est pure, est-ce que j'aurai le courage d'en boire une gorgée ? « en suivant la direction de l'eau, on pourra sûrement arriver à sa source », c'est la vérité, mais je vois un désert, sans arbres, sans maisons, des dunes et des dunes à perte de vue, « au lieu de désert, ne s'agit-il pas plutôt de la mer ? » oui, c'est la mer, avec une plage au sable très chaud, je cours pour ne pas me brûler la plante des pieds, « que vois-tu d'autre ? » ni d'un côté ni de l'autre, on ne voit le voilier de carton, « et qu'entend-on ? » rien, on n'entend pas les maracas, mais le bruit des vagues et rien d'autre, parfois des vagues plus hautes se brisent avec fracas et s'échouent aux pieds des palmiers, Marta... une fleur est tombée sur le sable, « une orchidée sauvage ? » mais les vagues viennent pour l'emporter vers le large, et pourquoi juste au moment où je vais la prendre le vent l'emporte ? l'emporte vers le large, elle disparaît mais je sais nager sous l'eau et je plonge à l'endroit où la fleur a disparu... je vois maintenant une femme, une indigène, je pourrais la toucher mais elle s'échappe en nageant si vite, je n'arrive pas à la rejoindre, Marta, impossible de parler sous l'eau, de l'appeler, de lui dire de ne pas avoir peur, « sous l'eau, on entend ce qu'on pense », elle me regarde confiante, sur sa poitrine elle a noué une chemise d'homme, mais je n'ai plus d'oxygène dans les poumons et je suis à bout de force, d'avoir nagé sous l'eau, alors, l'indigène me prend la main et me ramène à la surface, elle me fait signe de me taire en portant un doigt à ses lèvres, elle ne peut défaire les nœuds de sa chemise qui sont mouillés, qui sont très serrés ; alors je les dénoue, mais elle tourne son regard ailleurs... oubliant ma nudité, je la frôle, elle s'enlace à moi en rougissant, ma main est chaude, je la touche et je caresse son visage, ses cheveux longs jusqu'à la taille, ses fesses, son nombril, ses seins, ses épaules, son dos, son ventre, ses jambes, ses pieds, le ventre à nouveau, « pense que c'est moi », oui, « mais, elle, ne lui dis rien, ne lui fais pas le moindre reproche, laisse-lui croire que c'est moi, même si elle n'y parvient pas », un doigt sur ses lèvres, l'indigène me fait signe à nouveau de ne rien dire, mais à toi, Marta, je te raconte tout, je sens ce que je sentais avec toi, tu es avec moi, et de moi jaillit une giclée blanche, chaude, je l'inonde, Marta, quel bonheur, je te raconte tout, ne pars pas, reste avec moi, surtout en cet instant que voici, ne pars pas juste maintenant ! c'est la plus belle chose du monde, ne bouge pas, en silence c'est mieux, comme ça, ensuite je te raconte, l'indigène ferme les yeux, elle a sommeil, elle veut se reposer, moi si je ferme les yeux quand les rouvrirai-je ? mes paupières sont lourdes, mes yeux fermés, si la nuit tombe je ne le saurai pas, « tu n'as pas froid ? il fait nuit et tu dors sans couverture, l'air de la mer est frais, ne sens-tu pas le froid toute la nuit ? tu dois me raconter », non, je n'ai pas eu froid depuis que je suis dans l'île, je dors toutes les nuits sur un drap si lisse, mon dos touche un drap si tiède... comment t'expliquer, mon amour, ce drap me semble... être en réalité une peau très douce et tiède, une peau de femme, à perte de vue je ne vois rien d'autre que cette peau, peau de femme couchée sur la mer qui lève sa main, dans sa paume je ne suis qu'un grain de maïs, et maintenant, de là où je suis, je peux voir que l'île est une femme, « l'indigène ? » son visage, je n'arrive pas à le voir, il est là-bas, au loin, « et la mer ? » je nage toujours sous l'eau, on n'en voit pas le fond, sous l'eau, ma mère devine tout ce que je pense et nous parlons, veux-tu que je te raconte ce qu'elle me demande ? « oui », elle me demande si c'est vrai tout ce qu'on a dit dans les journaux, si mon camarade de cellule est mort au cours d'une fusillade, si ça a été ma faute, si j'ai honte de lui avoir porté pareille malchance, « que lui as-tu répondu ? » que c'est de ma faute, que je suis triste, mais qu'il ne faut pas être triste : le seul qui puisse savoir, c'est lui, était-il triste ou content de mourir ainsi, en se sacrifiant pour une bonne cause ? lui seul l'aura su, et j'espère, Marta, vraiment je le désire de tout mon cœur, j'espère qu'il est mort content, « pour une bonne cause ? je crois qu'il s'est laissé tuer parce que ainsi, il mourait comme une héroïne de film, ça n'a rien à voir avec une bonne cause », cela lui seul peut le savoir, et il est encore possible qu'il ne le sache même pas, mais moi, maintenant, dans la cellule, je ne peux pas trouver le sommeil ; il m'a habitué à écouter tous les soirs des films, comme une berceuse, si un jour je suis libéré je ne pourrai pas l'appeler et l'inviter à dîner, lui qui tant de fois m'a invité, « et en ce moment, qu'est-ce que tu aimerais vraiment manger ? » je nage en sortant la tête de l'eau, pour ne pas perdre de vue la côte de l'île ; et je suis très fatigué quand j'arrive sur le sable, il ne brûle plus, le soleil n'est plus aussi chaud, avant que la nuit tombe, je vais chercher des fruits dans la forêt, tu ne peux pas savoir combien c'est beau, ce mélange de palmes, de lianes, cette nuit tout est argenté, le film est tourné en noir et blanc, « et la musique de fond ? » des maracas très douces, et des tambours, « ce n'est pas signe de danger ? » non, c'est une musique qui annonce, en même temps qu'un projecteur puissant s'allume, l'apparition d'une femme bizarre, avec une longue robe qui brille, « du lamé argenté, qui l'enserre comme une gaine ? » oui, « et son visage ? » elle porte un masque, un masque argenté, mais... la malheureuse... ne peut pas bouger, là, au plus profond de la forêt, elle est prise dans une toile d'araignée, ou plus exactement les fils de la toile d'araignée poussent de son corps même, de sa taille, de ses hanches, ils font partie de son corps, ces fils velus comme des cordes effilochées, ça me dégoûte, mais peut-être, en les caressant, ils sont d'une douceur inimaginable et j'ai le sentiment de les toucher, « elle ne parle pas ? » non, elle pleure, ou plutôt, elle sourit, mais une larme glisse sur son masque, « une larme qui brille comme un diamant ? » oui, je lui demande pourquoi elle pleure et dans un gros plan qui occupe tout l'écran, à la fin du film, elle me répond que c'est ce que l'on ne peut pas savoir, c'est une fin énigmatique, je lui réponds que c'est bien comme ça, que c'est ce qu'il y a de mieux dans le film parce que ça signifie... et là elle ne m'a pas laissé continuer, elle m'a dit que je voulais trouver une explication à tout, mais qu'en réalité, c'est la faim qui me fait parler, bien que je n'aie pas le courage de l'admettre, elle me regardait, de plus en plus triste, et d'autres larmes lui tombaient, « encore des diamants ? » moi, je ne savais plus comment faire pour lui ôter cette tristesse, « je sais ce que tu lui as fait, et je ne suis pas jalouse, parce que, dans la vie, jamais plus tu ne la verras », elle était vraiment si triste, tu ne peux pas savoir, « mais tu as aimé ça, et ça, je ne devrais pas te le pardonner », dans la vie, jamais plus je ne la verrai, « et c'est vrai que tu as très faim ? » oui, c'est vrai, et la femme-araignée m'a montré du doigt un chemin dans la forêt, et maintenant que j'ai trouvé tant de choses à manger, je ne sais plus par où commencer... « des choses très savoureuses ? » oui, une cuisse de poulet à la broche, des petites galettes avec de grands morceaux de fromage frais, des tranches roulées de jambon cuit, un fameux morceau de fruit confit, du melon, et à la fin, avec une cuiller, je mange toute la confiture de lait que je veux, il y en a tellement que je n'ai plus peur d'en manquer, maintenant un grand sommeil me gagne, Marta, tu ne peux pas imaginer mon envie de dormir après avoir mangé tout ce que j'ai trouvé grâce à la femme-araignée, et après avoir encore mangé une cuillerée de confiture de lait et après avoir dormi... « tu veux déjà te réveiller ? » non, beaucoup plus tard, d'avoir mangé tant de bonnes choses, j'ai un sommeil très lourd, et dans mon sommeil, je vais continuer à te parler, c'est possible ? « oui, puisque c'est un rêve, et nous parlons, et tu n'as plus à avoir peur à présent, plus personne ne pourra nous séparer, nous avons fait le plus difficile », qu'est-ce qui était le plus difficile à faire ? « que je sois dans ta pensée, et ainsi je t'accompagnerai toujours, tu ne seras jamais plus seul », bien sûr, c'est ce que je ne dois jamais oublier, si nous pensons ensemble, nous serons ensemble, même sans nous voir, « c'est ça », et quand je me réveillerai dans l'île tu seras avec moi, « ne désires-tu pas rester toujours dans un lieu aussi beau ?» non, c'est bien comme ça, assez de repos, quand j'aurai tout mangé, après avoir dormi, je serai fort à nouveau, les camarades m'attendent pour recommencer la lutte de toujours, « le nom de tes camarades, c'est la seule chose que je ne veux pas savoir », Marta, je t'aime à la folie ! c'était l'unique chose que je ne pouvais pas te dire, j'avais peur que tu me le demandes et là, oui, je t'aurais pour toujours perdue, « non, Valentin, mon amour, cela n'arrivera pas : le rêve est court mais il est heureux ».

IMPRIMERIE BUSSIÈRE À SAINT-AMAND (CHER)
DÉPÔT LÉGAL JUIN 1986. N° 9268-2 (269)

ŒUVRES TRADUITES DE L'ESPAGNOL ET DU PORTUGAIS
AUX ÉDITIONS DU SEUIL
CHOISIES PAR SEVERO SARDUY

REINALDO ARENAS
Le Monde hallucinant, 1969
Le Puits, 1973
Le Palais des très blanches mouffettes, 1975
La Plantation, 1983
Arturo, l'étoile la plus brillante, 1985

MIGUEL-ANGEL ASTURIAS
Soluna, 1969

JORGE LUIS BORGES
Evaristo Carriego, 1970
coll. « Points Roman », 1984

GUILLERMO CABRERA INFANTE
La Havane pour un infante défunt, 1985

ANTONIO CALLADO
Mon pays en croix, 1971

JOSUÉ DE CASTRO
Des hommes et des crabes, 1966

GERMAN CASTRO CAYCEDO
Je lègue mon âme au diable, 1986

JOSÉ DONOSO
L'Obscène Oiseau de nuit, 1972

AUTRAN DOURADO
L'Opéra des Morts, 1986

GABRIEL GARCIA MARQUEZ
Prix Nobel
Cent Ans de solitude, 1968
Prix du meilleur livre étranger
coll. « Points Roman », 1980

JUAN GOYTISOLO
Juan sans terre, 1977
Makbara, 1982

JOSÉ GUIMARAES ROSA
Buriti, 1961
Hautes Plaines, 1969

JOSÉ LEZAMA LIMA
Paradiso, 1971
coll. « Points Roman », 1984
Le Jeu des décapitations, 1984

LUIS MARTIN-SANTOS
Les Demeures du silence, 1963

EDUARDO MENDOZA
Le Mystère de la crypte ensorcelée, 1982
Le Labyrinthe aux olives, 1985

HEBERTO PADILLA
Hors-jeu, 1969

MANUEL PUIG
Les Mystères de Buenos Aires, 1975
Le Baiser de la femme-araignée, 1979

ERNESTO SABATO
Alejandra, 1967
coll. « Points Roman », 1982
L'Ange des ténèbres, 1976
Prix du meilleur livre étranger
coll. « Points Roman », 1983
Le Tunnel, 1978
coll. « Points Roman », 1982
L'Écrivain et la Catastrophe, 1986

SEVERO SARDUY
Gestes, 1963
Écrit en dansant, 1967
Cobra, 1972
Prix Médicis étranger
coll. « Points Roman », 1986
Barroco, 1975
Maïtreya, 1980
Colibri, 1986

Collection Points

SÉRIE ROMAN

R1. Le Tambour, *par Günter Grass*
R2. Le Dernier des Justes, *par André Schwarz-Bart*
R3. Le Guépard, *par Giuseppe Tomasi di Lampedusa*
R4. La Côte sauvage, *par Jean-René Huguenin*
R5. Acid Test, *par Tom Wolfe*
R6. Je vivrai l'amour des autres, *par Jean Cayrol*
R7. Les Cahiers de Malte Laurids Brigge, *par Rainer Maria Rilke*
R8. Moha le fou, Moha le sage, *par Tahar Ben Jelloun*
R9. L'Horloger du Cherche-Midi, *par Luc Estang*
R10. Le Baron perché, *par Italo Calvino*
R11. Les Bienheureux de La Désolation, *par Hervé Bazin*
R12. Salut Galarneau !, *par Jacques Godbout*
R13. Cela s'appelle l'aurore, *par Emmanuel Roblès*
R14. Les Désarrois de l'élève Törless, *par Robert Musil*
R15. Pluie et Vent sur Télumée Miracle, *par Simone Schwarz-Bart*
R16. La Traque, *par Herbert Lieberman*
R17. L'Imprécateur, *par René-Victor Pilhes*
R18. Cent Ans de solitude, *par Gabriel Garcia Marquez*
R19. Moi d'abord, *par Katherine Pancol*
R20. Un jour, *par Maurice Genevoix*
R21. Un pas d'homme, *par Marie Susini*
R22. La Grimace, *par Heinrich Böll*
R23. L'Age du tendre, *par Marie Chaix*
R24. Une tempête, *par Aimé Césaire*
R25. Moustiques, *par William Faulkner*
R26. La Fantaisie du voyageur, *par François-Régis Bastide*
R27. Le Turbot, *par Günter Grass*
R28. Le Parc, *par Philippe Sollers*
R29. Ti Jean L'horizon, *par Simone Schwarz-Bart*
R30. Affaires étrangères, *par Jean-Marc Roberts*
R31. Nedjma, *par Kateb Yacine*
R32. Le Vertige, *par Evguénia Guinzbourg*
R33. La Motte rouge, *par Maurice Genevoix*
R34. Les Buddenbrook, *par Thomas Mann*
R35. Grand Reportage, *par Michèle Manceaux*
R36. Isaac le mystérieux (Le ver et le solitaire), *par Jerome Charyn*
R37. Le Passage, *par Jean Reverzy*
R38. Chesapeake, *par James A. Michener*
R39. Le Testament d'un poète juif assassiné, *par Élie Wiesel*
R40. Candido, *par Leonardo Sciascia*

R41. Le Voyage à Paimpol, *par Dorothée Letessier*
R42. L'Honneur perdu de Katharina Blum, *par Heinrich Böll*
R43. Le Pays sous l'écorce, *par Jacques Lacarrière*
R44. Le Monde selon Garp, *par John Irving*
R45. Les Trois Jours du cavalier, *par Nicole Ciravégna*
R46. Nécropolis, *par Herbert Lieberman*
R47. Fort Saganne, *par Louis Gardel*
R48. La Ligne 12, *par Raymond Jean*
R49. Les Années de chien, *par Günter Grass*
R50. La Réclusion solitaire, *par Tahar Ben Jelloun*
R51. Senilità, *par Italo Svevo*
R52. Trente Mille Jours, *par Maurice Genevoix*
R53. Cabinet Portrait, *par Jean-Luc Benoziglio*
R54. Saison violente, *par Emmanuel Roblès*
R55. Une comédie française, *par Érik Orsenna*
R56. Le Pain nu, *par Mohamed Choukri*
R57. Sarah et le Lieutenant français, *par John Fowles*
R58. Le Dernier Viking, *par Patrick Grainville*
R59. La Mort de la phalène, *par Virginia Woolf*
R60. L'Homme sans qualités, tome 1, *par Robert Musil*
R61. L'Homme sans qualités, tome 2, *par Robert Musil*
R62. L'Enfant de la mer de Chine, *par Didier Decoin*
R63. Le Professeur et la Sirène
par Giuseppe Tomasi di Lampedusa
R64. Le Grand Hiver, *par Ismaïl Kadaré*
R65. Le Cœur du voyage, *par Pierre Moustiers*
R66. Le Tunnel, *par Ernesto Sabato*
R67. Kamouraska, *par Anne Hébert*
R68. Machenka, *par Vladimir Nabokov*
R69. Le Fils du pauvre, *par Mouloud Feraoun*
R70. Cités à la dérive, *par Stratis Tsirkas*
R71. Place des Angoisses, *par Jean Reverzy*
R72. Le Dernier Chasseur, *par Charles Fox*
R73. Pourquoi pas Venise, *par Michèle Manceaux*
R74. Portrait de groupe avec dame, *par Heinrich Böll*
R75. Lunes de fiel, *par Pascal Bruckner*
R76. Le Canard de bois (Les Fils de la Liberté, I), *par Louis Caron*
R77. Jubilee, *par Margaret Walker*
R78. Le Médecin de Cordoue, *par Herbert Le Porrier*
R79. Givre et Sang, *par John Cowper Powys*
R80. La Barbare, *par Katherine Pancol*
R81. Si par une nuit d'hiver un voyageur, *par Italo Calvino*
R82. Gerardo Laïn, *par Michel del Castillo*
R83. Un amour infini, *par Scott Spencer*
R84. Une enquête au pays, *par Driss Chraïbi*

R85. Le Diable sans porte (*tome 1 :* Ah, mes aïeux !)
par Claude Duneton
R86. La Prière de l'absent, *par Tahar Ben Jelloun*
R87. Venise en hiver, *par Emmanuel Roblès*
R88. La Nuit du Décret, *par Michel del Castillo*
R89. Alejandra, *par Ernesto Sabato*
R90. Plein Soleil, *par Marie Susini*
R91. Les Enfants de fortune, *par Jean-Marc Roberts*
R92. Protection encombrante, *par Heinrich Böll*
R93. Lettre d'excuse, *par Raphaële Billetdoux*
R94. Le Voyage indiscret, *par Katherine Mansfield*
R95. La Noire, *par Jean Cayrol*
R96. L'Obsédé (L'Amateur), *par John Fowles*
R97. Siloé, *par Paul Gadenne*
R98. Portrait de l'artiste en jeune chien, *par Dylan Thomas*
R99. L'Autre, *par Julien Green*
R100. Histoires pragoises, *par Rainer Maria Rilke*
R101. Bélibaste, *par Henri Gougaud*
R102. Le Ciel de la Kolyma (Le Vertige, II)
par Evguénia Guinzbourg
R103. La Mulâtresse Solitude, *par Simone Schwarz-Bart*
R104. L'Homme du Nil, *par Stratis Tsirkas*
R105. La Rhubarbe, *par René-Victor Pilhes*
R106. Gibier de potence, *par Kurt Vonnegut*
R107. Memory Lane, *par Patrick Modiano*
dessins de Pierre Le Tan
R108. L'Affreux Pastis de la rue des Merles
par Carlo Emilio Gadda
R109. La Fontaine obscure, *par Raymond Jean*
R110. L'Hôtel New Hampshire, *par John Irving*
R111. Les Immémoriaux, *par Victor Segalen*
R112. Cœur de lièvre, *par John Updike*
R113. Le Temps d'un royaume, *par Rose Vincent*
R114. Poisson-chat, *par Jerome Charyn*
R115. Abraham de Brooklyn, *par Didier Decoin*
R116. Trois Femmes, *suivi de* Noces, *par Robert Musil*
R117. Les Enfants du sabbat, *par Anne Hébert*
R118. La Palmeraie, *par François-Régis Bastide*
R119. Maria Republica, *par Agustin Gomez-Arcos*
R120. La Joie, *par Georges Bernanos*
R121. Incognito, *par Petru Dumitriu*
R122. Les Forteresses noires, *par Patrick Grainville*
R123. L'Ange des ténèbres, *par Ernesto Sabato*
R124. La Fiera, *par Marie Susini*
R125. La Marche de Radetzky, *par Joseph Roth*

R126. Le vent souffle où il veut, *par Paul-André Lesort*
R127. Si j'étais vous..., *par Julien Green*
R128. Le Mendiant de Jérusalem, *par Élie Wiesel*
R129. Mortelle, *par Christopher Frank*
R130. La France m'épuise, *par Jean-Louis Curtis*
R131. Le Chevalier inexistant, *par Italo Calvino*
R132. Dialogues des Carmélites, *par Georges Bernanos*
R133. L'Étrusque, *par Mika Waltari*
R134. La Rencontre des hommes, *par Benigno Cacérès*
R135. Le Petit Monde de Don Camillo, *par Giovanni Guareschi*
R136. Le Masque de Dimitrios, *par Eric Ambler*
R137. L'Ami de Vincent, *par Jean-Marc Roberts*
R138. Un homme au singulier, *par Christopher Isherwood*
R139. La Maison du désir, *par France Huser*
R140. Moi et ma cheminée, *par Herman Melville*
R141. Les Fous de Bassan, *par Anne Hébert*
R142. Les Stigmates, *par Luc Estang*
R143. Le Chat et la Souris, *par Günter Grass*
R144. Loïca, *par Dorothée Letessier*
R145. Paradiso, *par José Lezama Lima*
R146. Passage de Milan, *par Michel Butor*
R147. Anonymus, *par Michèle Manceaux*
R148. La Femme du dimanche
par Carlo Fruttero et Franco Lucentini
R149. L'Amour monstre, *par Louis Pauwels*
R150. L'Arbre à soleils, *par Henri Gougaud*
R151. Traité du zen et de l'entretien des motocyclettes
par Robert M. Pirsig
R152. L'Enfant du cinquième Nord, *par Pierre Billon*
R153. N'envoyez plus de roses, *par Eric Ambler*
R154. Les Trois Vies de Babe Ozouf, *par Didier Decoin*
R155. Le Vert Paradis, *par André Brincourt*
R156. Varouna, *par Julien Green*
R157. L'Incendie de Los Angeles, *par Nathanaël West*
R158. Les Belles de Tunis, *par Nine Moati*
R159. Vertes Demeures, *par William Henry Hudson*
R160. Les Grandes Vacances, *par Francis Ambrière*
R161. Ceux de 14, *par Maurice Genevoix*
R162. Les Villes invisibles, *par Italo Calvino*
R163. L'Agent secret, *par Graham Greene*
R164. La Lézarde, *par Édouard Glissant*
R165. Le Grand Escroc, *par Herman Melville*
R166. Lettre à un ami perdu, *par Patrick Besson*
R167. Evaristo Carriego, *par Jorge Luis Borges*
R168. La Guitare, *par Michel del Castillo*

R169. Épitaphe pour un espion, *par Eric Ambler*
R170. Fin de saison au Palazzo Pedrotti, *par Frédéric Vitoux*
R171. Jeunes Années. Autobiographie 1, *par Julien Green*
R172. Jeunes Années. Autobiographie 2, *par Julien Green*
R173. Les Égarés, *par Frédérick Tristan*
R174. Une affaire de famille, *par Christian Giudicelli*
R175. Le Testament amoureux, *par Rezvani*
R176. C'était cela notre amour, *par Marie Susini*
R177. Souvenirs du triangle d'or, *par Alain Robbe-Grillet*
R178. Les Lauriers du lac de Constance, *par Marie Chaix*
R179. Plan B, *par Chester Himes*
R180. Le Sommeil agité, *par Jean-Marc Roberts*
R181. Roman Roi, *par Renaud Camus*
R182. Vingt Ans et des poussières, *par Didier van Cauwelaert*
R183. Le Château des destins croisés, *par Italo Calvino*
R184. Le Vent de la nuit, *par Michel del Castillo*
R185. Une curieuse solitude, *par Philippe Sollers*
R186. Les Trafiquants d'armes, *par Eric Ambler*
R187. Un printemps froid, *par Danièle Sallenave*
R188. Mickey l'Ange, *par Geneviève Dormann*
R189. Histoire de la mer, *par Jean Cayrol*
R190. Senso, *par Camillo Boito*
R191. Sous le soleil de Satan, *par Georges Bernanos*
R192. Niembsch ou l'immobilité, *par Peter Härtling*
R193. Prends garde à la douceur des choses
par Raphaële Billetdoux
R194. L'Agneau carnivore, *par Agustin Gomez-Arcos*
R195. L'Imposture, *par Georges Bernanos*
R196. Ararat, *par D. M. Thomas*
R197. La Croisière de l'angoisse, *par Eric Ambler*
R198. Léviathan, *par Julien Green*
R199. Sarnia, *par Gerald Basil Edwards*
R200. Le Colleur d'affiches, *par Michel del Castillo*
R201. Un mariage poids moyen, *par John Irving*
R202. John l'Enfer, *par Didier Decoin*
R203. Les Chambres de bois, *par Anne Hébert*
R204. Mémoires d'un jeune homme rangé
par Tristan Bernard
R205. Le Sourire du Chat, *par François Maspero*
R206. L'Inquisiteur, *par Henri Gougaud*
R207. La Nuit américaine, *par Christopher Frank*
R208. Jeunesse dans une ville normande
par Jacques-Pierre Amette
R209. Fantôme d'une puce, *par Michel Braudeau*
R210. L'Avenir radieux, *par Alexandre Zinoviev*

R211. Constance D., *par Christian Combaz*
R212. Épaves, *par Julien Green*
R213. La Leçon du maître, *par Henry James*
R214. Récit des temps perdus, *par Aris Fakinos*
R215. La Fosse aux chiens, *par John Cowper Powys*
R216. Les Portes de la forêt, *par Elie Wiesel*
R217. L'Affaire Deltchev, *par Eric Ambler*
R218. Les amandiers sont morts de leurs blessures *par Tahar Ben Jelloun*
R219. L'Admiroir, *par Anny Duperey*
R220. Les Grands Cimetières sous la lune *par Georges Bernanos*
R221. La Créature, *par Étienne Barilier*
R222. Un Anglais sous les tropiques, *par William Boyd*
R223. La Gloire de Dina, *par Michel del Castillo*
R224. Poisson d'amour, *par Didier van Cauwelaert*
R225. Les Yeux fermés, *par Marie Susini*
R226. Cobra, *par Severo Sarduy*
R227. Cavalerie rouge, *par Isaac Babel*
R228. Tous les soleils, *par Bertrand Visage*
R229. Pétersbourg, *par Andréi Biély*
R230. Récits d'un jeune médecin, *par Mikhaïl Boulgakov*
R231. La Maison des prophètes, *par Nicolas Saudray*
R232. Trois Heures du matin à New York, *par Herbert Lieberman*
R233. La Mère du printemps, *par Driss Chraïbi*
R234. Adrienne Mesurat, *par Julien Green*
R235. Jusqu'à la mort, *par Amos Oz*
R236. Les Envoûtés, *par Witold Gombrowicz*
R237. Frontière des ténèbres, *par Eric Ambler*
R238. Les Deux Sacrements, *par Heinrich Böll*
R239. Cherchant qui dévorer, *par Luc Estang*
R240. Le Tournant, *par Klaus Mann*
R241. Aurélia, *par France Huser*
R242. Le Sixième Hiver, *par Douglas Orgill et John Gribbin*
R243. Naissance d'un spectre, *par Frédérick Tristan*
R244. Lorelei, *par Maurice Genevoix*
R245. Le Bois de la nuit, *par Djuna Barnes*
R246. La Caverne céleste, *par Patrick Grainville*
R247. L'Alliance, tome 1, *par James A. Michener*
R248. L'Alliance, tome 2, *par James A. Michener*
R249. Juliette, chemin des Cerisiers, *par Marie Chaix*
R250. Le Baiser de la femme-araignée, *par Manuel Puig*
R251. Le Vésuve, *par Emmanuel Roblès*
R252. Comme neige au soleil, *par William Boyd*
R253. Palomar, *par Italo Calvino*

R254. Le Visionnaire, *par Julien Green*
R255. La Revanche, *par Henry James*
R256. Les Années-lumière, *par Rezvani*
R257. La Crypte des capucins, *par Joseph Roth*
R258. La Femme publique, *par Dominique Garnier*
R259. Maggie Cassidy, *par Jack Kerouac*
R260. Mélancolie Nord, *par Michel Rio*
R261. Énergie du désespoir, *par Eric Ambler*
R262. L'Aube, *par Elie Wiesel*
R263. Le Paradis des orages, *par Patrick Grainville*
R264. L'Ouverture des bras de l'homme, *par Raphaële Billetdoux*
R265. Méchant, *par Jean-Marc Roberts*
R266. Un policeman, *par Didier Decoin*
R267. Les Corps étrangers, *par Jean Cayrol*
R268. Naissance d'une passion, *par Michel Braudeau*
R269. Dara, *par Patrick Besson*
R270. Parias, *par Pascal Bruckner*
R271. Le Soleil et la roue, *par Rose Vincent*

Collection Points

SÉRIE POINT-VIRGULE

V1. Manuel de savoir-vivre à l'usage des rustres et des malpolis *par Pierre Desproges*
V2. Petit Fictionnaire illustré *par Alain Finkielkraut*
V3. Quand j'avais cinq ans, je m'ai tué *par Howard Buten*
V4. Lettres à sa fille (1877-1902) *par Calamity Jane*
V5. Café Panique, *par Roland Topor*
V6. Le Jardin de ciment, *par Ian McEwan*
V7. L'Age-déraison, *par Daniel Rondeau*
V8. Juliette a-t-elle un grand Cui ? *par Hélène Ray*
V9. T'es pas mort ! *par Antonio Skarmeta*
V10. Petite Fille rouge avec un couteau *par Myrielle Marc*
V11. Manuel à l'usage des enfants qui ont des parents difficiles *par Jeanne Van den Brouck*
V12. Le A nouveau est arrivé *par Pierre Ziegelmeyer et Jean-Benoît Thirion*
V13. Comment faire l'enfant (17 leçons pour ne pas grandir) *par Delia Ephron*
V14. Zig-Zag, *par Alain Cahen*
V15. Plumards, de cheval, *par Groucho Marx*
V16. Bleu, je veux, *par Gisèle Bienne*
V17. Moi et les Autres, *par Albert Jacquard*
V18. Au vrai chic anatomique, *par Frédéric Pagès*
V19. Le Petit Pater illustré, *par Jacques Pater*
V20. Cherche souris pour garder chat, *par Hélène Ray*
V21. Un enfant dans la guerre, *par Saïd Ferdi*
V22. La Danse du coucou, *par Aidan Chambers*
V23. Mémoires d'un amant lamentable *par Groucho Marx*
V24. Le Cœur sous le rouleau compresseur *par Howard Buten*
V25. Le Cinéma américain des années cinquante *par Olivier-René Veillon*
V26. Voilà un baiser, *par Anne Perry-Bouquet*
V27. Le Cycliste de San Cristobal, *par Antonio Skarmeta*
V28. Tchao l'enfance, craignos l'amour, *par Delia Ephron*
V29. Mémoires capitales, *par Groucho Marx*

V30. Dieu, Shakespeare et Moi, *par Woody Allen*
V31. Dictionnaire superflu à l'usage de l'élite et des bien nantis *par Pierre Desproges*
V32. Je t'aime, je te tue, *par Morgan Sportès*
V33. Rock-Vinyl (Pour une discothèque de rock) *par Jean-Marie Leduc*
V34. Le Manuel du parfait petit masochiste *par Dan Greenburg*
V35. L'Oiseau Canadèche, *par Jim Dodge*
V36. Des sous et des hommes *par Jean-Marie Albertini*
V37. De l'univers à nous, *par Robert Clarke*
V38. Pour en finir une bonne fois pour toutes avec la culture *par Woody Allen*
V39. Le Gone du Chaâba, *par Azouz Begag*
V40. Le Cinéma américain. Les années trente *par Olivier-René Veillon*
V41. Mistral gagnant, chansons et dessins, *par Renaud*
V42. Les Aventures d'Adrian Mole, 15 ans, *par Sue Townsend*
V43. Le Palais des claques, *par Pascal Bruckner*
V44. La Cuisine cannibale, *par Roland Topor*
V45. Le Livre d'Étoile, *par Gil Ben Aych*
V46. Les Dingues du nonsense, *par Robert Benayoun*
V47. Le Grand Cerf-volant, *par Gilles Vigneault*
V48. Comment choisir son psychanalyste, *par Oreste Saint-Drôme*
V49. Slapstick, *par Buster Keaton*
V50. Chroniques de la haine ordinaire *par Pierre Desproges*
V51. Cinq Milliards d'Hommes dans un vaisseau *par Albert Jacquard*

Collection Points

SÉRIE BIOGRAPHIE

B1. George Sand ou le scandale de la liberté
par Joseph Barry
B2. Mirabeau, *par Guy Chaussinand-Nogaret*
B3. George Orwell, une vie, *par Bernard Crick*
B4. Colette, libre et entravée, *par Michèle Sarde*
B5. Raymond Chandler, le gentleman de Californie
par Frank MacShane
B6. Lewis Carroll, une vie, *par Jean Gattégno*
B7. Van Gogh ou l'enterrement dans les blés
par Viviane Forrester
B8. Frère François, *par Julien Green*
B9. Blaise Cendrars, *par Miriam Cendrars*
B10. Albert Camus, *par Herbert R. Lottman*
B11. Gaston Gallimard, *par Pierre Assouline*
B12. Edgar Poe, *par Claude Delarue*

Collection Points

1. Histoire du surréalisme, *par Maurice Nadeau*
2. Une théorie scientifique de la culture *par Bronislaw Malinowski*
3. Malraux, Camus, Sartre, Bernanos, *par Emmanuel Mounier*
4. L'Homme unidimensionnel, *par Herbert Marcuse* (épuisé)
5. Écrits I, *par Jacques Lacan*
6. Le Phénomène humain, *par Pierre Teilhard de Chardin*
7. Les Cols blancs, *par C. Wright Mills*
8. Stendhal, Flaubert, *par Jean-Pierre Richard*
9. La Nature dé-naturée, *par Jean Dorst*
10. Mythologies, *par Roland Barthes*
11. Le Nouveau Théâtre américain, *par Franck Jotterand (épuisé)*
12. Morphologie du conte, *par Vladimir Propp*
13. L'Action sociale, *par Guy Rocher*
14. L'Organisation sociale, *par Guy Rocher*
15. Le Changement social, *par Guy Rocher*
16. Les Étapes de la croissance économique, *par W. W. Rostow*
17. Essais de linguistique générale, *par Roman Jakobson* (épuisé)
18. La Philosophie critique de l'histoire, *par Raymond Aron*
19. Essais de sociologie, *par Marcel Mauss*
20. La Part maudite, *par Georges Bataille* (épuisé)
21. Écrits II, *par Jacques Lacan*
22. Éros et Civilisation, *par Herbert Marcuse* (épuisé)
23. Histoire du roman français depuis 1918 *par Claude-Edmonde Magny*
24. L'Écriture et l'Expérience des limites, *par Philippe Sollers*
25. La Charte d'Athènes, *par Le Corbusier*
26. Peau noire, Masques blancs, *par Frantz Fanon*
27. Anthropologie, *par Edward Sapir*
28. Le Phénomène bureaucratique, *par Michel Crozier*
29. Vers une civilisation du loisir ?, *par Joffre Dumazedier*
30. Pour une bibliothèque scientifique, *par François Russo* (épuisé)
31. Lecture de Brecht, *par Bernard Dort*
32. Ville et Révolution, *par Anatole Kopp*
33. Mise en scène de Phèdre, *par Jean-Louis Barrault*
34. Les Stars, *par Edgar Morin*
35. Le Degré zéro de l'écriture, *suivi de* Nouveaux Essais critiques *par Roland Barthes*
36. Libérer l'avenir, *par Ivan Illich*
37. Structure et Fonction dans la société primitive *par A. R. Radcliffe-Brown*
38. Les Droits de l'écrivain, *par Alexandre Soljénitsyne*

80. Le Macroscope, *par Joël de Rosnay*
81. Délivrance, *par Maurice Clavel et Philippe Sollers*
82. Système de la peinture, *par Marcelin Pleynet*
83. Pour comprendre les média, *par M. McLuhan*
84. L'Invasion pharmaceutique
par Jean-Pierre Dupuy et Serge Karsenty
85. Huit Questions de poétique, *par Roman Jakobson*
86. Lectures du désir, *par Raymond Jean*
87. Le Traître, *par André Gorz*
88. Psychiatrie et Anti-Psychiatrie, *par David Cooper*
89. La Dimension cachée, *par Edward T. Hall*
90. Les Vivants et la Mort, *par Jean Ziegler*
91. L'Unité de l'homme, *par le Centre Royaumont*
1. Le primate et l'homme
par E. Morin et M. Piatelli-Palmarini
92. L'Unité de l'homme, *par le Centre Royaumont*
2. Le cerveau humain
par E. Morin et M. Piattelli-Palmarini
93. L'Unité de l'homme, *par le Centre Royaumont*
3. Pour une anthropologie fondamentale
par E. Morin et M. Piattelli-Palmarini
94. Pensées, *par Blaise Pascal*
95. L'Exil intérieur, *par Roland Jaccard*
96. Semeiotikè, recherches pour une sémanalyse
par Julia Kristeva
97. Sur Racine, *par Roland Barthes*
98. Structures syntaxiques, *par Noam Chomsky*
99. Le Psychiatre, son « fou » et la psychanalyse
par Maud Mannoni
100. L'Écriture et la Différence, *par Jacques Derrida*
101. Le Pouvoir africain, *par Jean Ziegler*
102. Une logique de la communication
par P. Watzlawick, J. Helmick Beavin, Don D. Jackson
103. Sémantique de la poésie, *par T. Todorov, W. Empson*
J. Cohen, G. Hartman et F. Rigolot
104. De la France, *par Maria-Antonietta Macciocchi*
105. Small is beautiful, *par E. F. Schumacher*
106. Figures II, *par Gérard Genette*
107. L'Œuvre ouverte, *par Umberto Eco*
108. L'Urbanisme, *par Françoise Choay*
109. Le Paradigme perdu, *par Edgar Morin*
110. Dictionnaire encyclopédique des sciences du langage
par Oswald Ducrot et Tzvetan Todorov
111. L'Évangile au risque de la psychanalyse (tome 1)
par Françoise Dolto

112. Un enfant dans l'asile, *par Jean Sandretto*
113. Recherche de Proust, *ouvrage collectif*
114. La Question homosexuelle, *par Marc Oraison*
115. De la psychose paranoïaque dans ses rapports avec la personnalité, *par Jacques Lacan*
116. Sade, Fourier, Loyola, *par Roland Barthes*
117. Une société sans école, *par Ivan Illich*
118. Mauvaises Pensées d'un travailleur social *par Jean Marie Geng*
120. Poétique de la prose, *par Tzvetan Todorov*
121. Théorie d'ensemble, *par Tel Quel*
122. Némésis médicale, *par Ivan Illich*
123. La Méthode
 1. La Nature de la Nature, *par Edgar Morin*
124. Le Désir et la Perversion, *ouvrage collectif*
125. Le langage, cet inconnu, *par Julia Kristeva*
126. On tue un enfant, *par Serge Leclaire*
127. Essais critiques, *par Roland Barthes*
128. Le Je-ne-sais-quoi et le Presque-rien
 1. La manière et l'occasion, *par Vladimir Jankélévitch*
129. L'Analyse structurale du récit, Communications 8 *ouvrage collectif*
130. Changements, Paradoxes et Psychothérapie *par P. Watzlawick, J. Weakland et R. Fisch*
131. Onze Études sur la poésie moderne, *par Jean-Pierre Richard*
132. L'Enfant arriéré et sa mère, *par Maud Mannoni*
133. La Prairie perdue (Le roman américain) *par Jacques Cabau*
134. Le Je-ne-sais-quoi et le Presque-rien
 2. La méconnaissance, *par Vladimir Jankélévitch*
135. Le Plaisir du texte, *par Roland Barthes*
136. La Nouvelle Communication, *ouvrage collectif*
137. Le Vif du sujet, *par Edgar Morin*
138. Théories du langage, théories de l'apprentissage *par le Centre Royaumont*
139. Baudelaire, la Femme et Dieu, *par Pierre Emmanuel*
140. Autisme et Psychose de l'enfant, *par Frances Tustin*
141. Le Harem et les Cousins, *par Germaine Tillion*
142. Littérature et Réalité, *ouvrage collectif*
143. La Rumeur d'Orléans, *par Edgar Morin*
144. Partage des femmes, *par Eugénie Lemoine-Luccioni*
145. L'Évangile au risque de la psychanalyse (tome 2) *par Françoise Dolto*
146. Rhétorique générale, *par le Groupe μ*
147. Système de la Mode, *par Roland Barthes*

148. Démasquer le réel, *par Serge Leclaire*
149. Le Juif imaginaire, *par Alain Finkielkraut*
150. Travail de Flaubert, *ouvrage collectif*
151. Journal de Californie, *par Edgar Morin*
152. Pouvoirs de l'horreur, *par Julia Kristeva*
153. Introduction à la philosophie de l'histoire de Hegel
par Jean Hyppolite
154. La Foi au risque de la psychanalyse
par Françoise Dolto et Gérard Sévérin
155. Un lieu pour vivre, *par Maud Mannoni*
156. Scandale de la vérité, *suivi de*
Nous autres, Français, *par Georges Bernanos*
157. Enquête sur les idées contemporaines
par Jean-Marie Domenach
158. L'Affaire Jésus, *par Henri Guillemin*
159. Paroles d'étranger, *par Elie Wiesel*
160. Le Langage silencieux, *par Edward T. Hall*
161. La Rive gauche, *par Herbert R. Lottman*
162. La Réalité de la réalité, *par Paul Watzlawick*
163. Les Chemins de la vie, *par Joël de Rosnay*
164. Dandies, *par Roger Kempf*
165. Histoire personnelle de la France, *par François George*
166. La Puissance et la Fragilité, *par Jean Hamburger*
167. Le Traité du sablier, *par Ernst Jünger*
168. Pensée de Rousseau, *ouvrage collectif*
169. La Violence du calme, *par Viviane Forrester*
170. Pour sortir du XXe siècle, *par Edgar Morin*
171. La Communication, Hermès I
par Michel Serres
172. Sexualités occidentales, Communications 35
ouvrage collectif
173. Lettre aux Anglais, *par Georges Bernanos*
174. La Révolution du langage poétique
par Julia Kristeva
175. La Méthode
2. La Vie de la Vie, *par Edgar Morin*
176. Théories du symbole, *par Tzvetan Todorov*
177. Mémoires d'un névropathe
par Daniel Paul Schreber
178. Les Indes, *par Édouard Glissant*
179. Clefs pour l'Imaginaire ou l'Autre Scène
par Octave Mannoni
180. La Sociologie des organisations
par Philippe Bernoux
181. Théorie des genres, *ouvrage collectif*

182. Le Je-ne-sais-quoi et le Presque-rien
3. La volonté de vouloir, *par Vladimir Jankélévitch*
183. Le Traité du rebelle, *par Ernst Jünger*
184. Un homme en trop, *par Claude Lefort*
185. Théâtres, *par Bernard Dort*
186. Le Langage du changement, *par Paul Watzlawick*
187. Lettre ouverte à Freud
par Lou Andreas-Salomé